高职高专系列

21世纪高校计算机应用技术系列规划教材
谭浩强 主编

Visual Basic 数据库开发应用技术学习指导

苏　颖　张跃华　编著

中国铁道出版社
CHINA RAILWAY PUBLISHING HOUSE

内 容 简 介

本书是《Visual Basic 数据库开发应用技术》（苏颖、张跃华等编著，中国铁道出版社出版）的配套学习指导书，以辅助读者学习。

本书内容共分为三篇。第一篇为内容要点与习题参考解答，包括《Visual Basic 数据库开发应用技术》一书各章的内容要点和全部习题解答；第二篇为上机指导，详细介绍了Visual Basic 环境下调试和运行程序的方法及错误处理；第三篇为上机实验，提供了学习本课程可以进行的 17 个实验。

本书内容丰富、概念清晰、实用性强，适用于本科、高职高专院校师生或其他自学者参考。

图书在版编目（CIP）数据

Visual Basic 数据库开发应用技术学习指导/苏颖，张跃华编著. —北京：中国铁道出版社，2008.6

（21 世纪高校计算机应用技术系列规划教材. 高职高专系列）

ISBN 978-7-113-09005-0

Ⅰ.V… Ⅱ.①苏…②张… Ⅲ.BASIC 语言－程序设计－高等学校：技术学校－教学参考资料 Ⅳ.TP312

中国版本图书馆 CIP 数据核字（2008）第 091980 号

书 名：Visual Basic 数据库开发应用技术学习指导
作 者：苏 颖 张跃华 编著

策划编辑：严晓舟 秦绪好
责任编辑：崔晓静　　编辑部电话：（010）63583215
封面设计：付 巍　　封面制作：白 雪
责任校对：吴媛媛　　责任印制：李 佳

出版发行：中国铁道出版社（北京市宣武区右安门西街 8 号　邮政编码：100054）
印 刷：北京鑫正大印刷有限公司
版 次：2008 年 7 月第 1 版　2008 年 7 月第 1 次印刷
开 本：787mm×1092mm　1/16　印张：11.25　字数：259 千
印 数：5 000 册
书 号：ISBN 978-7-113-09005-0/TP・2929
定 价：18.00 元

21世纪高校计算机应用技术系列规划教材

序

PREFACE

21 世纪是信息技术高度发展且得到广泛应用的时代，信息技术从多方面改变着人类的生活、工作和思维方式。每一个人都应当学习信息技术、应用信息技术。人们平常所说的计算机教育其内涵实际上已经发展为信息技术教育，内容主要包括计算机和网络的基本知识及应用。

对多数人来说，学习计算机的目的是为了利用这个现代化工具工作或处理面临的各种问题，使自己能够跟上时代前进的步伐，同时在学习的过程中努力培养自己的信息素养，使自己具有信息时代所要求的科学素质，站在信息技术发展和应用的前列，推动我国信息技术的发展。

学习计算机课程有两种不同的方法：一是从理论入手；一是从实际应用入手。不同的人有不同的学习内容和学习方法。大学生中的多数人将来是各行各业中的计算机应用人才。对他们来说，不仅需要解决知道什么，更重要的是会做什么。因此，在学习过程中要以应用为目的，注重培养应用能力，大力加强实践环节，激励创新意识。

根据实际教学的需要，我们组织编写了这套“21 世纪高校计算机应用技术系列规划教材”。顾名思义，这套教材的特点是突出应用技术，面向实际应用。在选材上，根据实际应用的需要决定内容的取舍，坚决舍弃那些现在用不到、将来也用不到的内容。在叙述方法上，采取“提出问题——解决问题——归纳分析”的三部曲，这种从实际到理论、从具体到抽象、从个别到一般的方法，符合人们的认知规律，且在实践过程中已取得了很好的效果。

本套教材采取模块化的结构，根据需要确定一批书目，提供了一个课程菜单供各校选用，以后可根据信息技术的发展和教学的需要，不断地补充和调整。我们的指导思想是面向实际、面向应用、面向对象。只有这样，才能比较灵活地满足不同学校、不同专业的需要。在此，希望各校的老师把你们的要求反映给我们，我们将会尽最大努力满足大家的要求。

本套教材可以作为大学计算机应用技术课程的教材以及高职高专、成人高校和面向社会的培训班的教材，也可作为学习计算机的自学教材。

由于全国各地区、各高等院校的情况不同，因此需要有不同特点的教材以满足不同学校、不同专业教学的需要，尤其是高职高专教育发展迅速，不能照搬普通高校的教材和教学方法，必须要针对它们的特点组织教材和教学，因此我们在原有基础上，对这套教材做了进一步的规划。

本套教材包括以下 5 个系列：

- 基础教育系列
- 高职高专系列
- 实训教程系列
- 案例汇编系列
- 试题汇编系列

其中基础教育系列是面对应用型高校的教材，对象是普通高校的应用性专业；高职高专系列是面向高职高专的教材，对象是两年制或三年制的高职高专院校的学生的，突出实用技术和应用技能，不涉及过多的理论和概念，强调实践环节，学以致用；后面 3 个系列是辅助性的教材和参考书，可供应用型本科和高职学生选用。

本套教材自 2003 年出版以来，已出版了 70 多种，受到了许多高校师生的欢迎，其中有多种教材被国家教育部评为**普通高等教育“十一五”国家级规划教材**。《计算机应用基础》一书出版 3 年内发行了 50 万册。这表示了读者和社会对本系列教材的充分肯定，对我们是有力的鞭策。

本套教材由中国铁道出版社与浩强创作室共同策划，选择有丰富教学经验的普通高校老师和高职高专院校的老师编写。中国铁道出版社以很高的热情和效率组织了这套教材的出版工作，在组织编写及出版的过程中，得到全国高等院校计算机基础教育研究会和各高等院校老师的热情鼓励和支持，对此谨表衷心的感谢。

本套教材如有不足之处，请各位专家、老师和广大读者不吝指正。希望通过本套教材的不断完善和出版，为我国计算机教育事业的发展和人才培养做出更大贡献。

全国高等院校计算机基础教育研究会会长

“21 世纪高校计算机应用技术系列规划教材”丛书主编

谭浩强

前言

FOREWORD

Visual Basic 是一种可视化的面向对象的 Windows 开发语言，在数据库管理系统开发方面具有简洁易懂的语法、直观而强大的集成开发环境、丰富强大的数据库操作特性，获得了大部分程序员的青睐。

本书是《Visual Basic 数据库开发应用技术》（苏颖、张跃华等编著，中国铁道出版社出版，以下简称主教材）的配套学习指导书，以辅助读者学习。

本书内容分为三篇。

第一篇为内容要点与习题参考解答，包括主教材中各章的内容要点和全部习题解答。每一章的内容要点主要介绍本章学生应该掌握的主要内容，并且有编者在编程过程中的心得体会以及一些经验。有部分内容将主教材中的内容进行了补充和修正。所有的程序都在 Window XP 操作平台上，Visual Basic 6.0 环境下调试通过。习题与参考解答部分给出了主教材所有习题的参考解答。本书给出的答案并非是唯一正确的解答。对同一个题目可能编写出多种程序，对于一个用户用做数据输入/输出的界面也有多种，我们只是给出了其中的一种参考解答。因此，不希望读者在上机时一味地照搬书中的程序，希望参考解答能给读者以启发，以编出更好、更实用的数据库系统。

第二篇为上机指导，详细介绍了 Visual Basic 环境下调试和运行程序的方法及错误处理。编写任何一个程序都需要进行调试，本部分首先介绍了 Visual Basic 程序可能发生的错误以及 Visual Basic 提供的错误对象，以使读者对这些内容有所了解。其次，介绍了错误的处理，在编制程序的过程中，经常会出现错误，如记录集为空、记录集结束等。这些错误如果在程序中不予以处理，当用户在使用应用程序时，发生这样的错误就只能退出应用程序。此外，本部分还介绍了在 Visual Basic 环境下调试程序的工具及其使用方法。对读者上机会有很大的帮助。

第三篇为上机实验，提供了学习本课程可以进行的 17 个实验。这一部分提出了上机实验的具体要求。实验内容基本涵盖主教材的重点内容，便于进行实验教学。由于篇幅和课时的限制，在课堂讲授中不可能介绍很多例子，只能介绍一些典型的例题。建议读者除了学习主教材、做好上机实验之外，最好能够编写一个综合的数据库程序，以提高自己的编程能力。

本书第 1～4、9～11、13、17、18 章由苏颖编写；第 5～8、12、14～16 章由张跃华编写；实验 1～4、8～12、14 由苏颖编写；实验 5～7、13、15～17 由张跃华编写。最后，由苏颖完成全部章节内容的校订工作。在此对各位老师付出的辛苦表示感谢！

本书内容丰富、概念清晰、实用性强，是学习 Visual Basic 数据库开发的一本好的参考书。它不仅可以作为《Visual Basic 数据库开发应用技术》的参考书，而且适用于高等院校师生或其他自学者参考。由于作者水平有限，不足之处在所难免，希望各位专家、教师、读者批评指正。在使用此书的过程中如遇到差错或问题，敬请指正。可发 E-mail 至sy3010@sina.com与我们联系。

编　者

2008 年 5 月

目录

CONTENTS

第一篇　内容要点与习题参考解答

第二篇　上机指导

第三篇　上机实验

第一篇　内容要点与习题参考解答

第 1 章　Visual Basic 6.0 开发环境

1.1　内 容 要 点

1．Visual Basic 6.0 开发环境

Visual Basic 6.0 的集成开发环境中使用了工程资源管理器、属性窗口、设计窗口、工具箱等子窗口以及工具栏和菜单，这些工具的使用都使 Visual Basic 的设计开发更加便捷。

Visual Basic 6.0 的界面简单明了，启动 Visual Basic 6.0 可打开如图 1-1 所示的“新建工程”对话框。

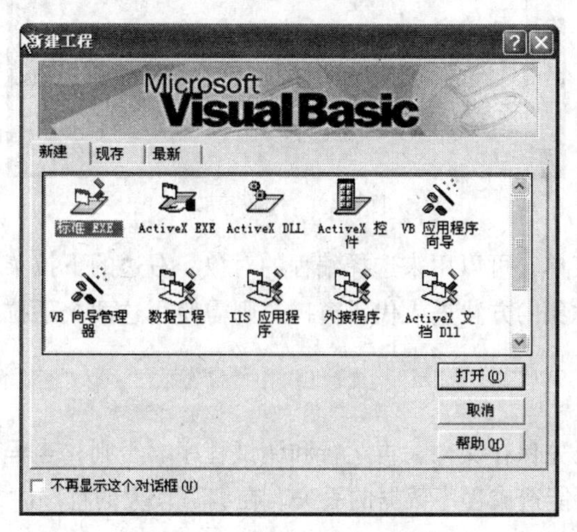

图 1-1　“新建工程”对话框

对于初学者来说，一般都是编写.exe 程序。因此，在“新建工程”对话框中选取“标准 EXE”选项。

2．注意区分运行状态与编辑状态

编写应用程序时，应注意区分当前是运行状态还是编辑状态。区分是否运行状态的关键是看按钮 ▸是灰色还是黑色。如果是灰色，则按钮处于无效状态，表示此时程序处于运行状态。在此状态下，程序不允许有太大的修改，有时可能不能修改。

3．注意程序的编写步骤

（1）界面设计

明确程序中需要输入什么，输出什么，需输入输出的内容用什么控件最为合适，然后将其放到窗体上，并进行适当的排列布局。

（2）修改界面对象的属性

可以利用 Visual Basic 提供的【格式】中【对齐】、【统一尺寸】的菜单将界面上的控件排列到理想位置。特别注意 Caption 与 Name 属性的区别。Name 属性的修改要注意做到“见名知义”。例如，【退出】按钮命名为 Exitcomm。

（3）打开代码窗口的方法有三种

- 选择【视图】→【代码窗口】命令。
- 通过“工程”窗口中的【查看代码】按钮。
- 在窗体中直接双击对象进入。

代码窗口上方有两个下拉列表框，如图 1-2 所示。

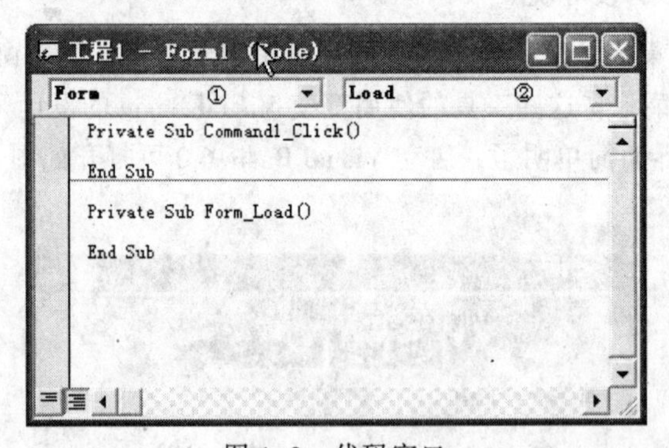

图 1-2　代码窗口

图 1-2 左边的下拉菜单①可以用来选择编程的对象，右边的下拉菜单②可以选择编程对象的事件。如果不是用双击对象的方法进入代码窗口，则需使用这两个下拉菜单选择编程的对象及其事件。

（4）保存文件

需特别注意，一定要先保存文件，再运行和调试程序。否则，当程序中存在诸如“死循环”等不可预知的错误时，可能造成程序数据的丢失。在编写较大的程序时，这一点更为重要。

（5）调试和运行程序

使用 Debug 窗口显示变量的值，使用【调试】菜单中的【逐语句】单步运行，【逐过程】进入过程内部调试。可以设置适当的“断点”查找错误的位置。具体可参考本书第18章“程序调试”的相关内容。

（6）编译程序

将 Visual Basic 工程转化为能够脱离 Visual Basic 环境运行的.exe 文件。在必要时要制作安装程序，方便用户使用编写的程序。

4. Visual Basic 中常用的数据库访问技术

DAO 数据库访问技术、RDO 数据库访问技术、ADO 数据库访问技术、ODBC 数据库访问技术是 Visual Basic 中访问数据库程序的常用方法。

1.2　习题与参考解答

1. 目前，在 Visual Basic 中开发数据库程序的常用方法有哪些？

答：略。

2. Visual Basic 有哪些特点？

答：略。

3. 修改某个非只读控件的属性，可以采用哪些方法？

答：

① 通过右击界面上的某一控件对象，在弹出的快捷菜单中为其设置属性。

② 用左键单击，选中控件，然后在“属性”窗口中修改控件的属性。

4. 窗体文件的扩展名是<u>.frm</u>，每个窗体对应一个窗体文件，窗体及其控件的属性和其他信息（包括代码）都存放在该窗体文件中。一个应用程序最多可以有<u>255</u>个窗体，因此就可以有多个.frm 为扩展名的窗体文件。

5. 每个 Visual Basic 对象都有其特定的属性，可以通过<u>属性窗口</u>和<u>程序</u>两种方式来设置，对象的外观和对应的操作由所设置的值来确定。

6. 要想改变一个窗体的标题内容，则要设置<u>Caption</u>属性的值。

7. 以下程序段在窗体上输出<u>our</u>，在图片框中输出<u>name</u>，在立即窗口中输出<u>is</u>。

```
A="your"
B="sname"
C="iscr"
Print Right(A,3)
Picturel.Print Mid(B,2,4)
Debug.Print Left(C,2)
```

8. 打开 Visual Basic，编写一个简单的应用程序，将其保存，并运行、编译后生成.exe 文件。

答：略。

第 2 章　数据库系统概论

2.1　内 容 要 点

1. 基本概念

（1）数据

数据是数据库中存储的基本对象，它是描述事物的符号记录。描述事物的符号可以是数字，也可以是文字、图形、图像、声音等。

（2）数据库

所谓数据库是指长期存在计算机内的、有组织的、可共享的数据集合。

（3）数据库管理系统

数据库管理系统是位于用户与操作系统之间的一层数据管理软件，其任务是科学地组织和存储数据。

（4）数据库系统

数据库系统是指在计算机系统中引入数据库后的系统，一般由数据库、数据库管理系统（及其开发工具）、应用系统、数据库管理员和用户构成。

（5）数据模型

一般来讲，数据模型是严格定义的一组概念的集合。这些概念精确地描述了系统的动态特性、静态特性和完整性约束条件。常用的数据模型有 4 种：层次模型、网状模型、关系模型和面向对象模型。

（6）关系型数据库

关系型数据库中实体与实体之间的关系都是用二维表来表示的。

2. 数据库管理系统的目标

数据库管理系统设计时应尽量满足以下目标：

（1）用户界面友好

一般来说，用户界面应具有可靠性、易用性、立即反馈和多样性等特性。

（2）功能完备

DBMS 主要功能包括数据库定义、数据库数据存取、数据库运行管理、数据库组织和存储管理、数据库创建和维护等。

（3）效率高

一是计算机系统内部资源的利用率；二是 DBMS 本身的运行效率。

（4）结构清晰

结构清晰、层次分明的 DBMS 既便于 DBMS 支持其外层开发环境的构造，也便于自身的设计、开发和维护，是 DBMS 所具有开放性的一个必要条件。

（5）开放性

开放性指符合标准和规范。

3．数据库设计概述

数据库系统设计时，在动手编制程序之前要进行深入的思考，必须了解用户的需求以及计算机处理事务的特点。

（1）设计步骤

① 需求分析。

② 概念结构设计。

③ 逻辑结构设计。

④ 物理结构设计。

⑤ 数据库实施。

⑥ 数据库运行和维护。

（2）数据库安全方面的考虑

① 用户标识与鉴别。通过验证用户名、密码，防止不合法用户使用计算机中的数据。

② 存取控制。数据库可能出现的故障有 4 种：事务内部的故障、系统故障、介质故障、计算机病毒。基于这方面的考虑，数据库系统还应有数据转储、恢复、登记日志等功能。

（3）数据库系统应包括的基本功能

一般来讲，一个数据库系统应该具备以下几个基本功能：

① 数据输入功能。能够以某种方式，将数据输入到数据库中。

② 数据浏览功能。合法用户可以对数据库中的数据进行查看、浏览、修改、删除的功能。

③ 数据查找功能。可以按用户的要求进行数据查找，方便用户使用数据库。

④ 鉴别合法用户的功能。通常采用用户名和密码的方式验证是否为合法用户。对系统中的数据管理时，不同的用户可能有不同的权限，还应有权限控制功能。例如，在成绩管理系统中对学生的成绩，学生只有查看的功能，而没有修改功能，负责成绩管理的教师，则对成绩具有输入、修改、查看的功能。

通常采用多用户名的方式赋予不同的用户不同的权限，相应的，数据库系统就应有用户的管理功能，即添加、删除、修改密码等功能。另外，只有系统管理人员，即超级用户才有权增加、删除用户。

⑤ 数据恢复、转储功能。为防止数据由于各种因素发生的数据丢失，应有数据备份、恢复的功能。

⑥ 数据输出功能。可以将数据输出至打印机或其他输出设备。

⑦ 用户要求的其他功能。用户在设计一个数据系统时，通常有其特殊要求，如科学计算等，数据库系统设计时应满足用户的要求。另外，数据库系统还应考虑数据密码保护的问题，防止数据库中的数据被非法用户修改，如果是大型远程数据库，如火车售票系统，还要考虑数据访问冲突。

2.2 习题与参考解答

1. 解释下列名词？

答：略。

2. 数据库设计的具体步骤有哪些？

答：略。

3. 数据库管理系统的目标是什么？

答：略。

4. 数据库安全是指什么？

答：数据库的安全性是指保护数据库以防止不合法的使用所造成的数据泄露、更改或破坏。

5. 数据库安全的措施有哪些？

答：用户标识和鉴别、存取控制、数据密码存储、数据转储与恢复、登记日志文件。

6. DBMS 利用事务日志保存所有数据库事务的 更新 操作。

7. 什么是计算机病毒？采用哪些措施可以有效地预防计算机病毒的传染？

答：计算机病毒是一种人为的故障或破坏，是一些恶作剧者研制的一种计算机程序。这种程序与其他程序不同，像微生物学所称的病毒一样可以繁殖和传播，并造成对计算机系统包括数据库的危害。

预防计算机病毒的措施如下：

① 提高对计算机病毒的认识。

② 及时修补 Windows 系统的漏洞。Windows 补丁一发布就要立即使用。

③ IE 浏览器的设置必须是非常安全的。

④ 每台计算机至少安装一种间谍软件清除工具。

⑤ 安装防病毒和防火墙、好的杀毒软件。

⑥ 杀毒软件、间谍软件清除程序必须不断更新新的恶意软件的定义。

⑦ 只从所信任的软件网站下载软件。

⑧ 在安装任何软件之前，应确保自己认真阅读了软件协议。

⑨ 警惕免费的音乐交换软件。各种调查显示，绝大多数采用 P2P 方式的免费音乐交换软件，均附带着一些 Spyware（间谍软件）。

⑩ 用户点击弹出式广告时要慎重，不要打开来源不明的电子邮件的附件。

8. 数据库系统与文件系统的根本区别在于<u>数据结构化</u>。

9. 有关系：教学（学号，教工号，课程号）

假定每个学生可以选修多门课程，每门课程可以由多名学生来选修，每个老师可以讲授多门课程，每门课程只能由一个老师来讲授，那么该关系的主码是<u>（学号，教工号）</u>。

10. 简述数据库安全性保护中，访问权限控制的权限有哪些。

答：只读、读写，只有具有合法身份的用户才可以访问数据库。

第3章 数据管理器

3.1 内容要点

1. 要求掌握的基本概念

记录：每一笔数据称为一个记录，在数据库所建的表中每一行都称为一个记录。

字段：针对每笔数据进行分类的各个项目，在数据库所建的表中每一列都称为一个字段。

数据表：每一笔数据通过各个字段的分类后，所有的记录组成一个数据表。

关系：有3种，一对一关系、一对多关系和多对多关系。

关键字：表中的某个字段或多个字段的组合。唯一的关键字可以指定为主关键字。

查询：由关系数据库中的表按照它们之间的关系组合而成的具有实际使用意义的表称为查询。

索引：它是一种特殊的表。索引包含原数据库中经定义的关键字段的值和指向记录的物理指针，关键字段的值和指针根据所指定的排序顺序排列，从而可以快速地查找所需要的数据。

2. Visual Basic 中的可视化数据管理器

Visual Basic 的可视化数据管理器是其数据库设计工具。

（1）启动可视化数据管理器

选择【外接程序】→【可视化数据管理器】命令，若是英文版则选择【Add-Ins】→【Visual Data Manager】命令，即可打开可视化数据管理器 VisData 窗口。

（2）使用可视化数据管理器

在使用可视化数据管理器时，应注意以下几点：

① 记录集类型有3种，分别是表类型记录集、动态集类型记录集、快照类型记录集。前两种记录集的区别在于对记录集的更新是否直接反映到数据库中，而快照型记录集仅供读取，不能更改。

② 在 Visual Basic 程序中，记录集的访问是通过 Recordset 属性实现的。

3. 创建数据库

Visual Basic 开发的数据库系统是关系数据库，一个数据库中包含多张表，类似于通常使用的表格文件。每张表包含表结构和表内容两部分。表内容即数据记录。因此，创建数据库有两个步骤。

（1）建立表结构

建立表结构之前，应明确表中需要设置几个字段、是什么字段、每个字段的数据类型。确定这些的基础是进行需求分析时用户的要求以及数据本身的特点。例如，年龄字段，设为 Byte 类型就可以满足数据长度的要求。而身份证号码为 18 位的数字，可以设为长度为 18 的字符类型。

在确定字段时，应从计算机处理和存储的角度去思考，否则可能造成大量冗余数据，使计算机的运行效率降低。

（2）向表内添加数据记录

表结构建立之后，双击表名称就可以在表中添加数据了。

（3）删除记录

如果记录录入错误或是数据过期，可以删除数据。需要说明的是，在 Access 数据库中单击“删除记录”按钮后，只是给记录打上了标记，数据不再显示，而数据并没有从数据库中消失。要想使其真正消失，可以使用 Access 中的数据库“压缩”命令。

3.2　习题与参考解答

1. 数据库中包括哪些内容？

答：一个或多个数据表，数据表之间的关系组成一个数据库。

2. 什么是索引？建立索引有什么好处？

答：索引是一种特殊的表，基于索引的查询能够使数据获取更为快捷。索引包含原数据库中经定义的关键字段的值和指向记录的物理指针，关键字段的值和指针根据所指定的排序顺序排列，从而可以快速地查找所需要的数据。

3. 数据库中表与表之间有哪几种关系？

答：表与表之间的关系是通过各个表中的关键字段建立起来的。建立表关系所用的关键字段应具有丰富的数据类型。关系有 3 种，一对一关系、一对多关系和多对多关系。

4. VisData 中有几种记录集？各有什么特点？

答：略。

5. 什么是查询？在 VisData 中如何建立查询？

答：由关系数据库中的表按照它们之间的关系组合而成的具有实际使用意义的表称为查询。查询不是数据库中实际存放的表，而是按照一定的规则和要求“查”出来的表。

建立查询的方法见主教材“3.4 建立查询”一节。

6. 有一组信息：学号、姓名、性别、科目、成绩、代课教师。请问该如何设计表结构才能使冗余信息最少，最科学？

答：

学号	姓名	性别
科目号	科目	教工号
教工号	代课教师	
学号	科目号	成绩

7. 在上一题的基础上，确定各字段的类型、长度等信息。

答：“学号”一般包括入学年份、系别、班级、序号等信息，可以视本学校的具体情况而定，5～6 位字符。

“姓名”为 8 位字符。

“性别”为 2 位字符，或布尔类型。

“科目号”可按学校规定格式编码，按具体情况而定，可包含开课学期、开课系部、考试、考查等信息。

“科目”为备注类型。

“教工号”视学校具体情况而定，4～5 位字符。

“代课教师”为 8 位字符。

“成绩”为单精度数值类型。

8. 利用本章所学内容，创建一个 student.mdb 数据库，在库中创建一张“家庭状况”数据表。表结构包括：学号、地址、电话 3 个字段。在表中输入表 3-1 中的 5 条记录，创建一个索引文件，定义为“学号”，以“学号”为主关键字。创建一个查询，查找所有“山西省太原市”的学生。

表 3-1　家庭状况数据表

学　号	地　址	电　话
2002001	山西省忻州市	2234560
2002002	山西省朔州市	2254738
2002003	山西省阳泉市	4250343
2002004	山西省太原市	7935032
2002005	山西省运城市	3453214

答：按书中所述方法进行操作，具体操作步骤略。

9. 试试在 Visual Basic 环境以外启动 VisData。

答：找到 VisData.exe 所在的路径，双击即可启动。

第4章 数据库访问技术

4.1 内容要点

1. 数据控件

Visual Basic 中实现应用程序与数据库相连接的功能可用工具箱中的 Data 控件，只要设置 Data 控件以下几个属性，即可实现这种连接。

（1）Connect 属性

（2）DataBase Name 属性

（3）RecordSource 属性

（4）Recordset Type 属性

只要正确设置以上 5 个属性，即可实现应用程序与数据库相连；连接实现后，如果要对记录进行更新操作，需要用到 Data 控件的方法。

（1）Refresh 方法

用来重新建立或显示与 Data 控件相连的数据库记录集。

（2）UpDateRecord 方法

可以将绑定的数据感知控件的当前内容写入到数据库中。

（3）UpDateControls 方法

使用 UpDateControls 方法可以将数据从数据库中重新读到约束控件中，恢复为原始值，等效于用户更改了数据之后取消更改。

2. 数据控件的记录集

在 Visual Basic 中，通过记录集对象（Recordset）对数据库中的表进行访问，调用格式为 Data1.Recordset。（注：Data1 为 Data 控件的名称）

记录集对象有 3 个常用的重要属性。

（1）BOF 和 EOF 属性

BOF 和 EOF 属性返回布尔型值。BOF 指示当前记录位置在 Recordset 对象的第一个记录之前，即记录集的开始；EOF 指示当前记录位置在 Recordset 对象的最后一个记录之后，即记录集的结尾。

（2）RecordCount 属性

RecordCount 属性用于指示对象集中记录的数目，它返回长整型数，是只读的属性。若数据库中无数据，则该属性的值为 0。

（3）Fields 属性

通过在程序中调用 Recordset 对象的方法，可以实现数据的添加、删除、修改、移动、查找等操作。Recordset 的方法有：Addnew 方法、Delete 方法、Edit 方法、Move 方法、Find 方法、Seek 方法、Update 方法和 CancelUpdate 方法。

3. 数据感知控件

Data 控件只能实现应用程序与数据库的连接，要想将数据库中的数据显示出来，必须使用数据感知控件，常用的数据感知控件有多种。程序设计者可以根据实际要求选取适当的数据感知控件，常用的数据感知控件如表 4-1 所示。

表 4-1 常用的数据感知控件

控件名	图标	描述
Label（标签）	A	可以显示字段中的数据，但不能对数据进行编辑修改
TextBox（文本框）	abl	使用该控件可以在被绑定的文本框中显示或编辑任何类型的字段
CheckBox（复选框）		能够显示或修改数据库中布尔类型字段的数据，当复选框被选中时，其值为 True
ListBox（列表框）		可以使用该控件列出数据库中某个字段的所有可能的值，用户只能选择其中一个值作为该字段的内容，从而限制用户的输入
ComboBox（组合框）		用于创建一个列表和文本框组合的控件，用户既可以从列表中选择选项，也可以在文本框中直接输入
Image（图像框）		可以显示数据库中可变长二进制或 OLE 对象类型的字段的图像，在 Visual Basic 中仅支持.bmp .dib .ico .wmf 格式的图像
PictureBox（图片框）		作用类似于 Image 控件，当希望对图像进行编辑时，最好使用图片框控件
DataCombo（高级约束组合框）		与 DataList 控件的用法相似
DataList（高级约束列表框）		能够显示和输入大多数数据类型的字段，与 ListBox 不同的是，其 Item 集合的元素往往是表或查询的一个字段
DateTimePicker（日期选择控件）		能够显示和输入时间类型的数据
MSFlexGrid（表格控件）		能够以表格的形式显示数据，但不能修改
DataGrid（表格控件）		能够以表格的形式显示数据，可以接受输入，可以修改

数据感知控件与数据控件相连时要设置两个属性：

（1）DataSource 属性

（2）DataField 属性

设置之后，感知控件中的内容就会跟随数据控件中当前记录移动而更改，而不必编写代码。

4.2　习题与参考解答

1. 利用本章所学内容，对第 3 章创建的 student.mdb 数据库，增加一个数据输入的窗体，用数据绑定控件对数据进行输入。

答：设计如图 4-1 所示的界面。

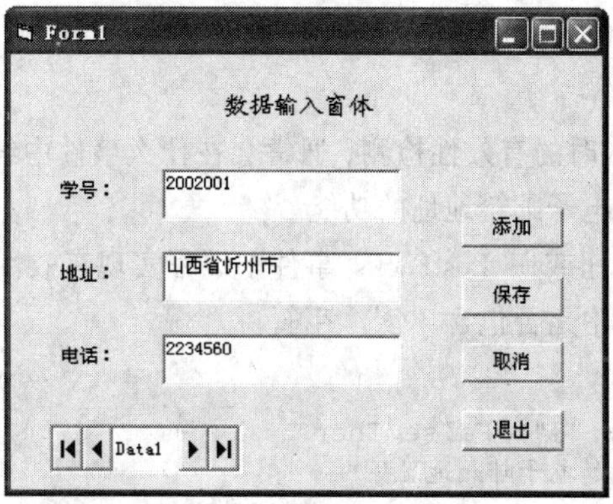

图 4-1　数据输入窗体

```
Private Sub Command1_Click()
   '“保存”按钮
   Data1.Recordset.Update
End Sub

Private Sub Command2_Click()
   '“取消”按钮
   Data1.UpdateControls
End Sub

Private Sub Command4_Click()
   '“添加”按钮
   Data1.Recordset.AddNew
End Sub
```

这是最简单的输入窗体，一般的输入窗体应该可以进行数据输入合法性检查。加入合法性检查的程序如下：

```
'“保存”按钮
If IsNumeric(Text1.Text) And IsNumeric(Text3.Text) Then
   Data1.Recordset.Update
ElseIf IsNumeric(Text1.Text)=False Then
   MsgBox "请输入正确的学号！"
   Text1.Text=""
   Text1.SetFocus
ElseIf IsNumeric(Text3.Text)=False Then
   MsgBox "请输入正确的电话号码！"
   Text3.Text=""
   Text3.SetFocus
End If
```

IsNumeric()函数返回 Boolean 值，指出表达式的运算结果是否为数。

语法：

```
IsNumeric(expression)
```

必要的 expression 参数是一个 Variant，包含数值表达式或字符串表达式。

说明：

如果 expression 的运算结果为数字，则 IsNumeric 返回 True；否则返回 False。

2. 数据控件 Data 的常用事件是什么？主要在何时发生？

答：略。

3. 如果想进行数据输入时的有效性检测，通常会在什么事件中编程？请编写一个文本框，实现检测输入时必须为有效的电子邮箱地址的功能。

答：一般在数据保存按钮或在 LostFocus 事件中编程实现有效性检测。检查有效的电子邮箱地址，是检测输入的字符串中是否包含“@”字符。

程序段如下：

```
If InStr(Text1.Text,"@")=False Then
   MsgBox "请输入正确的电子邮箱地址！"
   Text1.SetFocus
   Text1.SelStart=0
   Text1.SelLength=Len(Text1.Text)
End If
```

其中 InStr()用来测试输入文本中是否含有“@”字符。

4. 用数据感知控件与数据库相连时，一般要设置控件的 DataSource 和 DataField 属性。

5. 以文本框作为数据感知控件时主要适合什么样的输入情况？列表框和组合列表框又适合什么样的输入情况？

答：文本框适合输入字符型数据，数据没有规律。

列表框适合输入有固定的几个选择的情况，如在一个学校里，系部是固定的几个，输入所属系部时就可以用列表框。

组合列表框与列表框相似，不过它还可接收用户的输入。

6. 设计用户界面的原则是什么？

答：设计用户界面要友好，一般来说，用户界面应具有可靠性、易用性、立即反馈和多样性等特性。

7. 怎样理解 Data 控件的 Recordset 集合？

答：在 Visual Basic 中，数据库中的表不允许直接访问，只能通过记录集对象（Recordset）对其进行浏览和操作。记录集对象表示一个或多个数据表中字段对象的集合，是来自基本表或执行一次查询所得的结果的记录全集。Data 控件是 Visual Basic 中实现数据库访问的工具，通过其 Recordset 集合，用户可以访问数据库中的记录。

8. 若想在程序中给某个字段赋值，语句是什么？

答：Data1.Recordset.Fields("字段名")=值或 Data1.Recordset.Fields(字段索引)=值。

其中，“字段索引”是从 0 开始的字段序号，即第一个字段是 0，第二个字段是 1，依此类推。

具体应用可参见以下程序段。

```
Data1.Recordset.Edit
Data1.Recordset.Fields("xuehao")="200010"
Data1.Recordset.Fields("dizhi")="朔州"
Data1.Recordset.Update
```

赋值前必须调用 Edit 方法，才能给字段重新赋值；在赋值后必须调用 Update 方法，才能将修改后的数据保存。

9. 在查询时，使用 Find 方法和使用 Seek 方法有何相同点和不同点？各有何特点？试编写一个程序，分别使用这两种方法进行查询。

答：使用 Find 方法查找，只能通过在程序运行前设置 Data 控件的 DatabaseName 属性，进行与数据库的连接，然后通过设置 Data 控件的 RecordSource 属性来与数据库中的表进行连接，再进行数据的查找。

```
Data1.recordset.findfirst("姓名='李平'")
```

使用 Seek 查询只能应用于表（Table）类型记录集，使用前，先将 Data 控件的 RecordsetType 属性设置为“0—Table”。Seek 方法进行查找时需要用到索引，这个索引应该是在使用 Access 创建数据库时建立的索引。

程序见主教材“第 4 章数据库访问技术”的“4.3.2 数据的查找”一节。

第 5 章　菜单设计

5.1　内 容 要 点

在 Visual Basic 中菜单的设计通过菜单编辑器实现，可以轻松制作主菜单、快捷菜单、弹出式菜单。

1. 启动菜单编辑器

选择【工具】→【菜单编辑器】命令或者单击工具栏上的按钮，便可以启动菜单编辑器，如图 5-1 所示。

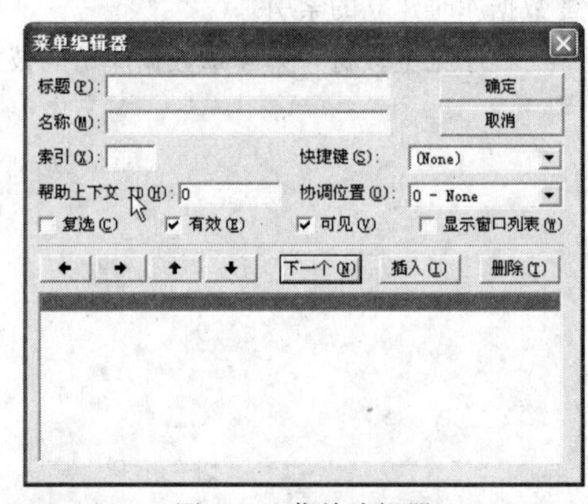

图 5-1　菜单编辑器

2. 菜单控件的主要属性

菜单编辑器中菜单控件的主要属性如表 5-1 所示。

3. 制作分隔线

在"标题"文本框中输入"-"，"名称"文本框中输入任意名称即可，其余均可不填。

表 5-1　菜单控件的主要属性

属　性	说　明
标题	设置菜单项的标题，相当于控件的 Caption 属性，也是显示在菜单中的字符。可以在标题中设置热键。可以用分隔线将某些菜单项归为一类并与其他项隔开
名称	设置菜单的名称，相当于控件的 Name 属性。菜单项的命名规则同控件的命名规则相同
索引	设置菜单控件数组的下标，相当于控件数组的 Index 属性
快捷键	可设置与菜单项等价的快捷键。在程序运行时，按下快捷键会立刻运行一个菜单项。快捷键的赋值包括功能键与控制键的组合，它们出现在菜单中相应菜单项的右边
复选	"复选"属性设置为 True 时，可在相应的菜单项旁加上"√"。表明该菜单项当前有效
有效	用来设置菜单项的操作状态，设置该菜单项是否可用
可见	设置菜单项是否可见，当选中该复选框时可见；当取消选中复选框时，则相应的菜单项会从菜单中去掉

4. 制作热键

在“标题”文本框中输入“&”符号+相应字符。例如，“文件[F]”菜单输入为“文件[&F]”。

5. 制作弹出式菜单

操作步骤：

① 在菜单编辑器中建立一个顶层菜单项，名称可以任意设置。

② 将该菜单项的“可见”属性设置为 False，使该菜单项不出现在菜单栏中。

③ 建立需要弹出的菜单，设置各菜单项的属性。

④ 编写程序代码如下：

```
Private Sub Form_MouseUp(Button As Integer,Shift As Integer,X As Single,Y
As Single)
  If Button=2 Then
    PopupMenu edtpop
  End If
End Sub
```

其中 Button=2 表示按下的是鼠标右键，edtpop 为弹出式菜单的名称，当按下鼠标右键时用 PopupMenu 方法显示弹出式菜单。

5.2　习题与参考解答

1. 什么是菜单数组？如何用菜单数组增减菜单项？

答：菜单控件数组和普通数组一样，也是通过下标来访问数组中的元素（这里为菜单项）。菜单控件数组也一样可以在设计时建立、可以在运行时建立。

利用菜单控件数组可以实现动态增删菜单项。

下面用一个例子说明如何增删菜单项。

假定有一个刚刚建立尚未执行的菜单，如图 5-2 所示。

图 5-2　原始菜单

操作步骤：

① 选择【工具】→【菜单编辑器】命令，打开菜单编辑器。

② 设置各菜单项的属性如表 5-2 所示。

表 5-2　菜单项的主要属性

标　题	名　称	内缩符号	可见性	索　引
菜单项	Menus	无	true	无
增加菜单项	addmenu	1	true	无
减少菜单项	delmenu	1	true	无
-	Sepbar	1	true	无
（空白）	appname	1	false	0

最后一项的“标题”属性为空白；“可见性”属性为 False；其下标为 0。在菜单编辑器中按上述属性输入最后一项，它是一个子菜单项，但暂时是看不见的。appname(0)是控件数组的第一个元素。

③ 在窗体层定义如下变量：Dim Menucounter As Integer，该变量用作控件数组的下标。

④ 编写增加新菜单项的程序代码。当选择【增加菜单项】命令时，增加新菜单项，编写如下的事件过程：

```
Private Sub addmenu_Click()
   Dim msg As String
   Dim ansmenu As String
   msg="请输入增加菜单项的名称: "
   ansmenu=InputBox$(msg,"增加菜单项")
   menucounter=menucounter+1
   Load appname(menucounter)
   appname(menucounter).Caption=ansmenu
   appname(menucounter).Visible=True
End Sub
```

需要注意的是，在 Visual Basic 中，使用 InputBox 输入中文时，可能会发现输入框中显示的数据与实际输入的内容不符。这时，用户不必看显示的内容，只要保证自己的输入是正确的，那么将来在菜单中显示的内容也就是正确的。

⑤ 编写删除菜单项的事件过程。用 Load 语句建立的控件数组元素，可以用 Unload 语句删除。

```
Private Sub delmenu_Click()
   Dim n,i As Integer
   Dim msg As String
   msg="请输入要删除的菜单号: "
   n=InputBox(msg,"删除菜单项")
   If n>menucounter Or n<1 Then
      Msgbox "超出范围，不能删除! ",vbCritical+vbOKOnly
   Else
      For i=n To menucounter-1
         appname(i).Caption=appname(i+1).Caption
      Next i
      Unload appname(menucounter)
      menucounter=menucounter-1
   End If
End Sub
```

上述事件过程是选择【删除菜单项】命令时所执行的操作。首先显示一个输入对话框，要求用户输入要删除的菜单项的编号，这个编号实际是 appname 控件数组的索引号，输入的范围应该是在 0～menucounter 之间，不包括 0，因为索引值为 0 的菜单是初始菜单中的不可见菜单，不能被删除。当删除一个菜单项时，是从被删除的菜单项开始，用后面的菜单项覆盖前面的菜单项，然后再删除最后一个菜单项。

⑥ 编写新增加的菜单项的执行内容。

本例中编写如下事件过程：

```
Private Sub appname_Click(Index As Integer)
   Dim msg As String
   msg="您按下了" & appname(Index).Caption & "菜单"
   msgbox msg, ,"菜单执行"
End Sub
```

也可根据 Caption 属性来判断执行什么代码。若是一些应用程序，则可以使用 Shell 语句执行应用程序。

2. 设计一个简单计算器，其界面如图 5-3 和图 5-4 所示。

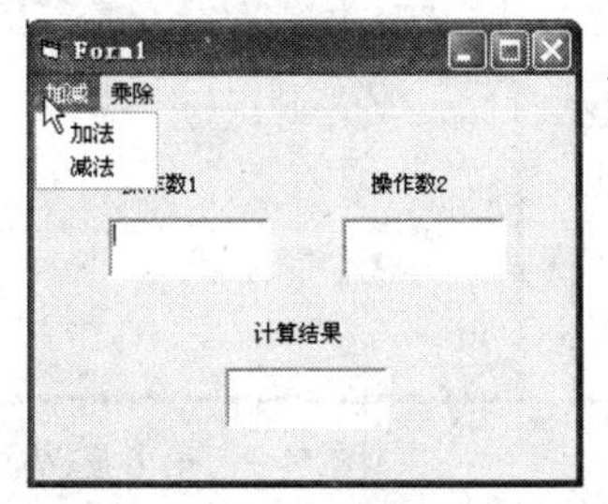

图 5-3　“加减”菜单下的简单计算器界面

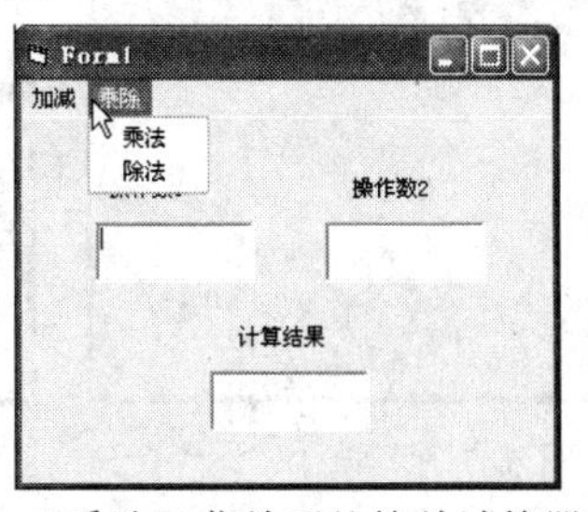

图 5-4　“乘除”菜单下的简单计算器界面

程序代码如下：

```
Private Sub jia_Click()
  If IsNumeric(Text1.Text)=False Then
    MsgBox "输入不是数字，请重新输入！",,"输入对话框"
    Text1.SetFocus
    Text1.SelStart=0
    Text1.SelLength=Len(Text1.Text)
  ElseIf IsNumeric(Text2.Text)=False Then
    MsgBox "输入不是数字，请重新输入！",,"输入对话框"
    Text2.SetFocus
    Text2.SelStart=0
    Text2.SelLength=Len(Text1.Text)
  Else
    Text3.Text=Val(Text1.Text)+Val(Text2.Text)
  End If
End Sub
```

上述事件过程是在“加法”菜单项的 Click 事件中编写，首先验证输入是不是合法，如果输入的是非数字，则提示用户输入错误，并要求用户重新输入。如果输入是合法的，那么计算两个文本框中的数据并将结果显示在结果文本框中。其余减法、乘法、除法与此相似，只需把“+”号变为相应的“-”、“*”、“/”符号即可。做除法时，还要测定除数是否为 0，若为 0 则不能做除法。

3. 建立如图 5-5 所示的字号、字体菜单，并实现相应功能。

4. 在上题的基础上设计菜单：单击“菜单 1”弹出如图 5-6 所示的“字体”对话框。

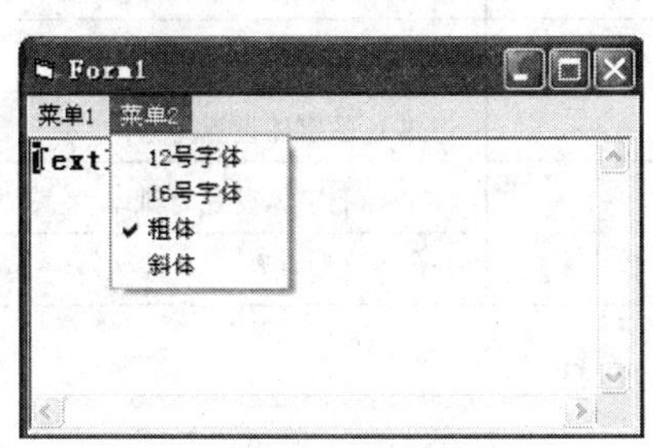

图 5-5　字体字号菜单界面

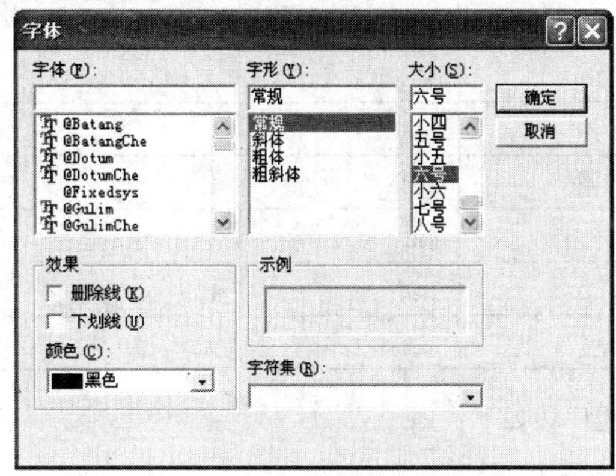

图 5-6　“字体”对话框

5. 修改第3题，建立如图5-7所示菜单，选择【查找】命令弹出如图5-8所示的对话框。
6. 修改第3题，建立如图5-9所示菜单，并实现相应功能。

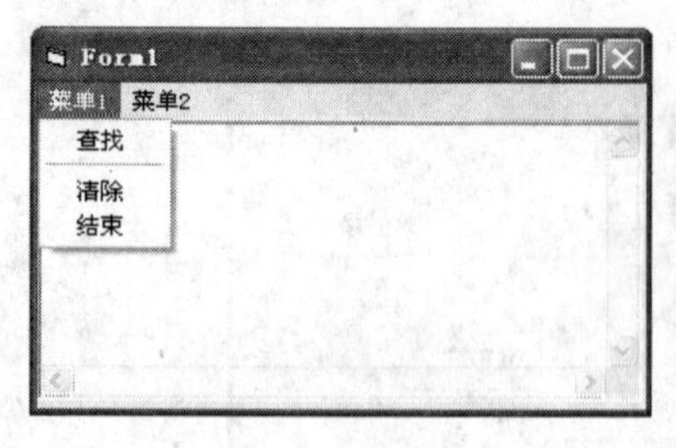

图5-7 菜单1

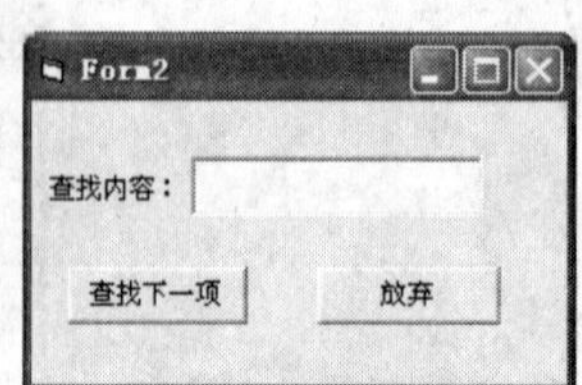

图5-8 第5题界面

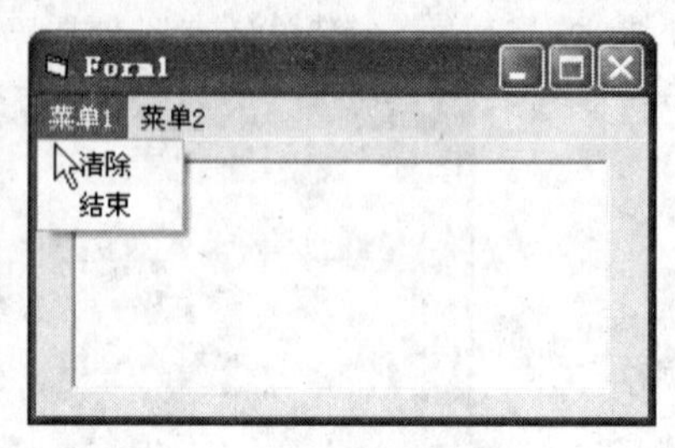

图5-9 第6题界面

以上习题3、习题4、习题5、习题6用以下的程序综合来解答。

先建立如图5-10所示的界面。运行后的界面如图5-11和图5-12所示。

图5-10 程序界面

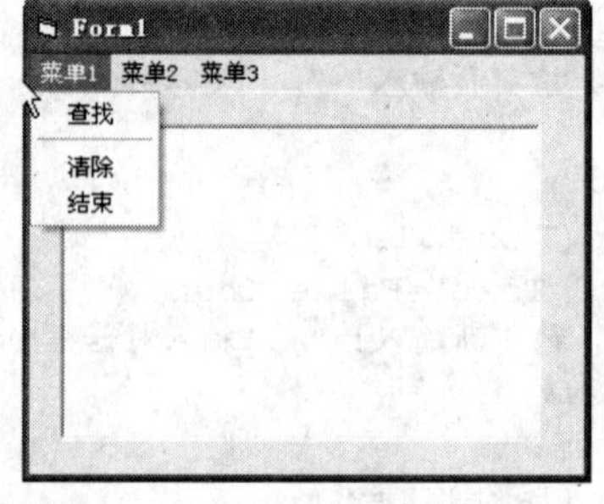

图5-11 运行后的程序界面（1）

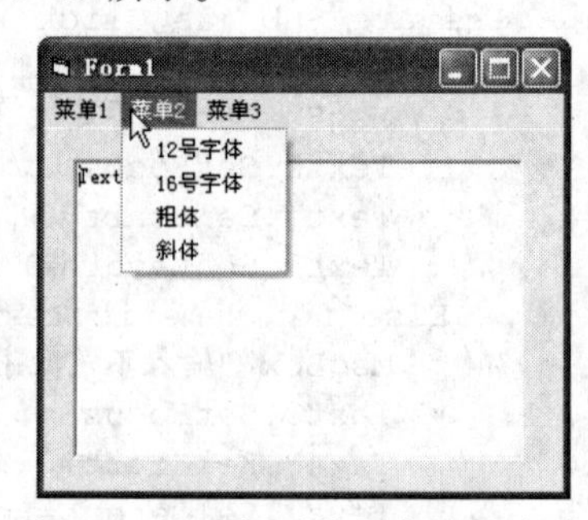

图5-12 运行后的程序界面（2）

答：打开菜单编辑器，建立各菜单项，菜单项的主要属性如表5-3所示。

表5-3 菜单项的主要属性

标 题	名 称	内缩符号	可见性	功能说明
菜单1	menu1	无	true	无
查找	findword	1	true	在Text框中查找字符
-	s	1	true	无
清除	clear	1	true	清除Text中的文本
结束	endapp	1	true	结束应用程序的运行
菜单2	menu2	无	true	无
12号字体	ziti12	1	true	将Text的字体大小改为12号
16号字体	ziti16	1	true	将Text的字体大小改为16号
粗体	cuti	1	true	将Text的字体设置为粗体
斜体	xieti	1	true	将Text的字体设置为斜体
菜单3	menu3	无	true	弹出字体对话框

程序段如下：

```
Option Explicit
Private Sub clear_Click()                    '【清除】子菜单
```

```
   Text1.Text=""
End Sub

Private Sub cuti_Click()                         '【粗体】子菜单
   Text1.FontBold=Not Text1.FontBold
End Sub

Private Sub endapp_Click()                       '【结束】子菜单
   End
End Sub

Private Sub findword_Click()                     '【查找】子菜单
   Dim b1 As String
   Dim i As Integer
   b1=InputBox("输入要查找的内容")
     i=InStr(Text1.Text, b1)
     If i>0 Then
       Text1.SelStart=i-1
       Text1.SelLength=Len(b1)
     Else
       MsgBox("找不到！")
     End If
End Sub

Private Sub menu3_Click()                        '【菜单 3】菜单项
   CommonDialog1.Flags=cdlCFBoth Or cdlCFEffects
   CommonDialog1.Action=4
   Text1.FontName=CommonDialog1.FontName
   Text1.FontSize=CommonDialog1.FontSize
   Text1.FontBold=CommonDialog1.FontBold
   Text1.FontItalic=CommonDialog1.FontItalic
   Text1.FontStrikethru=CommonDialog1.FontStrikethru
   Text1.FontUnderline=CommonDialog1.FontUnderline
   Text1.ForeColor=CommonDialog1.Color
End Sub
Private Sub xieti_Click()                        '【斜体】子菜单
   Text1.FontItalic=Not Text1.FontItalic
End Sub

Private Sub ziti12_Click()                       '【12 号字体】子菜单
   Text1.FontSize=12
End Sub

Private Sub ziti16_Click()                       '【16 号字体】子菜单
   Text1.FontSize=16
End Sub
```

7. 建立如图 5-13 所示菜单，在【文件】菜单中保留最近打开的文件清单。

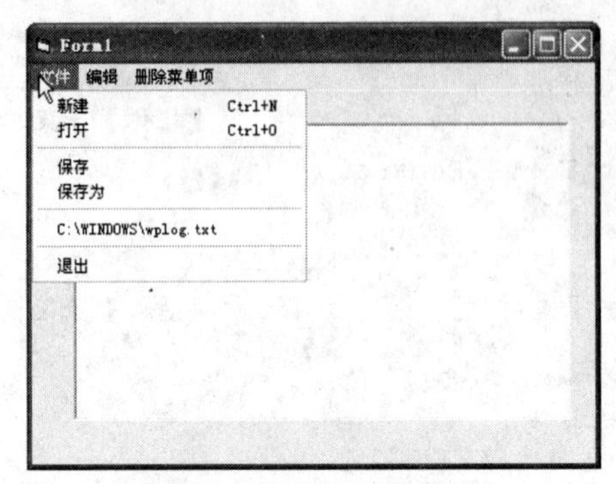

图 5-13 【文件】菜单

答：打开菜单编辑器，建立各菜单项，菜单项的主要属性如表 5-4 所示。

表 5-4 菜单项的主要属性

标 题	名 称	内缩符号	索 引	可 见 性	快 捷 键
文件	mfile	无	无	True	
新建	mnew	1	无	True	Ctrl+N
打开	mopen	1	无	True	Ctrl+O
-	q	1	无	True	
保存	msave	1	无	True	Ctrl+S
另存为	msaveas	1	无	True	
-	qq	1	无	True	
	appmenu	1	0	False	
-	qqq	1	无	True	
退出	mexit	1	无	True	
编缉	medit	无	无	True	
删除菜单项	mdel	无	无	True	

编写如下代码：

```
(通用)
Dim filename1 As String
Dim menucounter As Integer

Private Sub mopen_Click()                          '【打开】菜单项
   Dim a As Integer
   Dim linesfromfile,nextline As String
   '设置“公用对话框”选择文件
   CommonDialog1.Filter="Text Files(*.txt)|*.txt|All File(*.*)|*.*|"
   CommonDialog1.Action=1
   filename1=CommonDialog1.filename
   '判断输入的文件名是否正确
   If filename1=""Then
```

```
      MsgBox "您没有选择文件！",vbExclamation+vbOKOnly,"打开对话框"
   ElseIf Dir(filename1)=""Then
      MsgBox "您所选择的文件不存在，请重新选择！",vbExclamation,"打开对话框"
   Else
   '文件名正确，将文件名添加到菜单项
      menucounter=menucounter+1
      Load appmenu(menucounter)
      appmenu(menucounter).Caption=filename1
      appmenu(menucounter).Visible=True
   '打开文件，并将内容读入文本框
   Open filename1 For Input As #1
   Do Until EOF(1)
      Line Input #1,nextline
      linesfromfile=linesfromfile+nextline&Chr(13)&Chr(10)
   Loop
      Text1.Text=linesfromfile
      Close #1
   End If
End Sub

Private Sub mdel_Click()
   Dim n,i As Integer
   Dim msg As String
   msg="请输入要删除的菜单号："
   n=InputBox(msg,"删除菜单项")
   If n>menucounter Or n<1 Then
      MsgBox "超出范围，不能删除！",vbCritical+vbOKOnly
   Else
      For i=n To menucounter-1
         appmenu(i).Caption=appmenu(i+1).Caption
      Next i
      Unload appmenu(menucounter)
      menucounter=menucounter-1
   End If
End Sub
```

8. 建立如图 5-14 所示的弹出菜单。

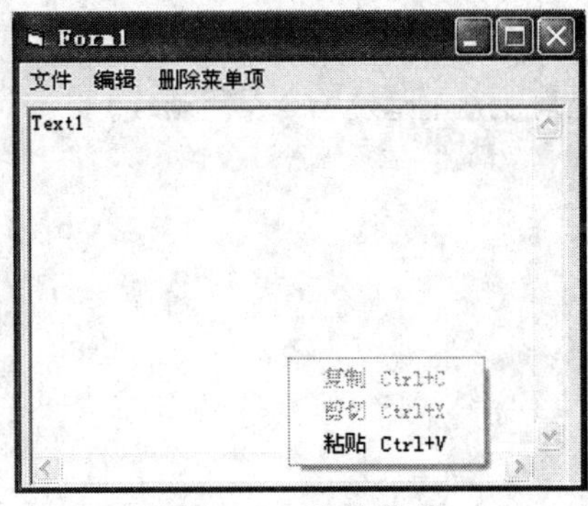

图 5-14　快捷菜单

答：打开菜单编辑器，建立各菜单项，菜单项的主要属性如表 5-5 所示。

表 5-5 菜单项的主要属性

标 题	名 称	内缩符号	可见性	快捷键	功能说明
编辑	fedit	无	False	无	弹出式菜单名称
复制	fcopy	1	True	Ctr+C	将文本框中所选内容复制到剪贴板
剪切	fcut	1	True	Ctr+X	将文本框中所选内容复制到剪贴板，同时清空文本框中所选内容
粘贴	fpast	1	True	Ctr+V	将剪贴板中的内容替换文本框中的所选文本

由于文本框本身单击右键时会弹出一个快捷菜单，为了屏蔽这个菜单，需要在 Text1 文本框的 MouseUp 与 MouseDown 事件中编写如下代码：

```
If Button=2 Then
  Text1.Enabled=False                          '禁止出现系统菜单
  If Text1.SelText<>""Then
    fcopy.Enabled=True
    fcut.Enabled=True
  Else
    fcopy.Enabled=False
    fcut.Enabled=False
  End If
PopupMenu fedit, 0                             '显示自己的菜单或做其他的事
Text1.Enabled=True
End If
```

编写子菜单代码：

```
Private Sub fcopy_Click()
  Clipboard.SetText Text1.SelText              '复制
  fpast.Enabled=True
End Sub

Private Sub fcut_Click()
  Clipboard.SetText Text1.SelText              '剪切
  Text1.SelText=""
  fpast.Enabled=True
End Sub

Private Sub fpast_Click()
  Text1.SelText=Clipboard.GetText()            '粘贴
End Sub
```

第 6 章 工具栏设计

6.1 内容要点

1. 利用应用程序向导创建工具栏

利用应用程序向导创建工具栏的操作步骤：

① 进入 Visual Basic 设计环境，在主菜单中选择【文件】→【新建工程】命令，会弹出“新建工程”对话框。

② 选择“Visual Basic 应用程序向导”，单击【确定】按钮，会弹出“应用程序向导”对话框。用户根据向导提示就可以创建出所需的工具栏。

2. ToolBar 和 ImageList 控件的使用

进入 Visual Basic 设计环境，在主菜单中选择【工程】→【部件】命令，打开“部件”对话框，选择“Microsoft Windows Common Control6.0”选项，单击【确定】按钮，就在“工具箱”中添加了 ToolBar 控件和 ImageList 控件。

新建一个 Form 窗体，在“工具箱”中单击 ToolBar 控件，然后在窗体中拖动鼠标画出 ToolBar 控件。选中 ToolBar 控件，右击，在弹出的快捷菜单中选择【属性】命令，打开 ToolBar 的“属性页”对话框。

在窗体中添加 ImageList 控件，选中 ImageListr 控件，右击，在弹出的快捷菜单中选择【属性】命令，打开 ImageList 的“属性页”对话框。在“图像”选项卡中添加所需的图片，打开 ToolBar 的“属性页”对话框，将“通用”选项卡的“图像列表”属性设置为 ImageList 控件的名称，在“按钮”选项卡中的“图像”文本框中输入 ImageList 控件中所加入的图像的索引号，即可将相应的图片添加到按钮上。

3. 复选框控件（CheckBox）和单选按钮控件（OptionButton）的使用

（1）复选框控件

选择复选框控件后，该控件将显示一个“√”，而清除复选框控件的选择后，“√”消失。可以使用 Frame 控件，对复选框进行分组，组中可以使用复选框控件显示多项选择，从而可选择其中的一项或多项。

（2）单选按钮控件

单选按钮控件显示一个可以打开或关闭的选项，也可以使用 Frame 控件，对单选按钮进行分组，组中选择一个单选按钮后，同组中的其他单选按钮控件自动无效，所以组中可以使用单选按钮显示单项选择。下面通过一个实例来说明如何使用复选框控件（CheckBox）和单选按钮控件（OptionButton）。

（3）应用实例

本实例通过选择不同的复选框控件控制文本框中文本的显示样式，使之以粗体、斜体、下画线的样式显示，通过选择单选按钮来控制文本框中文本的字体。程序运行效果如图 6-1 所示。

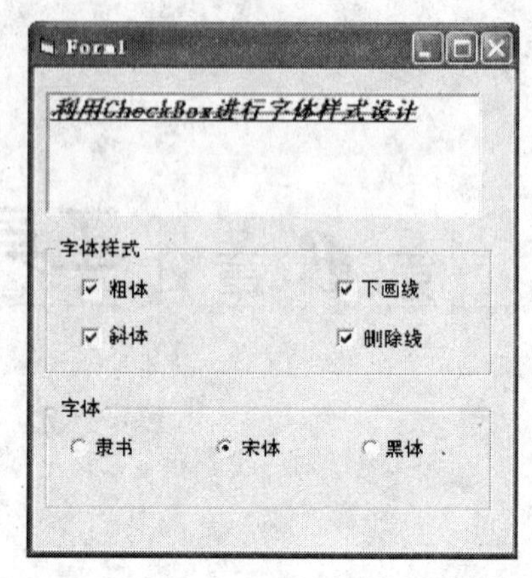

图 6-1 程序运行效果

① 在窗体中加入 1 个 TextBox 控件、2 个 Frame 控件、4 个 CheckBox 控件和 3 个 OptionButton 控件，各控件的属性设置如表 6-1 所示。

表 6-1 各控件属性设置

对 象	属 性	值
Text1	Text	利用 CheckBox 进行字体样式设计
Frame1	Caption	字体样式
Frame2	Caption	字体
Check1	Caption	粗体
Check2	Caption	斜体
Check3	Caption	下画线
Check4	Caption	删除线
Option1	Caption	隶书
Option2	Caption	宋体
Option3	Caption	黑体

② 为 CheckBox 控件的 Click 事件编写代码，控制文本框中文本的显示样式。

```
Private Sub Check1_Click()                    '选择“粗体”复选框
  If Check1.Value=1 Then
    Text1.FontBold=True
  Else
    Text1.FontBold=False
  End If
End Sub

Private Sub Check2_Click()                    '选择“斜体”复选框
  If Check2.Value=1 Then
    Text1.FontItalic=True
  Else
    Text1.FontItalic=False
  End If
End Sub
```

```
Private Sub Check3_Click()                    '选择“下画线”复选框
  If Check3.Value=1 Then
    Text1. FontUnderline=True
  Else
    Text1. FontUnderline=False
  End If
End Sub

Private Sub Check4_Click()                    '选择“删除线”复选框
  If Check4.Value=1 Then
    Text1. FontStrikethru=True
  Else
    Text1. FontStrikethru=False
  End If
End Sub

Private Sub Option1_Click()                   '选择“隶书”单选按钮
    Text1.FontName="隶书"
End Sub

Private Sub Option2_Click()                   '选择“宋体”单选按钮
    Text1.FontName="宋体"
End Sub

Private Sub Option3_Click()                   '选择“黑体”单选按钮
    Text1.FontName="黑体"
End Sub
```

6.2　习题与参考解答

1. 建立如图 6-2 所示的窗体，并添加代码实现文本框中文字格式的应用。

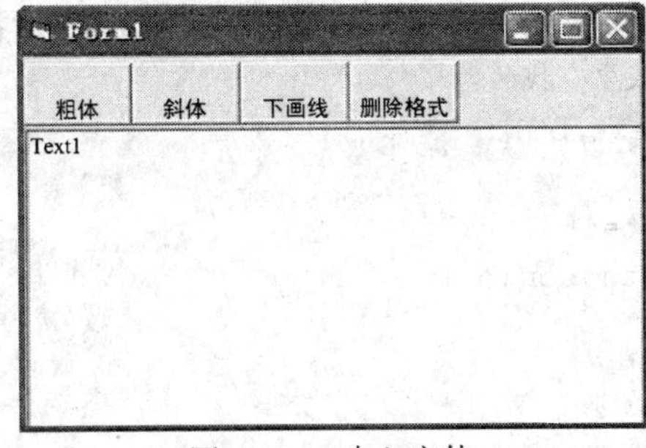

图 6-2　　建立窗体

答：首先创建一个如图 6-2 所示的工具栏，然后添加如下代码。

```
Private Sub Toolbar1_ButtonClick(ByVal Button As MSComctlLib.Button)
  n=Button.Index                              '工具栏上按钮的索引
  Select  Case  n
    Case 1
      Text1.FontBold=Not Text1.FontBold       '设置 Text1 中的“Text1”为粗体
    Case 2
```

```
    Text1.FontItalic=Not Text1.FontItalic      '设置Text1中的"Text1"为斜体
      Case 3
         Text1.FontUnderline=Not  Text1.FontUnderline
                                                '设置Text1中的"Text1"为下画线
      Case 4
         Text1.FontStrikethru=Not  Text1.FontStrikethru
                                                '设置Text1中的"Text1"为删除格式
   End Select
End Sub
```

2. 利用应用程序向导创建与 Word 相同的工具栏，并添加代码，实现其功能。

答：略。

3. 建立如图 6-3 所示工具栏，并添加代码，实现相应功能。

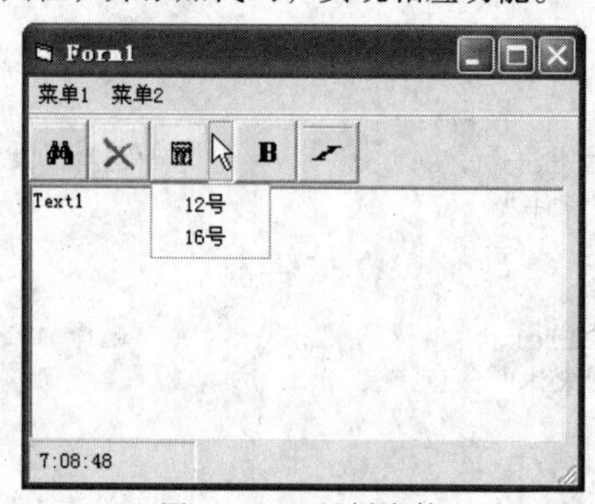

图 6-3 工具栏窗体

答：首先按图 6-3 所示，建好工具栏，然后添加如下代码。

```
Dim i As Integer
Private Sub Toolbar1_ButtonClick(ByVal Button As MSComctlLib.Button)
'对于查找、清除、粗体和斜体按钮的响应
   n=Button.Index
   Select Case n
   Case 1                                       '【查找】按钮
      b1=InputBox("输入要查找的内容")
      i=InStr(Text1.Text,b1)
      If i>0 Then
         Text1.SelStart=i-1
         Text1.SelLength=Len(b1)
      Else
         MsgBox("找不到！")
      End If
   Case 2                                       '【清除】按钮
         Text1.Text=""
   Case 3
         Text1.FontBold=Not Text1.FontBold
   Case 4
         Text1.FontItalic=Not Text1.FontItalic
   End Select
End Sub
```

```
Private Sub Toolbar1_ButtonMenuClick(ByVal ButtonMenu As
MSComctlLib.ButtonMenu)                          '对于【字号】按钮后的下拉菜单的响应
   n=ButtonMenu.Index
   Select Case n
   Case 1                                        '字号为 12
     Text1.FontSize=12
   Case 2                                        '字号为 16
     Text1.FontSize=16
   End Select
End Sub
```

4. 建立如图 6-4 所示的窗体，并添加代码，实现相应功能。

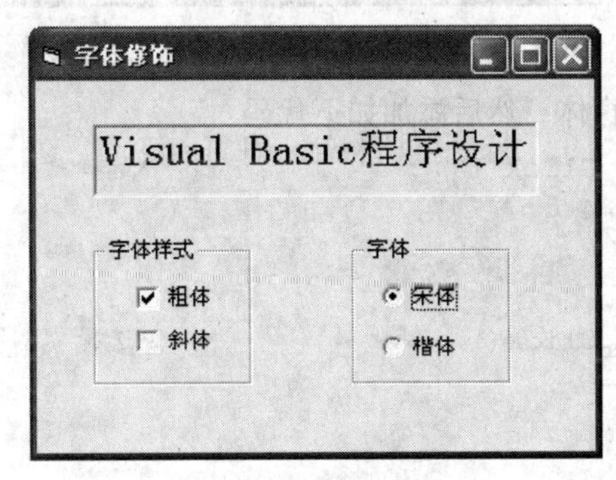

图 6-4　字体窗体

答：首先按图 6-4 建立窗体，然后添加如下代码：

```
Private Sub Check1_Click()                       '选择"粗体"复选框
   If Check1.Value=1 Then
     Text1.FontBold=True
   Else
     Text1.FontBold=False
   End If
End Sub

Private Sub Check2_Click()                       '选择"斜体"复选框
   If Check2.Value=1 Then
     Text1.FontItalic=True
   Else
     Text1.FontItalic=False
   End If
End Sub

Private Sub Option1_Click()                      '选择"宋体"单选按钮
     Text1.FontName="宋体"
End Sub

Private Sub Option2_Click()                      '选择"楷体"单选按钮
     Text1.FontName="楷体_GB2312"
End Sub
```

5. 建立如图 6-5 所示的窗体，并添加代码，实现相应功能。

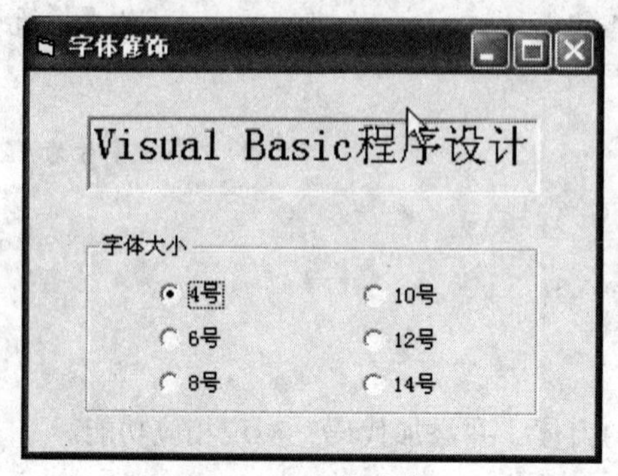

图 6-5 字号窗体

答：首先按图 6-5 建立窗体，然后添加如下代码：

```
Private Sub Option1_Click()                        '选择“4 号”单选按钮
    Text1.FontSize=4
End Sub

Private Sub Option2_Click()                        '选择“6 号”单选按钮
    Text1.FontSize=6
End Sub

Private Sub Option3_Click()                        '选择“8 号”单选按钮
    Text1.FontSize=8
End Sub

Private Sub Option4_Click()                        '选择“10 号”单选按钮
    Text1.FontSize=10
End Sub

Private Sub Option5_Click()                        '选择“12 号”单选按钮
    Text1.FontSize=12
End Sub

Private Sub Option6_Click()                        '选择“14 号”单选按钮
    Text1.FontSize=14
End Sub
```

第 7 章 常用对话框

7.1 内容要点

1. MsgBox 的使用

带有感叹号、问号或其他特殊标志的对话框就是消息框，用于显示各种信息。消息框至少有一个按钮要用户进行选择，以便应用程序对所出现的情况作出处理。

在 Visual Basic 中，创建消息对话框的方法是使用 MsgBox()函数，使用 MsgBox()函数的语法格式如下：

```
变量=MsgBox(<信息内容>[,<对话框类型>[,对话框标题]])
```

具体 MsgBox()函数的各参数说明详见主教材 7.1 的内容。消息框向用户显示了应用程序的特定信息并要求用户做出回答。如果用户单击了某个按钮来进行响应，就必须知道用户单击了哪个按钮，方法是通过 MsgBox()函数的返回值来判断用户所单击的按钮，返回值及其说明如表 7-1 所示。

表 7-1 MsgBox()函数的返回值

返回值	对应的 Visual Basic 常数	说明
1	vbOk	确定
2	vbCancel	取消
3	vbAbort	终止
4	vbRetry	重试
5	vbIgnore	忽略
6	vbYes	是
7	vbNo	否

2. InputBox 的使用

InputBox()函数可以显示一个输入框，它可以接受用户输入的信息，其语法格式为：

```
变量=InputBox(<信息内容>[,<对话框标题>][[,<默认内容>]])
```

InputBox()函数返回值是文本类型。当输入的值要作为数字来进行运算时，要用 Val()函数将文本转化为数值类型。

3. 公用对话框的使用

公用对话框可以提供打开、另存为、颜色、字体、打印、帮助等几种类型的标准对话框。在实际的应用中，有时在打开“字体”对话框时，出现如图 7-1 所示的提示，这是由于需要使用 Flags 属性。在显示“字体”对话框之前，必须先将 Flags 属性设置为 cdlCFScreenFonts（使用屏幕字体）、cdlCFPrinterFonts（使用打印字体）或 cdlCFBoth（两者都使用）。

图 7-1 字体不存在的错误信息

Flags 属性可以指定多个值，也可以使用 Or 运算符将多个 Flags 值连接起来为一个对话框设置多个标志。Flags 常用的属性设置值如表 7-2 所示。

表 7-2 “字体”对话框的 Flags 属性值

设置值	对应的 Visual Basic 常数	描述
&H3	cdlCFBoth	指定“字体”对话框列出可用的打印机字体和屏幕字体
&H100	cdlCFEffects	指定“字体”对话框中包含有设置删除线、下画线及字体颜色效果的选项
&H1	cdlScreenFonts	指定“字体”对话框只列出系统支持的屏幕字体，即指定对话框只允许选择 TrueType 型字体
&H40000	cdlCFTTonly	

7.2 习题与参考解答

1. 设计一个程序，当单击窗体时出现图 7-2（a）所示的消息框，选择其中一个按钮之后出现图 7-2（b）所示的消息框。

（a）弹出的对话框

（b）结果对话框

图 7-2 弹出对话框与结果对话框

答：新建一个 Form1 窗体，可以不加入任何控件，然后添加如下代码。

```
Private Sub Form_Click()                    '当单击窗体时，执行以下代码
   Dim n As Integer
   Dim result As Integer
   n=MsgBox("请选择按钮!",vbYesNoCancel+vbExclamation+vbDefaultButton1,"习题")
   '弹出如图 7-2（a）所示的消息框
   Select Case n
      Case 6                                '单击【是(Y)】按钮时
         result=MsgBox("选择了第一个按钮!",vbInformation,"习题")
      Case 7                                '单击【否(N)】按钮时
         result=MsgBox("选择了第二个按钮!",vbInformation,"习题")
      Case 2                                '单击【取消】按钮时
         result=MsgBox("选择了第三个按钮!",vbInformation,"习题")
   End Select
End Sub
```

2. 利用输入框输入小时、分、秒，转化为秒数，并用消息框输出：

答：先建立一个窗体，在窗体上加 1 个 Command 控件，并添加如下代码：

```
Private Sub Command1_Click()
   h1=Val(InputBox("请输入小时","",0))
   m1=Val(InputBox("请输入小时","",0))
   s1=Val(InputBox("请输入小时","",0))
   s2=h1*360+m1*60+s1
   result=MsgBox(s2,0+64+0,"总秒数")
End Sub
```

3. 在窗体上画一个命令按钮，然后编写如下事件过程：

```
Private Sub Command1_Click()
   x=0
   Do Until x=-1
      a=InputBox("请输入 A 的值")
      a=Val(a)
      b=InputBox("请输入 B 的值")
      b=Val(b)
      x=InputBox("请输入 x 的值")
      x=Val(x)
      a=a+b+x
   Loop
   Print a
End Sub
```

程序运行后，单击命令按钮，依次在输入对话框中输入 5、4、3、2、1、-1，则输出结果为 __2__ 。

4. 建立如图 7-3 所示对话框，利用按钮改变“公用对话框示例”的颜色。

答：建立如图 7-3 所示的对话框，添加如下代码。

```
Private Sub Command1_Click()
   CommonDialog1.Action=3
   Label1.BackColor=CommonDialog1.Color
End Sub
```

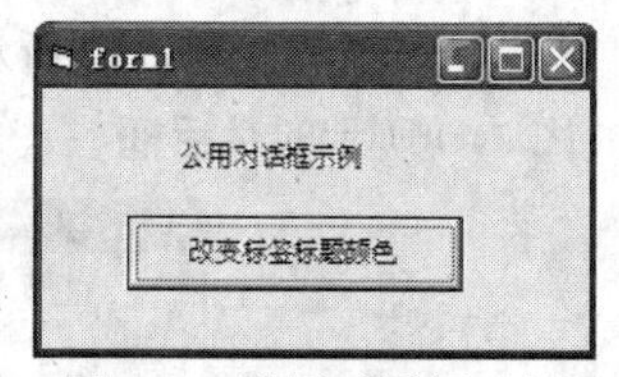

图 7-3　公用对话框示例

5. 建立如图 7-4 所示窗体，单击按钮弹出 7-5 所示的帮助窗口。

图 7-4　帮助对话框示例

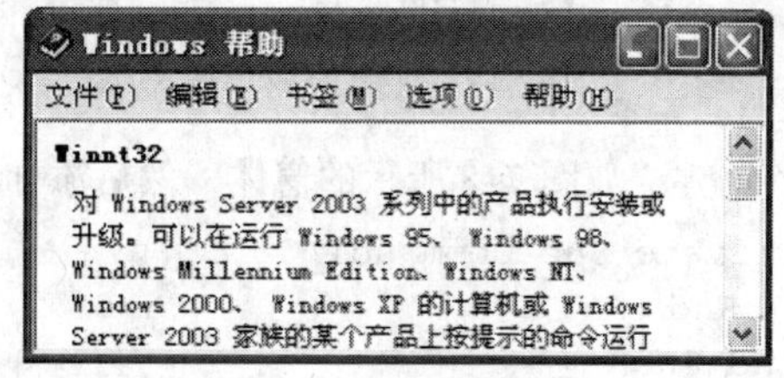

图 7-5　帮助窗口

答：建立如图 7-4 所示的窗体，添加如下代码：

```
Private Sub Command1_Click()
   CommonDialog1.HelpFile="winnt32.hlp"
   CommonDialog1.HelpCommand=cdlHelpContents
   CommonDialog1.ShowHelp
End Sub
```

6. 建立如图 7-6 所示的窗体，单击按钮弹出 7-7 所示的“打印”对话框。

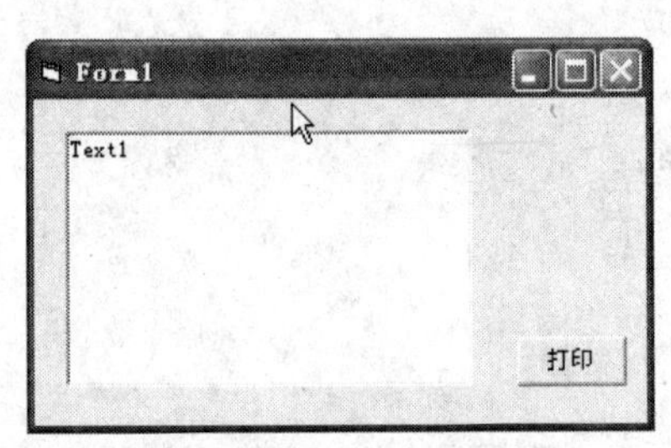

图 7-6 打印对话框示例

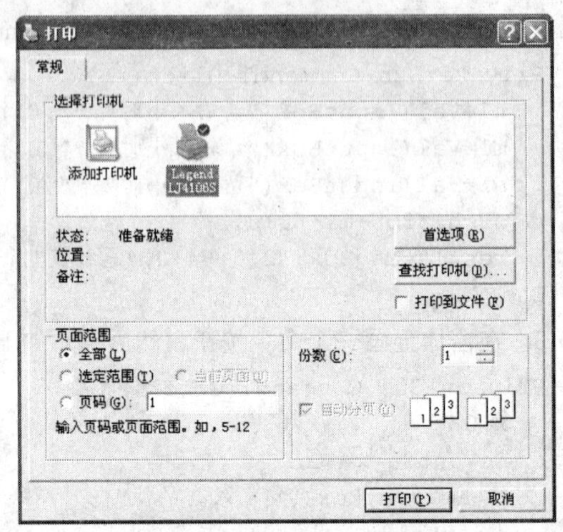

图 7-7 “打印”对话框

答：建立如图 7-6 所示的窗体，然后添加如下代码：

```
Private Sub Command1_Click()
   CommonDialog1.Copies=1
   CommonDialog1.Min=1
   CommonDialog1.Max=50
   CommonDialog1.CancelError=True
   CommonDialog1.Action=5
   Printer.Print Text1.Text
   Printer.EndDoc
End Sub
```

7. 建立如图 7-8 所示的账号和密码检验程序，当在“账号”文本框中输入非数字时弹出如图 7-9 所示的对话框。

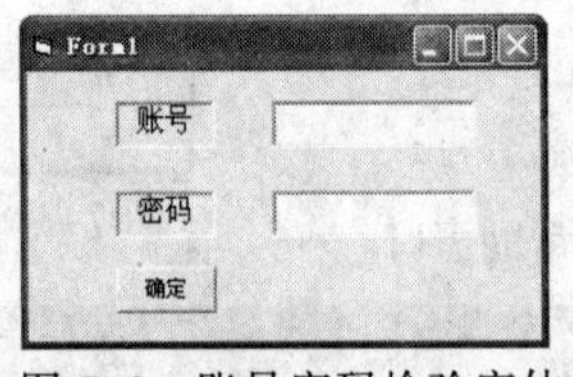

图 7-8 账号密码检验窗体

图 7-9 弹出对话框

答：建立如图 7-8 所示的窗体，然后添加如下代码：

```
Private Sub Command1_Click()                    '“确定”按钮
  End
End Sub

Private Sub Text1_KeyPress(KeyAscii As Integer) '检测“账号”文本框中输入的内容
   Dim n As Integer
   If KeyAscii<48 And KeyAscii<>8 Or KeyAscii>57 Then
      n=MsgBox("账号有非数字字符错误! ",,"V6J04-01")
      KeyAscii=0
   End If
End Sub
```

8. 设计一个程序，用输入框输入三角形三条边的长度，然后判断此三角形的形状（等腰三角形、等边三角形、任意三角形），并计算三角形的面积。

答：程序代码如下：

```
Private Sub Command1_Click()
   a=Val(InputBox("请输入边 a 的值","",0))
   If a<=0 Then
      MsgBox("不能输入负数或零")
      a=Val(InputBox("请输入边 a 的值","",0))
   End If
   b=Val(InputBox("请输入边 b 的值","",0))
   If b<=0 Then
      MsgBox("不能输入负数或零")
      b=Val(InputBox("请输入边 b 的值","",0))
   End If
   c=Val(InputBox("请输入边 c 的值","",0))
   If c<=0 Then
      MsgBox("不能输入负数或零")
      c=Val(InputBox("请输入边 c 的值","",0))
   End If

   If a+b<c Or a+c<b Or b+c<a Then
      Text1.Text="不能组成三角形"
   Else
      If a=b Or a=c Or b=c Then
         If a=b And a=c Then
            Text1.Text="等边三角形"
         Else
            Text1.Text="等腰三角形"
         End If
      Else
            Text1.Text="任意三角形"
      End If
   End If
   s2=(a+b+c)/2
   s=Sqr(s2*(s2-a)*(s2-b)*(s2-c))
   Text2.Text=s
End Sub
```

第 8 章 简单数据库设计实例

8.1 内 容 要 点

① Data 控件与数据库的连接。

② 利用 Data 控件和数据感知控件绑定来对数据库中的数据进行添加、修改和删除。

③ 工具栏、状态栏的创建和应用。

④ MsgBox、InputBox 和公用对话框的应用。

⑤ 利用 Find、Seek 进行信息查找。

⑥ 利用 Data 控件对图片进行存取。

⑦ 系统登录和关于窗体的设计和实现。

⑧ 通过数据库中的用户信息和密码来进行登录。

本实例通过对班级通讯录的“登录”窗体进行修改来介绍如何通过数据库中的用户信息和密码来进行登录，实现的具体功能是如果没有用户名和密码不能进入系统，只知道用户名，不知道密码，当密码输入错误达到 3 次，将会退出系统。具体操作步骤如下：

① 打开 VisData 窗口，打开数据库 db1.mdb，在数据库中再新建一个表，名称为 user，表的结构如表 8-1 所示。

表 8-1 user 表的结构

字段名称	数据类型	字段大小
用户	Text	20
密码	Text	16

② 新建一个班级通讯录的“登录”窗体 frmlogin.frm，在窗体中加入 3 个 Lable 控件、2 个 TextBox 控件、2 个 Command 控件、1 个 Image 控件和 1 个 Data 控件，如图 8-1 所示。

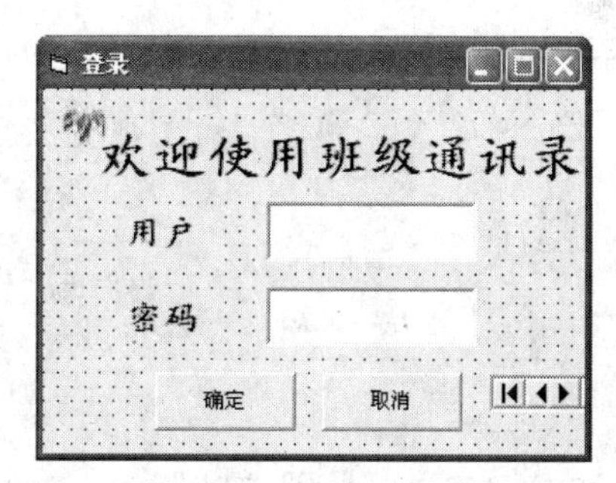

图 8-1　“登录”窗体

③ “登录”窗体中的主要控件属性如表 8-2 所示。

表 8-2　“登录”窗体主要控件属性列表

对　象	属　性	值
Data1	DatabaseName	E:\data 编程\db1.mdb
	RecordSource	User
Text2	PasswordChar	*
	Maxlength	8

④ 添加如下程序代码：

```
Dim tim As Integer
Dim myval As String

Private Sub Command1_Click()                    '单击“确定”按钮所要完成的工作
  Data1.Recordset.FindFirst "用户 like"+Chr(34)+Text1.Text+Chr(34)+""
  If Data1.Recordset.NoMatch Then
    MsgBox "此用户不存在!"
    Text1.SetFocus
    Text1.Text=""
  Else
    If Data1.Recordset.Fields("密码")=Text2.Text Then
      Mainfrm.Show
      Unload Me
    Else
      MsgBox("密码输入错误!")
      tim=tim+1
      Text2.SetFocus
      Text2.Text=""
      If tim=3 Then                             '密码输入错误 3 次，退出系统
        myval=MsgBox("密码输入错误已达 3 次，请向系统管理员查询!",0,"")
      If myval=vbOK Then End
      End If
    End If
  End If
End Sub
```

```
Private Sub Command2_Click()
   End
End Sub

Private Sub Form_Activate()
   Text1.SetFocus                                   '打开“登录”窗体，Text1 就将获得焦点
End Sub

Private Sub Form_Load()
   Data1.DatabaseName=App.Path & "\DB1.mdb"
End Sub

Private Sub Text1_KeyDown(KeyCode As Integer,Shift As Integer)
   If KeyCode=vbKeyReturn Then Text2.SetFocus '按回车键，Text2 获得焦点
End Sub
```

⑤ “登录”窗体运行的界面如图 8-2 所示。

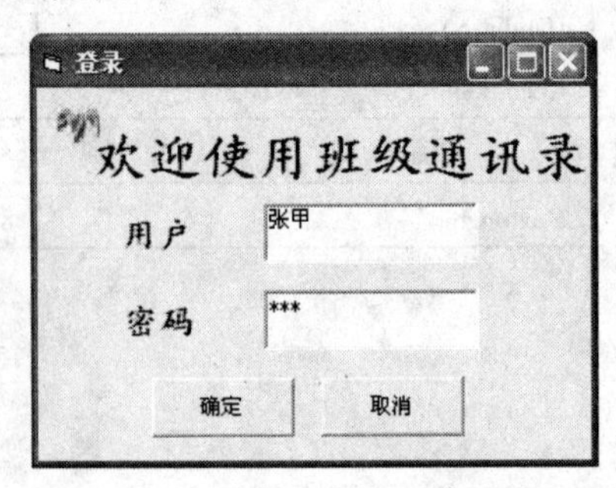

图 8-2 “登录”窗体运行的界面

8.2 习题与参考解答

1. 利用 Data 控件进行数据库编程的优缺点。

答：可以使用 Data 控件来执行大部分数据访问操作，而根本不用编写代码，Data 控件可以与一个特定的数据库中的表联系起来，对数据库的记录进行增加、删除、修改等操作，与 Data 控件绑定的数据感知控件可以自动显示当前记录，比较简单。但由于 Data 控件本身不显示数据，必须使用 Visual Basic 中的数据感知控件与 Data 控件绑定来显示数据，所以不能进行较复杂的操作。

2. 利用 Seek 方法来实现本实例中的单一查找和模糊查找。

答：利用 Seek 方法可参考主教材 4.3.2 节，由于 Seek 方法不能支持变量查询，所以不能进行模糊查找。

3. 利用 Data 控件如何直接存取数据库中的图像数据？

答：将 Data 控件与 Image 控件绑定，就可以直接存取数据库中的图像数据。

4. 在数据库中创建一个包括用户信息和密码的 user 表，然后设计一个登录窗体，与 user 表建立连接，来实现系统登录。

答：可参考本章所讲的内容。

5. 利用Seek方法对记录进行查找时，必须要建立什么？这样做有什么好处？

答：利用Seek查找时要建立索引，这样做可以加快数据库的查找速度。

6. 利用Data控件进行数据库编程时，数据库是采用什么建立的？

答：数据库是采用Visual Basic中的可视化数据管理器（VisData）来建立的。

7. 利用Data控件进行数据库编程时，能不能访问由Access 2003创建的数据库？

答：不能。

8. 试列出哪些是数据绑定控件？

答：TextBox控件、Image控件、Combo控件、Label控件、DBGrid控件、MSFlexGrid控件等，具体可参见“第4章 数据库访问技术”的内容。

9. 利用Data控件进行数据库编程时，能不能通过数据绑定的方法把声音、视频文件存储并从数据库中直接读出？为什么？

答：不能，因为采用Visual Basic中的可视化数据管理器（VisData）来建立的数据库，其字段的数据类型没有“OLE 对象”，所以不能通过数据绑定的方法把声音、视频文件直接存储到数据库中并从数据库中直接读出。

第 9 章 使用 ODBC 技术

9.1 内容要点

1. ODBC 的优势与结构

ODBC 的最大优点就是，设计人员不必每接触一种不同格式的数据库文件，就得重新去学习该类型的数据库函数。

在访问 ODBC 数据源时，需要 ODBC 驱动程序的支持，一般来说，当安装不同程序语言时，多多少少会提供一些驱动程序。例如在安装 Visual Basic 或 Delphi 语言时，ODBC 的驱动程序就可以通过安装程序加入 ODBC，或者可以直接从数据库的来源厂商取得。

2. ODBC 数据源的添加

在与不同的数据库做数据源时，不同的数据库类型选择不同的 DSN 选项。

（1）使用 ODBC 连接 Access 数据源

使用 Access 数据库时，ODBC 的 DSN 选项应选择 Microsoft Access Driver(*.mdb)选项。

操作步骤：

① 如果是 Windows XP 系统，选择【开始】→【设置】→【控制面板】→【管理工具】→【数据源（ODBC）】命令。

② 单击【添加】按钮，系统将准备添加一个用户数据源。为了安装数据源，将弹出“创建新数据源”对话框。

③ 在“创建新数据源”对话框中，选择 Microsoft Access Driver(*.mdb)选项。

④ 单击【完成】按钮，将弹出“ODBC Microsoft Access 安装”对话框。填写相应的项目。

在“数据库”选项区域中可以单击【选择】、【创建】、【修复】、【压缩】按钮，来完成对数据库的一些操作。这里单击“选择”按钮，选取所需的数据库。

在弹出的“选择数据库”对话框中，指定所需的 Access 数据库路径，单击【确定】按钮，至此，Access 数据库的配置完成。

（2）使用 ODBC 连接 SQL Server 数据源

在使用 ODBC 与 SQL Server 数据库时，DSN 选项应选择 SQL Server 选项。

操作步骤：

① 如果是 Windows XP 系统，则选择【开始】→【设置】→【控件面板】→【管理工具】→【数据源（ODBC）】命令。

② 单击【添加】按钮，系统将准备添加一个用户数据源。为了安装数据，将弹出“创建新数据源”对话框。

③ 在“创建新数据源”对话框中，选择 SQL Server 选项。

④ 选择 SQL Server 选项后，单击【完成】按钮，将弹出“创建到 SQL Server 的新数据源”对话框。填写相应的项目。

⑤ 单击【完成】按钮，将完成新数据源的配置。单击【下一步】按钮进行下一步的配置工作。在“登录 ID”文本框中输入用户名 sa，在“密码”文本框中输入所需的密码。

⑥ 单击【下一步】按钮，将弹出“创建到 SQL Server 的新数据源”对话框，在“更改默认的数据库为”下拉列表框中，选择所需的 SQL Server 数据库，这里选择 SQL Server 自带的 master 数据库，再单击【下一步】按钮。

⑦ 单击【完成】按钮，将弹出“测试数据源”对话框，单击【测试数据源】按钮，如果正确，则连接成功；如果不正确，系统会指出具体的错误，用户应该重新检查配置的内容是否正确。

3. 使用 ODBC 来源数据

使用 VisData 应用程序打开已经建立好的 SS 数据源，说明如何使用现有的 ODBC 数据源。

操作步骤：

① 启动 VisData 应用程序，选择菜单【文件】→【打开数据库】→【ODBC】 命令。

② 在打开的“ODBC 登录”对话框中，按顺序选择数据源的 DSN、UID、数据库名称。这些内容都是设置数据源时设置好的。

③ 单击【确定】按钮，稍等片刻 VisData 已经将 master 数据源打开。

9.2 习题与参考解答

1. 何谓 ODBC？使用 ODBC 数据源的优势是什么？

答：ODBC 是 Open DataBase Connectivity 的简写，译为“开放式数据库链接”。ODBC 是数据库服务器的一个标准协议，它向访问网络数据库的应用程序提供了一种通用的语言。

ODBC 基于 SQL（Structured Query Language），并把它作为访问数据库的标准。这个接口提供了最大限度的相互可操作性：一个应用程序可以通过一组通用的代码访问不同的数据库管理系统。设计人员不必每接触一种不同格式的数据库文件，就得重新去学习该类型的数据库函数。

2. 添加 ODBC 数据源的关键是什么？

答：关键在于找到相关的数据库驱动程序，并在设置时选择相应的数据库驱动程序。

3. 按照书中的方法分别添加一个 Access 数据源和一个 SQL Server 数据源，分别命名为 myAccess 和 mySQL。并且练习最简单的在 Visual Basic 中使用 ODBC 数据源的方法。

答：设置数据源的方法参见主教材第 9 章“9.2 使用 ODBC 连接数据源”一节的相关内容。在数据源“名称”框中分别填入 myAccess 和 mySQL 数据源名，其余设置不变。

最简单的在 Visual Basic 中使用 ODBC 数据源的方法即在 Visual Basic 中使用 Visdata 可视化数据管理器打开 ODBC 来源的数据，并对数据进行添加、删除、修改等操作。

4. SQL Server 与 Access 数据库的特色各是什么?

答：Microsoft Access 是一种桌面数据库，只适合数据量少的应用，在处理少量数据和单机访问的数据库时很好用，效率也很高，但是它的同时访问客户端不能多于 4 个。Microsoft Access 数据库有一定的极限，如果数据达到 100MB 左右，很容易造成服务器 IIS 假死，或者消耗掉服务器的内存导致服务器崩溃。

Microsoft SQL Server 是基于服务器端的中型的数据库，可以适合大容量数据的应用，在功能上、管理上也要比 Microsoft Access 强得多，在处理海量数据的效率、后台开发的灵活性、可扩展性等方面非常强大。因为现在都使用标准的 SQL 语言对数据库进行管理，所以如果是标准 SQL 语言，两者基本上都可以通用。Microsoft SQL Server 还有更多的扩展，可以用来存储过程，数据库大小无极限限制。

5. 添加 ODBC 数据源时，添加的系统数据源与用户数据源有何区别?

答：添加的系统数据源可以用于系统中的所有用户，而用户数据源只能用于本用户。

第 10 章 开发客户机/服务器结构的数据库

10.1 内容要点

1. 客户机/服务器（Client/Server）型数据库

C/S（Client/Server，客户机/服务器）型数据库是当前数据库应用的主流。C/S 型数据库应用程序由两个部分组成：服务器和客户机。服务器指数据库管理系统（DataBase Management System，DBMS），用于描述、管理和维护数据库的程序系统，是数据库系统的核心组成部分，对数据库进行统一的管理和控制。客户机则将用户的需求送交到服务器，再从服务器返回数据给用户。

C/S 型数据库非常适合于网络应用，可以同时被多个用户所访问，并赋予不同的用户以不同的安全权限。C/S 型数据库支持的数据量一般比文件型数据库大得多，还支持分布式的数据库（即同一数据库的数据位于多台服务器上）。

2. 访问 ODBC 数据源的方法

Visual Basic 为开发者提供了多种访问 ODBC 数据源的途径，如 Microsoft Jet 数据库引擎、ODBC API 函数、RDO 接口等。

（1）使用 Microsoft Jet 访问 ODBC 的技巧

使用 Microsoft Jet 数据库引擎访问 ODBC 时，可以配合数据访问对象 DAO 或 ADO，DAO 和 ADO 都提供了相当丰富的功能来访问数据源。

（2）使用 ODBC API 访问 ODBC 数据源

在 Visual Basic 中调用 ODBC API 函数访问 ODBC 数据源，代码编写参见主教材“10.2.2 使用 ODBC API 访问 OBDC 数据”一节的相关内容。

10.2 习题与参考解答

1. 什么叫客户机/服务器结构的数据库？

答：略。

2. Visual Basic 中访问 ODBC 数据源的方式共有几种？各有什么特色？

答：Visual Basic 为开发者提供了多种访问 ODBC 数据源的途径，如 Microsoft Jet 数据库引擎、ODBC API 函数、RDO 接口等。使用 Microsoft Jet 数据库引擎访问 ODBC 时，可以配合数据访问对象 DAO 或 ADO，DAO 和 ADO 都提供了相当丰富的功能来访问数据源。

相比而言，使用 ODBC API 函数访问数据源的编程难度最大。

3. 如果给一个大型超市做一个进、销、存系统，应使用哪种数据库？为什么？

答：最好选择 SQL Server 数据库，因为大型超市的商品信息数据量很大，而且，超市的收款终端要与数据库相连，所以选择 SQL Server 数据库是明智之举。

4. 使用 ODBC API 访问 ODBC 数据源之前，必须对 API 函数进行<u>事先声明，声明函数将要使用的函数、常量和数据结构</u>，与数据源建立连接时分为<u>调用 SQLAllocConnect 函数获取连接句柄、建立连接</u>两步。

5. 试着用 Visual Basic 打开一个 SQL Server 数据库，并对其中的数据进行编辑。

答：第一步，建立一个 ODBC 数据源，数据源指向 SQL Server 数据库，建立的方法参见主教材第 9 章“9.2.2 使用 ODBC 连接 SQL Server 数据源”一节的相关内容。

第二步，在 Visual Basic 中使用 ODBC 来源的数据，使用的方法有 VisData、ODBC API，以及 ADO 技术。

6. 把前面建立的 Access 数据库，使用 ODBC 的方法打开。

答：先新建一个 ODBC 数据源，然后在 Visual Basic 中使用 ODBC 来源的数据。具体方法略。

第 11 章　ADO 数据库开发技术

11.1 内 容 要 点

使用 ADO 技术访问数据库可以使用两种方法：一种方法是使用 ADO Data 控件；另一种方法是使用 ADO 对象。相比较而言，ADO 对象访问数据库时需要编写的代码比较多，但是使用起来比较灵活，可以在程序中改变连接数据库的路径，也可以实现 SQL 语句查询，所以，在编写数据库程序时，最好采用 ADO 对象方法。

无论使用 ADO Data 控件还是使用 ADO 对象，在使用前都必须引入到 Visual Basic 的工程中。

1. 使用 ADO Data 控件

（1）引入 ADO Data 控件

在 Visual Basic 的开发环境下，选择【工程】→【部件】命令，弹出“部件”对话框。在“控件”选项卡中选择 Microsoft ADO Data Control 6.0（OLEDB）控件。

然后单击【确定】按钮，ADO Data 控件就引入到了 Visual Basic 工程中。

（2）ADO Data 控件的使用

总体来说，使用 ADO Data 控件与使用 Data 控件相类似。使用时可以参考 Data 控件，但还是要弄清它们之间的区别。

① 使用 ADO Data 控件与数据库相连。

a. 右击放到窗体上的 ADO Data 控件，打开 ADO Data 控件的“属性页”对话框，设置“通用”选项卡，如果是 Access 数据库可以选择“使用连接字符串”单选按钮；如果是使用 ODBC 数据源则可以选择“使用‘ODBC’数据源名称”单选按钮。这里使用 Access 数据库选择“使用连接字符串”单选按钮，单击【生成】按钮。

b. 在“数据库链接属性”对话框中，打开“提供程序”选项卡，选择 Microsoft Jet 4.0OLE DB Provider 选项，单击【下一步】按钮。

c. 设置“连接”选项卡，设置用户要连接的数据库。

d. 单击【测试连接】按钮，如果弹出“测试连接成功”的对话框，则可以进行下一步操作。否则会告知连接失败的原因。

e. 回到“属性页”对话框，设置“身份验证”选项卡。如果在设置连接字符串时已经向 ADO Data 控件提供了身份验证信息，这里就不需要设置了。

f. 回到“属性页”对话框，设置“记录源”选项卡。

g. 单击【确定】按钮完成设置。

② 使用数据感知控件操作数据库中的数据。

使用数据感知控件时，只要设置 DataSource 和 DataField 属性，就可以显示数据库中的内容。

③ 进行数据操作。

- 修改 Updatable 属性为 True。
- 用 AddNew 方法添加新记录；Delete 方法删除记录；MoveFirst、MoveLast、MoveNext、MovePrevious 方法移动记录。
- 修改记录后使用 Update 方法保存数据，否则会丢失修改后的数据。若不想保存修改后的数据，可以使有 CancelUpdate 方法。

2. 使用 ADO 对象

（1）引入 ADO Data 对象

引入 ADO Data 控件时系统将自动引入 ADO 对象，若没有引入 ADO Data 控件，也可以直接引入 ADO 对象，方法是选择菜单【工程】→【引用】命令，弹出“引用”对话框。在“可用的引用”列表框中选择 Microsoft ActiveX Data Objects 2.7 Library 选项，即可将 ADO 对象引入程序。

（2）ADO 对象的使用

① 声明 ADO 对象。

```
Dim mycnn As New ADODB.Connection              '定义连接
Dim sturecord As New ADODB.Recordset           '定义记录集
```

② 创建 ADO 对象实例并打开数据库。

```
Dim strcon As String
Set mycnn=New ADODB.Connection
strcon="provider=Microsoft.Jet.OLEDB.4.0;Data Source=" & App.Path & _
"\studend.mdb;Persist Security Info=False"
mycnn.Open strcon
sturecord.Open "学生",mycnn,adOpenDynamic,adLockOptimistic
showdata
```

这里使用 App.Path 是指当前路径，这样打开数据库，无论数据库复制到哪个目录下，只要与 Visual Basic 工程在同一个目录下，都可以顺利打开。

③ 使用 ADO 对象连接数据库。

使用 ADO 对象连接数据库，也必须编写代码完成。假设要使用 Text 控件做数据感知控件，则可以使用如下语句：

```
Text1.text=myrecord.Fields("字段名").Value
```

其中 myrecord 是用户定义的记录集的名称。

另外还可以使用 DataGrid 控件做数据感知控件，其程序段如下：

```
On Error Resume Next
Dim mycnn As New ADODB.Connection
```

```
mycnn.Open connstring
ad.CursorLocation=adUseClient            'ad为用户定义的Recordset变量
ad.Open "source",mycnn,adOpenDynamic,adLockOptimistic
If ad.EOF Then
  MsgBox "库中无记录! ",vbExclamation,"数据"
Else
  Set DataGrid1.DataSource=ad
  DataGrid1.Refresh
End If
```

上述程序段中，若记录集 ad 改变，DataGrid 控件中的内容会跟着改变。

需要特别注意：ad.CursorLocation=adUseClient 语句必须写在打开记录集之前，否则不能为 DataGrid 控件的 DataSource 属性赋值。如果想得到记录集中的正确的记录条数，可以使用 RecordCount 属性，但在打开记录集时还是要编写这一句 ad.CursorLocation = adUseClient，否则只能返回-1，不能返回正确的记录条数。

④ 进行数据操作。

使用 ADO 对象编程时，数据的显示、保存都必须编写相应的语句来实现，不会像使用 Data 控件和 ADO Data 控件时，数据可以自动更新。所以，当进行数据修改后，显示的数据不变时，可以调用显示数据过程重新显示。

数据的删除、移动、增加，所使用的方法与使用 ADO Data 控件时的方法一致。只是，使用 ADO Data 控件时的语法格式为：

```
Adodc1.Recordset.AddNew
Adodc1.Recordset("姓名")="吴小珊"
…
Adodc1.Recordset.Update
```

而 ADO 对象的语法格式为：

```
myrecord.AddNew
myrecord.Fields("姓名").Value="吴小珊"
…
myrecord.Update
```

其中，myrecord 是用户定义的记录集名称。由上述程序可以看出，使用 ADO 对象编程时，不必写 Recordset。

3. 使用 SQL 语句进行数据查询

SQL(Structure Query Language)语言是一个标准的数据库语言。使用 ADO 对象访问数据库时，可以使用 SQL 语句实现多种查询，查询灵活、功能强大，而且它是结构化的查询语句，容易掌握。掌握之后在其他数据库语言中也可以应用。

SQL 语句在使用时，写在打开记录集的 Open 语句中。例如：

```
Set cbrst=Nothing
cbrst.Open SQLstr,adocon,adOpenDynamic,adLockOptimistic
```

加入 Set cbrst=Nothing 语句，在程序再次打开记录集时不会出现“对象打开时，不允许操作。”的错误。其中，SQLstr 即为 SQL 查询语句。具体使用方法参见主教材的第 11 章“11.7.1 SQL 语句简介”和“11.7.3 ADO 对象的数据搜索”两节内容。

11.2 习题与参考解答

1. 编制一个程序，使用 ADO Data 控件和 ADO 对象分别实现为一个商品信息表录入商品信息。并且具有修改、删除、浏览等功能。商品信息表的内容可以自行设定。

答：本题的解答分为使用 ADO Data 控件和 ADO 对象两种方法来实现。

首先，打开 Access 建立一个数据库，将数据库保存为 Commodities.mdb，数据库中包含一个表，表名为 shangpin，表结构如表 11-1 所示。

表 11-1 shangpin 表结构

字段名称	数据类型	意义
commid	文本（5）	商品编号
commname	文本（20）	商品名称
brand	文本（20）	品牌
price	货币	价格

（1）使用 ADO Data 控件

界面设计如图 11-1 所示。

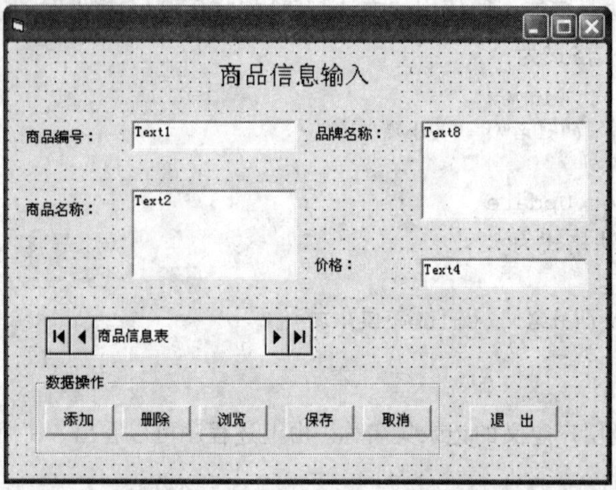

图 11-1 使用 ADO Data 控件设计的界面

程序设计步骤：

① 程序界面设计。

② 设置 ADO Data 控件的属性。右击 Adodc1，选择【ADODC 属性】命令，将属性设置为“使用连接字符串”，设置后的连接字符串为：

```
Provider=Microsoft.Jet.OLEDB.4.0;Data Source=F:\11.1\Commodities.mdb; _
Persist Security Info=False
```

其中“F:\11.1\Commodities.mdb”是要访问的数据库所在的路径及数据库的名称，设置时根据用户数据库的位置而定，可以与本例不同。

设置“记录源”选项卡上的“命令类型”为 2-adCmdTable，表或存储过程名称为 shangpin。

③ 设置数据感知控件的属性。本例中有 4 个 Text 文本框，设置这 4 个文本框的 Data Source 属性为 Adodc1，DataField 属性为对应的字段名称。

④ 编写程序。在【添加】、【删除】、【浏览】、【保存】、【取消】按钮的 Click 事件中编写如下代码：

```
Private Sub Command1_Click()                    '退出
  End
End Sub

Private Sub Command2_Click(Index As Integer)
  Select Case Index
  Case 0:                                       '添加
    Adodc1.Recordset.AddNew
    Text1.SetFocus
    Command3.Visible=True
    Command4.Visible=True
  Case 2:                                       '浏览
    studform.Show
  Case 5:                                       '删除
    Adodc1.Recordset.Delete
    Adodc1.Recordset.MovePrevious
  End Select
End Sub

Private Sub Command3_Click()                    '保存
  Adodc1.Recordset.Update
  Command6.Visible=False
  Command7.Visible=False
End Sub

Private Sub Command4_Click()                    '取消
  Adodc1.Recordset.CancelUpdate
  Command6.Visible=False
  Command7.Visible=False
End Sub
```

⑤ 保存程序。

⑥ 运行并调试程序。

（2）使用 ADO 对象

① 在工程中引入 ADO 对象。

② 界面设计。主界面如图 11-2 所示。商品信息浏览窗体如图 11-3 所示。该窗体中只有一个 Label 控件和一个 DataGrid 控件。

图 11-2　使用 ADO 对象编辑数据的界面设计

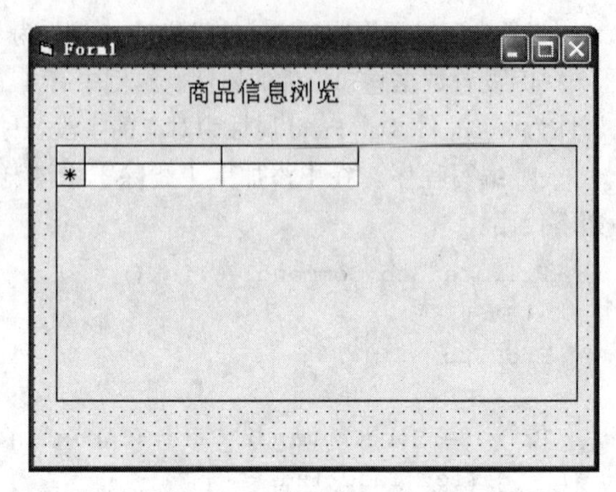

图 11-3　商品信息浏览窗体

③ 编制如下程序。

模块：

```
Public mycnn As New ADODB.Connection
Public sturecord As New ADODB.Recordset
```

主界面：

```
Private Sub Command1_Click(Index As Integer)
   Select Case Index
   Case 1:                                         '第一条
      sturecord.MoveFirst
      Command1(3).Enabled=True
      Command1(2).Enabled=False
   Case 2:                                         '上一记录
      Command1(3).Enabled=True
      sturecord.MovePrevious
      If sturecord.BOF Then
         Command1(2).Enabled=False
         sturecord.MoveFirst
      End If
   Case 3:                                         '下一记录
      Command1(2).Enabled=True
      sturecord.MoveNext
      If sturecord.EOF Then
         Command1(3).Enabled=False
         sturecord.MoveLast
      End If
   Case 4:                                         '最后一条
      sturecord.MoveLast
      Command1(3).Enabled=False
      Command1(2).Enabled=True
   End Select
   showdata
End Sub

Private Sub Command2_Click(Index As Integer)
   Select Case Index
```

```
  Case 0:                                       '添加
    sturecord.AddNew
    Command2(0).Enabled=False
    Text1.Text=""
    Text2.Text=""
    Text3.Text=""
    Text4.Text=""
    Text1.SetFocus
    Command2(3).Visible=True
    Command2(4).Visible=True
  Case 1:                                       '删除
    sturecord.Delete
    sturecord.MovePrevious
  Case 2:                                       '浏览
    studform.Show
  Case 3:                                       '保存
    On Error Resume Next
      If Text1.Text="" Then
        MsgBox "商品编号不能为空"
        Exit Sub
      End If
    sturecord.Fields(0).Value=Text1.Text
    sturecord.Fields(1).Value=Text2.Text
    sturecord.Fields(2).Value=Text3.Text
    sturecord.Fields(3).Value=Text4.Text
    sturecord.Update
    Command2(3).Visible=False
    Command2(4).Visible=False
    Command2(0).Enabled=True
  Case 4:                                       '取消
    sturecord.CancelUpdate
    sturecord.MoveFirst
    Command2(0).Enabled=True
    Command2(3).Visible=False
    Command2(4).Visible=False
  End Select
  If sturecord.EOF Then
    MsgBox "已到文件尾! "
    If sturecord.BOF=sturecord.EOF Then MsgBox "文件中已无记录。", _
      vbInformation+vbOKOnly, "记录指针报告"
    End If
  showdata
End Sub

Private Sub Command3_Click(Index As Integer)
  End
End Sub

Private Sub Form_Load()
  Dim strcon As String
```

```
    Set mycnn=New ADODB.Connection
    '设置连接字符串
    strcon="provider=Microsoft.jet.OLEDB.4.0;Data source=" & _
      App.Path & "\Commodities.mdb"
    mycnn.Open strcon                               '打开数据库连接
    sturecord.Open "shangpin",mycnn,adOpenDynamic,adLockOptimistic '打开记录集
    showdata
End Sub

Private Sub showdata()                              '显示数据
    On Error Resume Next
    If sturecord.EOF And sturecord.BOF Then
      MsgBox "库中无记录"
      Text1.Text=""
      Text2.Text=""
      Text3.Text=""
      Text4.Text=""
    Else
      Text1.Text=sturecord.Fields(0).Value
      Text2.Text=sturecord.Fields(1).Value
      Text3.Text=sturecord.Fields(2).Value
      Text4.Text=sturecord.Fields(3).Value
    End If
End Sub
```

浏览窗体：

```
Private Sub Form_Load()
    If sturecord.State=adStateOpen Then         '检测记录集的状态，若已经打开则关闭
      sturecord.Close
    End If
sturecord.CursorLocation=adUseClient
sturecord.Open "shangpin",mycnn,adOpenDynamic,adLockOptimistic
Set DataGrid1.DataSource=sturecord              '设置 DataGrid 控件的 DataGrid 属性
End Sub
```

④ 保存程序。

⑤ 调试、运行程序。

2. 在上题中使用 Filter 方法进行简单的数据查询。

在使用 ADODC 控件的程序的界面上添加一个【数据过滤】按钮，在工程中添加一个对话框窗体，用于输入筛选字符串，如图 11-4 所示。

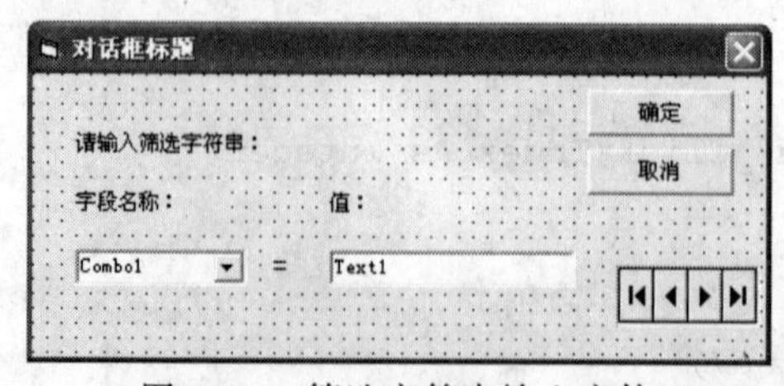

图 11-4　筛选字符串输入窗体

设置 Adodc1 的属性与上题的相同，且 Visible 属性设为 False。

在对话框窗体的代码窗口中编写如下程序：

```
Option Explicit

Private Sub CancelButton_Click()
   str=""
   Unload Me
End Sub

Private Sub Form_Load()
   Dim i As Integer
   '将表中的字段名称添加到 Combo 控件
   For i=0 To Adodc1.Recordset.Fields.Count-1
     Combo1.AddItem Adodc1.Recordset.Fields(i).Name
   Next i
   Combo1.ListIndex=0
   Text1.Text=""
End Sub

Private Sub OKButton_Click()
   '生成筛选表达式
   str=Combo1.Text & "= '" & Text1.Text & "'"
   Unload Me
End Sub
```

在新增的模块中添加如下代码：

```
Public str As String
```

在【数据过滤】按钮的 Click 事件中编写如下代码：

```
Dialog.Show 1
Adodc1.Recordset.Filter=str
Adodc1.Recordset.Requery
```

这样编写的数据过滤程序，用户在输入筛选字符串时不会出现不知道该输入什么的情况。而且用户不必记忆表中的字段名称，比起主教材中的过滤程序更体现其人性化的一面。

3. 写出下列查询的 SQL 语句：

① 查询成绩表（grade）中所有成绩不及格的学生的学号、姓名。

```
Select studentname,studentno From grade Where grade<"60"
```

② 查询学生表（student）中所有姓“王”的学生的信息。

```
Select * From student where studentname Like "王%"
```

③ 查询学生表（student）中的最后 3 个学生的学号、姓名。

```
Select top 3 studentname,studentno From student Order By studentno desc
```

④ 查询成绩表（grade）中所有成绩在 80 分以上的学生的学号、姓名、成绩，并对查询结果按成绩升序排序。

```
Select studentno,studentname,grade From grade Where grade>="80" Order By grade
```

4. 使用 ADO Data 控件和 ADO 对象访问数据库各有什么特色？如何选择？

答：使用 ADO Data 控件编程时，程序比较简单，需要编写的代码较少，但是程序不灵活，无法实现动态访问当前目录下的数据库文件，并且数据查询的功能有限。

使用 ADO 对象访问数据库时，需要编写的代码较多，但是程序编制灵活，能够使用 SQL 语句实现复杂的查询。

用户可以根据 ADOData 控件和 ADO 对象访问数据库的特点，结合选题选择使用 ADOData 控件还是使用 ADO 对象访问数据库。例如，学生做课程设计时可以选择 ADOData 控件；如果是一个较大的系统，对查询的要求比较多，此时适合选择 ADO 对象访问数据库。

5. 在使用数据感知控件进行数据输入的界面设计时，选择控件的原则是什么？

答：选择的原则是用户能够方便、快捷地输入所需信息。一切从用户的角度出发，不能让用户在输入时不知所措。

6. 比较 Data 控件、ADO Data 控件、ODBC 数据源 3 种连接数据库的方法。

答：使用 Data 控件连接的数据库只能是 VisData 创建的 Access 数据库，数据库的形式过于单一。

ADOData 控件连接的数据库可以是各种数据库，如 Access、SQL server、FoxPro 等类型的数据库。使用它连接数据库时，可以使用连接字符串的方式，也可以使用 ODBC 数据源来源的数据。

ODBC 数据源，在使用时必须进行设置，要求提供数据库的驱动程序。设置好数据源后，还应该使用 ADO Data 控件、ADO 对象或 API 函数才能使用数据源所连接的数据库。

7. 对查询结果进行排序有几种方法？各是什么？

答：有 3 种方法。

① 使用 SQL 语句中的 Select 句子中的 Order By 子句。

② 使用数据感知控件的排序功能，如 MSFlexGrid、DataGrid 控件的排序功能。

③ ADO 控件的排序功能。

具体的使用方法请参看主教材内容。

8. 思考如何实现输入提示功能。

答：输入提示实际就是一个不断查找、显示的功能。当用户输入数据的第一个字符时，程序便开始检索数据库中的相应字段的内容，如果字段值的首字符与输入的第一个字符相同，则显示在一个控件中，或是一个弹出式窗口中，用户如果单击某一项，则同时将当前记录移至这一项所在的位置，并在其他的数据感知控件中显示出来。

第 12 章 多媒体设计

12.1 内 容 要 点

1. 如何将二进制数据直接存储和读取

在 Visual Basic 中,对如图像、声音、视频等文件在数据库中直接存储和管理既可以采用 Access 提供的 OLE 类型数据进行，也可以采用 SQL Server 的 BLOB 类型数据进行，但要明确的是两者所使用的方法是一样的，只是在存储和管理二进制数据时所使用的数据库不同而已。本章主要是以 Access 提供的 OLE 类型数据为例子进行阐述。

二进制数据存入数据库的方法是利用 ADO 对象的 AppendChunk 方法将二进制数据存入数据库的 OLE 字段中。先将二进制文件打开，读取里面的数据，再使用 AppendChunk 方法将读出的数据存入 Access 数据库的 OLE 字段。

二进制数据读出数据库的方法是利用 ADO 对象的 GetChunk 方法将 Access 数据库的 OLE 字段中的数据读出。即先将一个指定的空二进制文件打开，使用 GetChunk 方法将二进制数据读入内存，然后再存入指定的二进制文件中。

另外可以利用 ADO 2.5 以上版本中提供的一个 Stream 对象，来直接将多媒体数据存取在数据库中，它需要引用 ADO Library 2.5 以上的版本，现在都能满足这个条件，本书中使用 ADO 对象都引用 ADO Library 2.7 或 2.8 来实现。

2. 利用 Stream 对象来实现图片存取

本节通过一个简单的图片显示实例介绍如何利用 Stream 对象将图片存入数据库的 OLE 字段中和将数据库中的图片显示出来。

(1) 利用 Stream 对象将图片存入数据库中

操作步骤如下：

① 进行数据库的设计。打开 Access 新建一个空数据库 db1.mdb，在其中新建一张表，命名为 imagetable。添加 3 个字段，分别是 ino、imagename、image，表结构如表 12-1 所示。建好以后存盘。

表 12-1　imagetable 表结构

字段名称	数据类型	意　义
ino	自动编号	图片编号
imagename	文本（30）	图片名
image	OLE 对象	图片

② 新建成一个工程，命名为“工程 1”。

③ 在菜单中选择【工程】→【引用】命令，弹出“引用”对话框，在对话框左边的列表框中选择 Microsoft ActiveX Database Object 2.7 Library 选项，将 ADO 对象引入工程。

④ 在菜单中选择【工程】→【部件】命令，弹出“部件”对话框，在对话框左边的列表框中选择 Microsoft Common Dialog 6.0 选项，将公用对话框加入到工程。

⑤ 新建一个窗体，命名为 Form1。

⑥ 在窗体上放置 3 个 Label 控件、2 个 TextBox 控件、1 个 CommonDialog 控件和 3 个 Command 控件。添加完控件的界面如图 12-1 所示。

⑦ 打开代码编辑窗口，输入以下代码（在“通用”中声明）：

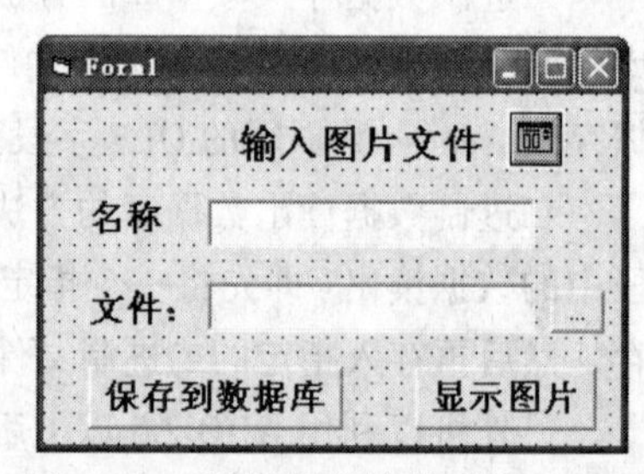

图 12-1　添加所有控件后的 Form1

```
Dim filename1 As String
Const BLOCKSIZE=4096
Private Sub SaveToDB(ByRef Fld As ADODB.Field,DiskFile As String)
   '定义数据块数组
   Dim sourcefile As Long
   Dim mstream As ADODB.Stream
   '判断文件是否存在
   If Dir(DiskFile)<>"" Then
      sourcefile=FreeFile
      '读入二进制文件
      Set mstream=New ADODB.Stream
      mstream.Type=adTypeBinary
      mstream.Open
      mstream.LoadFromFile(DiskFile)
      '存入数据库
      Fld.Value=mstream.Read
   Else
      MsgBox "文件不存在，请重新指定文件！",vbExclamation,"注意"
   End If
End Sub
Private Sub cmdSave2DB_Click()
   Call Save2DB
End Sub

Private Sub Save2DB()
   '建立一个 ADO 数据连接
   Dim DataConn As New ADODB.Connection
   Dim DataRec As New ADODB.Recordset
   DataConn.Open "Provider=Microsoft.Jet.OLEDB.4.0;Data Source="&App.Path&"" _
      & "\db1.mdb;Persist Security Info=False"
```

```
    DataRec.Open "select*from imagetable",DataConn,adOpenDynamic,adLockOptimistic
    DataRec.AddNew
      DataRec.Fields("imagename").Value=Text1.Text
    Call SaveToDB(DataRec.Fields("image"),Text2.Text)
    DataRec.Update
    DataRec.Close
    DataConn.Close
End Sub

Private Sub Command1_Click()
    CommonDialog1.Filter="所有文件(*.*)|*.*"
    CommonDialog1.ShowOpen
    filename1=CommonDialog1.FileName
    Text2.Text=filename1
End Sub
Private Sub Command2_Click()
    Form2.Show
    Unload Me
End Sub
```

图 12-2　程序运行界面

程序运行的演示界面如图 12-2 所示。

（2）利用 Stream 对象将图片从数据库中取出并显示在 image 控件中

操作步骤如下：

① 添加一个新窗体，命名为 Form2。

② 在窗体上放置 2 个 Label 控件、1 个 TextBox 控件、1 个 Command 控件和 1 个 Image 控件。添加完控件后的界面如图 12-3 所示。

图 12-3　添加所有控件的 Form2

③ 打开代码编辑窗口，输入以下代码：

```
Dim DataConn As New ADODB.Connection
Dim DataRec As New ADODB.Recordset

Private Sub SaveToFile(ByRef Fld As ADODB.Field,DiskFile As String)
    Dim mstream As ADODB.Stream
    '从数据库读入数据
    Set mstream=New ADODB.Stream
    With mstream
```

```
        .Type=adTypeBinary
        .Open
        .Write Fld.Value
        '将数据写入文件（以覆盖的方式）
      .SaveToFile DiskFile,adSaveCreateOverWrite
      .Close
    End With
End Sub

Private Sub Command1_Click()
    DataConn.Open "Provider=Microsoft.Jet.OLEDB.4.0;Data Source="& App.Path &"" _
        & "\db1.mdb;Persist Security Info=False"
    DataRec.Open "select * from imagetable where imagename='"& Text1.Text & "'", _
        DataConn,adOpenDynamic,adLockOptimistic
    Call SaveToFile(DataRec.Fields("image"),App.Path & "\temp")
    Image1.Picture=LoadPicture(App.Path & "\temp")
End Sub

Private Sub Form_Unload(Cancel As Integer)
    Kill (App.Path & "\temp")
End Sub
```

程序运行的演示界面如图 12-4 所示。

图 12-4　程序运行界面

12.2　习题与参考解答

1. 要将二进制数据存储在数据库中，Access 采用什么类型数据字段？SQL 采用什么类型数据字段？

答：Access 采用 OLE 类型数据字段，SQL Server 采用 BLOB 类型数据字段。

2. 什么类型的数据可以作为二进制数据存储在数据库中？

答：图像、声音、视频及较大的文本文件。

3. 比较利用 Data 控件绑定的方法实现数据库中图片存取与利用 ADO 对象实现数据库中图片存取的差别？

答：利用 Data 控件绑定的方法实现数据库中图片存取是利用绑定控件来自动显示图片，数据库中存储的是图片在计算机中的存储路径，而利用 ADO 对象实现数据库中图片存取是将图片直接存入了数据库字段中。

4. 试述利用 ADO 对象的 AppendChunk 方法和 GetChunk 方法将多媒体直接存取到数据库的原理。

答：

① 利用 ADO 对象的 AppendChunk 方法将二进制数据存入数据库的 OLE 字段中。即先将二进制文件打开，读取里面的数据，再使用 AppendChunk 方法将读出的数据存入 Access 数据库的 OLE 字段。

② 利用 ADO 对象的 GetChunk 方法将 Access 数据库的 OLE 字段中的数据读出。即先将一个指定的空二进制文件打开，使用 GetChunk 方法将二进制数据读入内存，然后再存入指定的二进制文件中。

5. 在将读出的图像数据存储到一个临时文件时，临时文件夹的扩展名能否为.tmp?

答：可以。

6. 试述在什么情况下，将二进制文件存储在数据库系统中是最好的选择?

答：在对数据有安全保护的情况下，这样只能从数据库中读数据，而不能从计算机的磁盘中找到这些数据，如果打不开数据库，数据就显示不出来。

7. 本章中提到的 SaveToDB 和 SaveToFile 能不能在不加修改的情况下用在其他数据库系统中?

答：能。

8. 试利用 Stream 对象来编写一个图片存取的程序。

答：参考本章中的内容。

9. 试利用本章所讲的知识制作一个班级电子相册。

答：可以利用 ADO 对象的 AppendChunk 方法与 GetChunk 方法来进行图片在数据库中存取的处理，也可以利用 Stream 对象来处理，具体的思路可参考主教材和本章的内容，具体程序略。

第 13 章 ADO 与 Access 联合使用开发学生成绩管理系统

13.1 内容要点

在学习这一章时，要注意与第 2 章的数据库理论知识相联系。设计一个系统时，首先要进行需求分析。这一环节不可缺少，在学生时代，很多课程设计、毕业设计所做的系统都缺少了这一环节，因此大多不能将系统用于实际。经过需求分析，可以确定数据库系统的功能模块，以及数据的存储形式。在此基础上，再设计其他功能模块。

主教材是以“学生成绩管理系统”来讲的，这里把数据库系统的功能模块从不同的系统进行总结说明，一般的数据库系统都包含以下模块：

① 登录模块。

② 数据输入模块。

③ 数据库维护模块。

④ 用户管理模块。

⑤ 数据查询模块。

⑥ 数据输出模块。

⑦ 用户要求的其他功能模块。

下面将对以上的功能模块进行必要的说明。

1. 登录模块

登录模块是为了对用户进行存取控制，对不同的用户给以不同的权限，并将这些用户的权限存储在数据库中。用户登录时，通过对数据库中的数据进行查找，验证用户的用户名、密码是否合法，进而确定用户的存取权限。

由于用户名、密码、用户权限都是存储在数据库中的，所以必须考虑数据库的安全问题。例如，对于 Access 数据库，如果不加任何处理，即使用户不能通过登录对话框进入数据库系统，也可以使用 Microsoft Office 组件中的 Microsoft Access 程序打开数据库并修改其中的数据，就可以顺利地进入数据库系统，这样就不可能保证数据库系统中数据的安全。

因此，要注意给数据库添加密码，加上密码后的数据库就不可以用其他程序随意打开。添加密码后，在 Visual Basic 程序访问数据库时修改一下连接字符串即可。连接字符串如下：

```
adocon.ConnectionString="Provider=Microsoft.JET.OLEDB.4.0;Data Source="& _
App.Path & "\sciadvance.mdb;Persist Security Info=False;Jet OLEDB: _
Database Password=222"
```

其中 222 是给数据库添加的密码。sciadvance.mdb 是添加密码的数据库名称。

2. 数据输入模块

数据输入模块的功能是输入存储于数据库中的数据，设计时要考虑用户输入数据方便、快捷。例如，输入一些较长的编号时，用户可能记不清，所以最好是通过用户选择一些项目，由系统自动生成编号。在学生成绩管理系统中，课程编号就可以这样生成。更多的时候，用户喜欢用表格的形式输入数据，这时可以选择 DataGrid 控件。还可以选用 MSFlexGrid 控件，MSFlexGrid 控件不支持输入，但可以通过一个 Text 文本框接收输入，然后将输入的内容赋值给 MSFlexGrid 控件的单元格。具体方法为：在窗体上添加 1 个文本框和 1 个 MSFlexGrid 控件，将文本框的 BorderStyle 属性设置为“0—none”，Visible 属性设置为 False。窗体的设计界面如图 13-1 所示。

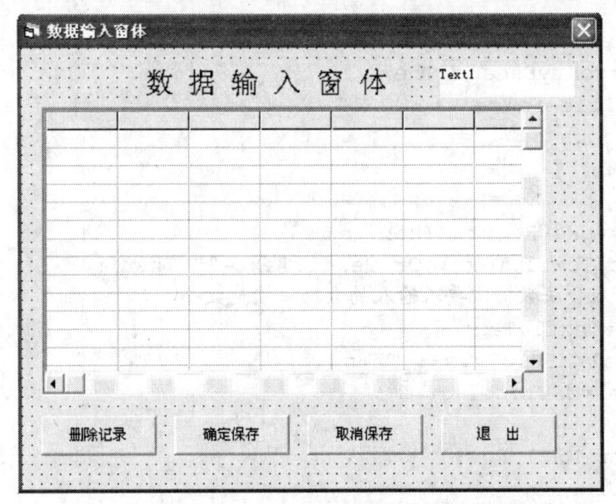

图 13-1　用 MSFlexGrid 控件实现数据的输入

程序代码如下：

```
Private Sub MSF1_Click()                              '单击MSFlexGrid控件事件
  Dim precol,prerow As Integer
  On Error Resume Next
  If IsNumeric(Text1.Text) Or Text1.Text="" Then
  '将Text1文本框的大小设为与MSFlexGrid控件的单元格相同
  '位置在覆盖单元格上，以接收输入的数据
    Text1.Width=MSF1.CellWidth
    Text1.Height=MSF1.CellHeight
    Text1.Left=MSF1.CellLeft+MSF1.Left
    Text1.Top=MSF1.CellTop+MSF1.Top
    Text1.Text=MSF1.Text
    Text1.Visible=True
    Text1.SetFocus
    precol=MSF1.Col
    prerow=MSF1.Row
  Else
```

```
        MsgBox ("输入错误，请输入数字！")
        MSF1.Col=precol
        MSF1.Row=prerow
        Text1.SetFocus
        Text1.SelStart=0
        Text1.SelLength=Len(Text1.Text)
    End If
End Sub

Private Sub MSF1_KeyPress(KeyAscii As Integer)
    MSF1_Click
End Sub

Private Sub Text1_Change()
'将文本框的内容赋给MSFlexGrid控件
    If Text1.Text <> "" Then MSF1.Text=Text1.Text
End Sub

Private Sub Text1_KeyPress(KeyAscii As Integer)
    If KeyAscii=vbKeyEscape Then
        Text1.Visible=False
        MSF1.SetFocus
        Exit Sub
    End If
    If KeyAscii=vbKeyReturn Then
    If IsNumeric(Text1.Text) Or Text1.Text="" Then
        '检查是否输入合法数据，要求输入的数据必须是数字
        MSF1.Text=Text1.Text
        If MSF1.Col<MSF1.Cols-1 Then
            MSF1.Col=MSF1.Col+1
        Else
            MSF1.Row=MSF1.Row+1
            MSF1.Col=1
        End If
    Else
        MsgBox("输入错误，请输入数字!")
        Text1.SelStart=0
        Text1.SelLength=Len(Text1.Text)
    End If
    Text1.Width=MSF1.CellWidth
    Text1.Height=MSF1.CellHeight
    Text1.Left=MSF1.CellLeft+MSF1.Left
    Text1.Top=MSF1.CellTop+MSF1.Top
    Text1.Text=MSF1.Text
    Text1.Visible=True
    Text1.SetFocus
    End If
End Sub

'保存数据过程
Private Sub savedata(n As Integer)
    On Error Resume Next
```

```
  Dim i,j As Integer
    i=1
    ad.MoveFirst
  While Val(MSF1.TextMatrix(i,0))<>0
    j=0
    If ad.EOF Then
      ad.AddNew
      ad.MoveLast
    End If
    While Val(MSF1.TextMatrix(i,j))<>0 And j<=n
      ad.Fields(j).Value=Val(MSF1.TextMatrix(i,j))
      j=j+1
    Wend
      i=i+1
    ad.MoveNext
  Wend
  ad.Update
  MsgBox"数据保存成功！",vbInformation,"数据保存对话框"
  showdata
End Sub
```

在保存数据的按钮中调用 savedata 过程即可，其中的 showdata 是在 MSFlexGrid 控件中显示数据的过程。使用这种方法进行输入，虽然程序编制比较复杂，但是输入时界面比较美观，而且用户使用起来也比较方便。

3. 数据库维护模块

数据库维护模块主要功能有两个：一个是为了防止不可预知的、物理的、人为的或是非人为的数据破坏。这方面的功能主要由“数据备份”与“数据恢复”完成，通过不定期的数据备份保证数据遭到破坏后能够及时恢复。另一个是为了使 Access 数据库中被删除的数据真正地从物理上消失，而进行的“数据库压缩”。

“数据备份”与“数据恢复”的功能主要由 FileCopy 命令完成，但是这一命令只能用于像 Access 这样的桌面数据库，不能用于大型的数据库。

主教材中的“数据压缩”程序存在缺陷，以下是改正后的程序。该程序在 Windows XP 操作系统与 Visual Basic 6.0 系统下调试通过。

```
Private Sub Command1_Click()                          '【数据压缩】按钮
  Dim Location,location1 As String
  On Error GoTo CompactErr
  Dim strBackupFile As String
  Dim strtempfile,strtempfile1 As String
  Dim jro As jro.JetEngine
  Set jro=New jro.JetEngine
  Dialog.Filter="数据库文件(*.mdb)|*.mdb|"
  Dialog.ShowOpen
  Location=Dialog.FileName
  '检查数据库文件是否存在
  If  Len(Dir(Location)) Then
    strtempfile=App.Path & "\temp.mdb"
```

```
        location1="Provider=Microsoft.Jet.OLEDB.4.0;Data Source="& Location &";"
        If Len(Dir(strtempfile)) Then Kill strtempfile
        strtempfile1="Provider=Microsoft.Jet.OLEDB.4.0;Data Source=" & _
          strtempfile & ";Jet OLEDB:Engine Type=5;"
        '通过 DBEngine 压缩数据库文件
        adocon.Close
        Print Location
        Print strtempfile
        jro.CompactDatabase location1,strtempfile1
        '删除原来的数据库文件
        Kill Location
        '复制刚刚压缩过临时数据库文件至原来位置
        FileCopy strtempfile,Location
        '删除临时文件
        Kill strtempfile
        adocon.Open
        MsgBox "数据库压缩成功！",vbInformation,"完成"
      Else
        MsgBox "数据库文件不存在！",vbExclamation,"注意"
      End If
    Exit Sub
      CompactErr:
      MsgBox "压缩错误！" & vbCrLf & Err.Description,vbExclamation,"注意"
      adocon.Open
    End Sub
```

其中 strtempfile1="Provider=Microsoft.Jet.OLEDB.4.0;Data Source=" & strtempfile & ";Jet OLEDB:Engine Type=5;"一句必须添加，否则在压缩数据库时会提示错误，不能完成压缩。还要注意其中 Data Source 之间只有一个空格，空格过多会提出“文件名错误!”书写时应该特别注意。

4. 用户管理模块

这一模块主要是从数据库安全的角度出发，进行用户的标识与鉴别、存取控制。设计这一模块时要搞清楚用户的权限有哪些，一般可以分为超级用户、读写用户、只读用户等。超级用户有权进行用户的添加与删除；读写用户有权对数据库中的数据进行修改、删除、查看；只读用户对数据库的数据只有查看的权力，而没有修改与删除的权力。另外，每个用户都可以修改自己的密码。

这些功能都是在设计这一模块时应该考虑到的。

5. 数据查询模块

数据查询模块在设计时，应该是以用户能够方便、快捷地查到自己想要的数据为目标，并且以直观、正确的方式显示数据。查询时，可以根据用户的要求进行，必要的话实现模糊查询。由于 ADO 对象支持 SQL 语句，所以可以利用 SQL 语句的强大功能实现用户要求的查询功能。

6. 数据输出模块

数据输出模块将数据进行输出，数据的输出分为输出到窗体、输出到打印机、输出到文件几种形式。具体使用哪种形式的输出，可以根据用户的要求进行。

输出到窗体只是将数据在窗体上显示出来，可以用于显示数据的查询结果。

输出到打印机，当用户需要打印数据时使用。打印时，可以调用“打印”对话框对打印机、打印份数等项目进行设置。打印的方法可以是直接打印机输出，即使用 Printer.print 语句进行输出；还可以使用报表进行打印。

输出到文件用于非记录数据的输出，如一些二进制文件、数据计算的计算过程等。当用户输出的数据不能用报表打印，直接打印又有些复杂时可以考虑这种方式。如果是文本可以考虑输出成为.txt 文件，还可以考虑输出到 Word 文档、Excel 文档，这样用户还可以使用 Word、Excel 等应用程序的强大功能对文档进行排版、修改、打印。

7. 用户要求的其他功能模块

不同的用户在设计数据库系统时有不同的功能要求，有的用户要做科学计算，有的用户要求对数据进行筛选等。这一模块根据用户要求来设计，这里不再赘述。

13.2　习题与参考解答

1. 查阅相关资料，比较 Visual Basic 的 4 种访问数据库的方式：ADO、DAO、RDO 和 ODBC API 之间的区别与联系，以及它们各自的特点。

答：略。

2. 使用 ADO 技术（包括 ADO 控件和 ADO 对象）时，对数据的查询可以有哪几种？

答：

① 使用 ADO 控件的数据过滤功能，即设置 Adodc1.recordset.filter 可以实现简单的查询。

② 使用 ADO 控件属性页中的【数据源】项中的“命令文本”，在命令文本框中输入查询 SQL 语句，但这种查询方式不支持动态查询，只能是固定的查询。

③ 使用 ADO 对象+SQL 语句查询，这种查询方式功能强大，且使用灵活方便，凡是会使用 SQL 语句的人都能查到想要的内容。

3. 完成按照“成绩范围”查找的对话框的设计。可以使用本章学生成绩管理系统的数据库，也可以另建一个数据库。

答：在“学生成绩管理系统”中，添加一个窗体，在窗体上加入 1 个 Label 控件、4 个 Combo 组合列表框、2 个 Option 单选按钮控件、2 个 Command 控件、1 个 DataGrid 控件、1 个 Frame 控件，并对其属性进行设置，调整各控件的排列位置。程序界面设计如图 13-2 所示。

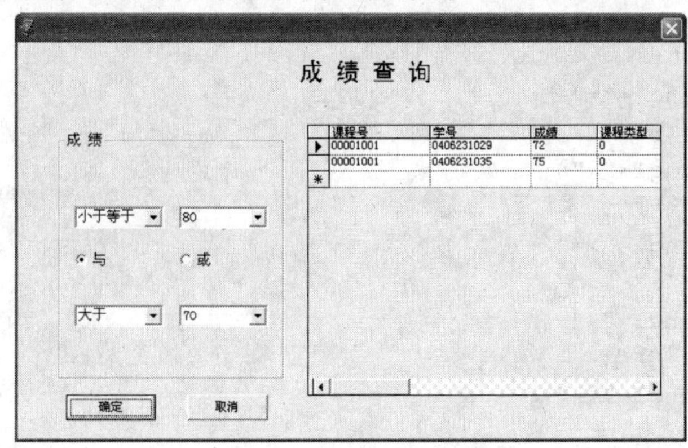

图 13-2　查询窗体界面

窗体中左边为查询条件，右边为查询结果显示。

该查询所使用的技术是 ADO 对象+SQL 语句的方法进行查询。具体程序代码如下：

```
Private Sub Form_Load()                              '窗体加载事件
   Dim rst As New ADODB.Recordset
   Dim i As Integer
   Combo1.AddItem ("等于")
   Combo1.AddItem ("大于")
   Combo1.AddItem ("大于等于")
   Combo1.AddItem ("小于")
   Combo1.AddItem ("小于等于")
   Combo3.AddItem ("(空)")
   Combo3.AddItem ("等于")
   Combo3.AddItem ("大于")
   Combo3.AddItem ("大于等于")
   Combo3.AddItem ("小于")
   Combo3.AddItem ("小于等于")
   Combo1.ListIndex=Combo1.ListCount-1
   Combo3.ListIndex=Combo3.ListCount-1
   For i=60 To 100 Step 10
     Combo2.AddItem (i)
     Combo4.AddItem (i)
   Next i
   Combo2.ListIndex=0
   Combo4.ListIndex=0
   Dim txtsql As String
   Option1.Value=True
   adocon.ConnectionString="Provider=Microsoft.JET.OLEDB.4.0;Data Source=" _
     & App.Path & "\jgch.mdb;Persist Security Info=False;"
   adocon.Open
End Sub

Private Sub command2_Click()                         '【确定】按钮
   Dim ad As New Recordset
   Dim sqlstring1,sqlstring2,sqlstring As String
   sqlstring=""
   Select Case Trim(Combo1.Text)
     Case "等于":
       sqlstring1="="
     Case "大于":
       sqlstring1=">"
     Case "大于等于":
       sqlstring1=">="
     Case "小于":
       sqlstring1="<"
     Case "小于等于":
       sqlstring1="<="
   End Select
   Select Case Trim(Combo3.Text)
```

```
        Case "等于":
            sqlstring2="="
        Case "大于":
            sqlstring2=">"
        Case "大于等于":
            sqlstring2=">="
        Case "小于":
            sqlstring2="<"
        Case "小于等于":
            sqlstring2="<="
    End Select
    '根据用户的选择生成SQL语句
    If Combo3.Text="(空)" Then
        sqlstring="grade" & sqlstring1 & Val(Trim(Combo2.Text))
    Else
        If Option1.Value=True Then    '与
            sqlstring="grade"& sqlstring1 & Val(Trim(Combo2.Text))& "and" & _
                "grade" & sqlstring2 & Val(Trim(Combo4.Text))
        ElseIf Option2.Value=True Then
            sqlstring="grade" & sqlstring1 & Val(Trim(Combo2.Text))&" or "&"grade" _
                & sqlstring2 & Val(Trim(Combo4.Text))
        End If
    End If
    sqlstring="select * from grade where " & sqlstring
    ad.CursorLocation=adUseClient
    ad.Open Trim(sqlstring),adocon,adOpenKeyset,adLockOptimistic
    If ad.EOF Then
        MsgBox "库中没有满足条件的记录! ",vbCritical,"查找结果"
        ad.Close
    Else
        Set DataGrid1.DataSource=ad
        DataGrid1.Refresh
    End If
End Sub

Private Sub Combo3_Click()
    If Combo3.Text="(空)" Then Combo4.Text=""
End Sub
```

图13-2所示为查询成绩“小于等于80”且“大于70”的学生的显示结果，可以看出，这个结果看起来不很直观，用户习惯看到的结果是这样的：学号、学生姓名、成绩（这里用的表结构与主教材第13章“学生成绩管理系统”的库结构一致。）要得到以上的查询结果，必须使用多个表联合查询。这里只讲使用两个表进行查询。将程序界面中的DataGrid控件设计为如图13-3所示的形式，将以上程序中生成的SQL语句修改如下：

```
sqlstring="select student.studentno,student.studentname,grade.grade from _
grade LEFT JOIN student ON grade.studentno=student.studentno where" & sqlstring
```

修改后程序运行的结果如图 13-3 所示。从其 SQL 语句可以看出，使用 student 和 grade 两个表联合查询。另外还可以在输入查询条件中加入“课程名称”的查询。请读者自行完成。

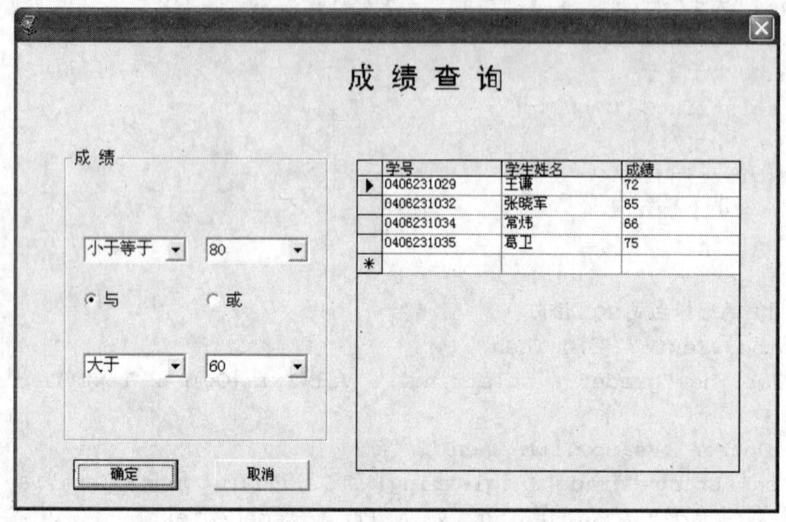

图 13-3 修改后的查询界面

4. 建立两个表，一个表包含：“产品名称”、“产品编号”、“产地”、“供货商编号”字段；另一个表包含：“供货商编号”、“供货商名称”、“供货商地址”、“联系电话”字段。编写一个查询程序，通过输入的“产品编号”查询“产品名称”和“供货商名称”。想一想，为什么不把这些字段放在一个表中？

答：建立两张表 productinf 表和 suppliersinf 表，设要查询的“产品编号”存放在 findstr 变量中，变量的数据类型为 string 类型。查询的 SQL 语句如下：

```
"select productinf.产品名称,suppliersinf.供货商名称 from productinf INNER JOIN _
suppliersinf ON productinf.供货商编号=suppliersinf.供货商编号 where productinf._
产品编号='" & findstr &"'"
```

这两个表中的数据不能放入一个表，由于一个供货商可能供应的商品有很多，所以，如果将这两个表中的内容合并为一张表，则会造成大量的冗余数据。

5. 在 Visual Basic 中如何访问远程数据库？远程数据库一般采用什么数据库？

答：在 Visual Basic 中访问远程数据库可以使用 ODBC 数据源+ADO 对象的方法。

```
conn.Open Provider="SQLOLEDB.1;Password=SQL Server 密码;Persist Security _
Info=True;User ID=SQL Server 用户名;Initial Catalog=数据库名;Data Source=服务器 _
名或 IP"
```

也可以使用 ODBC 技术，设置远程数据源，在客户端访问远程数据源。

远程数据库一般采用 SQL Server 数据库。

6. 结合本章实例，谈谈数据库系统设计的几个阶段。

答：参考本书本章内容。

7. 将实例中的用户管理模块完善。

答：完善用户管理模块主要是增加浏览用户、查找用户、修改密码的功能。一般用户只能修改自己的密码。超级用户可以对用户进行修改、添加、删除、查看等操作。用户的添加、删除与记录的添加、删除相同。查看用户的功能是通过移动记录的形式完成的，因为对于一个系统来说一般不会有太多的用户，所以不需要使用表格控件实现数据浏览。用户的查看与前面记录的移动相同，请自己编程实现。用户管理模块的界面如图 13-4 所示。

图 13-4　“用户管理窗体”界面

这里需要注意的是，用户在修改密码时，应该有一个确认密码的功能，否则用户可能会输入错误密码。

超级用户这里采用了复选框制作，可以通过控制复选框的 Value 属性，读取或设置复选框是否被选中。将数据库的“超级用户”字段定义为布尔类型。

具体程序代码如下：

```
Private Sub showdata()                    '显示数据
  On Error Resume Next
  If rst.EOF And rst.BOF Then
    MsgBox "库中无记录"
    Text1.text=""
    Text2.text=""
    Text3.text=""
  Else
    Text1.text=rst.Fields(0).Value
    Text2.text=rst.Fields(1).Value
    Text3.text=rst.Fields(2).Value
    If rst.Fields(2).Value Then           '通过检测数据库中字段的值，判断是否选中复选框
      Check1.Value=1
    Else
      Check1.Value=0
    End If
  End If
End Sub
```

【新用户】、【删除用户】、【修改密码】、【退出】4 个按钮是一个控件数组，处理时根据 Index 的数值确定用户是按下哪个按钮。这里没有再增加【保存】、【取消保存】按钮，而是采用单击【新用户】后按钮的 Caption 属性变为【保存新用户】，在程序中通过判断 Caption 属性确定运行什么程序段。

具体程序代码如下：

```
Private Sub Command1_Click(Index As Integer)
   Dim n As Integer
   Dim usname As New ADODB.Recordset
   Dim txtsql As String
   Select Case Index
   Case 0: '新用户
   If Command1(0).Caption="新用户" Then
      rst.AddNew
      Text1.text=""
      Text2.text=""
      Check1.Value=0
      Text3.Enabled=True
      Label2(1).Enabled=True
      Command1(0).Caption="保存新用户"
   Else
      '判断“密码”与“确认密码”是否一致
      If Trim(Text2.text) <> Trim(Text3.text) Then
         MsgBox "“密码”与“确认密码”不符，请重新输入！",vbExclamation, _
         "修改密码对话框"
         Text2.SetFocus
      Else
         txtsql="select * from userr where username='" & Trim(Text1.text) & "'"
         usname.Open Trim(txtsql),adocon,adOpenKeyset,adLockOptimistic
         If usname.EOF And usname.BOF Then
            rst.Fields(0).Value=Text1.text
            rst.Fields(1).Value=Text2.text
               If Check1.Value=0 Then
                  rst.Fields(2).Value=False
               Else
                  rst.Fields(2).Value=True
               End If
            rst.Update
            MsgBox "新用户添加成功！",vbInformation,"添加用户对话框"
            Command1(0).Caption="新用户"
            Text3.Enabled=False
            Label2(1).Enabled=False
         Else
            MsgBox "该用户已存在，请更改用户名后重新输入。",vbCritical,"添加新用户对话框"
            Text1.text=""
            Text1.SetFocus
         End If
      End If
   End If
   Case 1: '删除用户
      n=MsgBox("确实要删除吗？",vbExclamation+vbYesNo,"删除对话框")
```

```
    If n=vbYes Then
      rst.Delete
      rst.MovePrevious
      showdata
    Else
      Exit Sub
    End If
    Case 2: '修改密码
      If Command1(2).Caption="修改密码" Then
        Label2(2).Caption="新密码"
        Text2.SetFocus
        Label2(1).Enabled=True
        Text3.Enabled=True
        Command1(2).Caption="提交修改"
      Else
        If Trim(Text2.text)<>Trim(Text3.text) Then
          MsgBox"“密码”与“确认密码”不符，请重新输入!",vbExclamation,"修改密码对话框"
          Text2.SetFocus
        Else
          rst.Fields(1).Value=Trim(Text2.text)
          rst.Update
          MsgBox "密码修改成功!",vbInformation,"密码修改对话框"
          Command1(2).Caption="修改密码"
          Label2(2).Caption="密码"
        End If
      End If
    Case 3:                                      '退出
      rst.Close
      Unload Me
    End Select
  End Sub
```

8. 总结一下 Visual Basic 中可以设计对话框的方法。

答：Visual Basic 中设计对话框的方法有如下几种。

① 使用 Msgbox 信息输出框。Msgbox 只用于输出信息，输出信息时可以在信息对话框中显示多种按钮，可以接收用户对按钮的点击操作。方便用户根据不同的点击进行不同的操作。

② 使用 Inputbox 输入对话框。Inputbox 用于输入简单的信息，输入的信息以字符串的形式返回给用户。缺陷为用户输入到对话框后，对话框中显示的信息可能与用户的输入不同，但这并不影响用户最终得到的输入字符串。

③ 使用公用对话框。公用对话框可以很轻松地实现如字体、颜色、打印、打开等功能。而且它的显示形式与 Windows 下的通用对话框一致，用户可以很熟练地应用。

④ 用户自己设计编写的对话框。这种对话框根据用户的需要自己进行设计，形式灵活多样，可以通过 Visual Basic 设计环境下的【工程】→【添加窗体】菜单，打开“添加窗体”对话框，在对话框中双击“对话框”图标，加入工程。“添加窗体”对话框如图 13-5 所示。加入工程的对话框如图 13-6 所示。

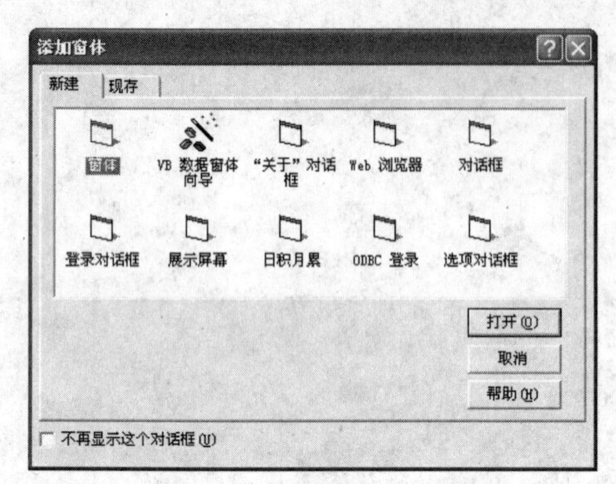

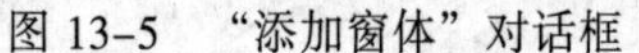

图 13-5 "添加窗体"对话框

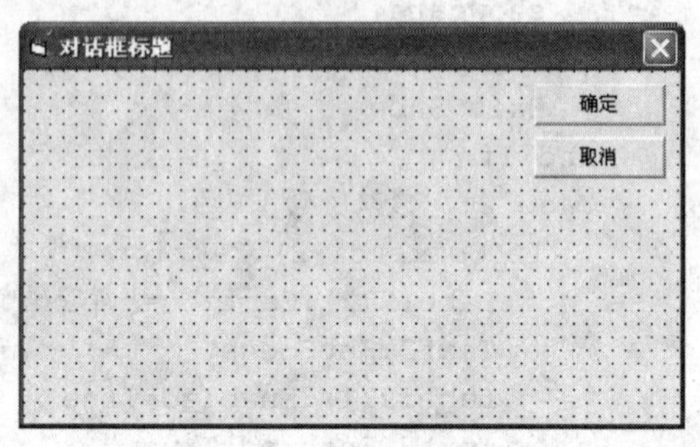

图 13-6 加入工程的对话框

9. 在实例中添加相应的工具栏。

答：使用"第 6 章工具栏设计"中的技术创建工具栏。

第14章 报表设计

14.1 内容要点

1. 报表打印方法

（1）Printer对象的报表打印

Printer是Visual Basic提供的一个控制打印机进行基本打印操作的对象。通过它，可以自定义打印格式、打印页数、表格的粗细和字体大小等。它需要进行编码，但打印报表方式却很灵活。

① Printer对象的几个常用方法。

- EndDoc方法：用于终止发送给Printer对象的打印操作。其语法格式为：

```
Object.EndDoc
```

- KillDoc方法：用于立即终止当前打印作业。其语法格式为：

```
Object.KillDoc
```

- NewPage方法：用于结束Printer对象中的当前页并前进到下一页。其语法格式为：

```
Object.NewPage
```

② Printer对象的几个常用属性。

- Scale属性。

Printer对象有以下属性：ScalMode、ScalLeft、ScalTop、ScalWidth、ScalHeight和Zoom。

ScalLeft和ScalTop属性分别定义打印页左上角的坐标和顶端坐标。通过改变其值，可改变打印页的左边框和上边框。

Zoom属性定义按原来的百分之多少输出。默认的Zoom属性值为100。

- CurrentX和CurrentY。

这两个属性决定Printer对象当前页中的输出位置，可以定位文本和图形位置。下列语句设置了当前左上角的图片坐标：

```
Printer.CurrentX=0
Printer.CurrentY=0
```

（2）Data Report的报表打印

Data Report是一个多功能的报表生成器，以创建联合分层结构报表的能力而著称。它与数据源一起使用，可以从几个不同的相关表创建报表。除创建可打印报表之外，也可以将报表导出到HTML或文本文件中。

使用Data Report创建好数据报表后，有两种方法进行数据报表的打印：一是通过Show方法显示的预览报表窗体中，用户单击【打印】按钮进行报表的打印；二是调用PrintReport方法编程控制打印，其语法格式为：

```
DataReport1.PrintReport(Show Dialog,Range,PageFrom,PageTo)
```

其中DateReport1为Data Report报表编辑器。

（3）通过Word进行报表打印

通过Word进行报表打印的方法：在Visual Basic中建立一个Word Application对象，并在其中建立一个空文本，在文本中建立表格（或套用一个模板建立表格），然后用写 Cell 的方法从数据库中将数据填充进Word表中，然后调用Word的打印方法进行打印。

（4）通过Excel进行报表打印

通过Excel进行报表打印的方法：在Visual Basic中建立一个Excel Application对象，并在其中建立一张空表（或套用一个模板建立表格），然后用写Cell方法从数据库中将数据填充进Excel表中，然后调用Excel的打印方法打印。

2. Crystal Report控件和Active Report控件的使用

（1）Crystal Report的报表打印

Crystal Report是由Seagate Software公司出品的。实例以Crystal Report 8为例。

① 安装Crystal Report。

② 创建一个工程，命名为“工程1”。

③ 选择【工程】→【部件】命令，弹出“部件”对话框，在“控件”选项卡左侧的列表框中选中“Crystal Report Viewer Control”复选框，如图14-1所示。切换到“设计器”选项卡，选中“Crystal Reports 8”，如图14-2所示。

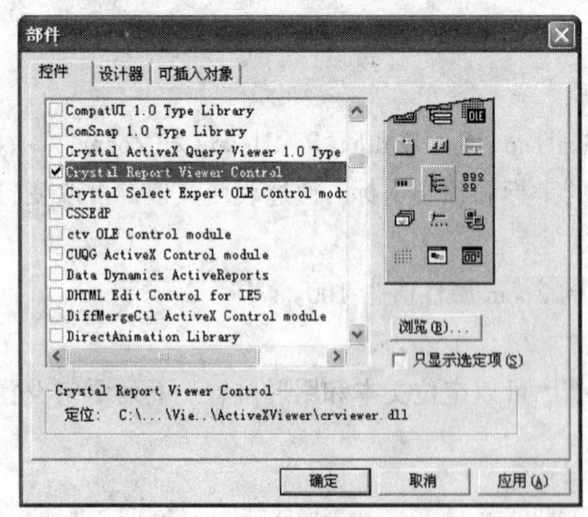

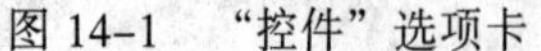

图14-1 “控件”选项卡

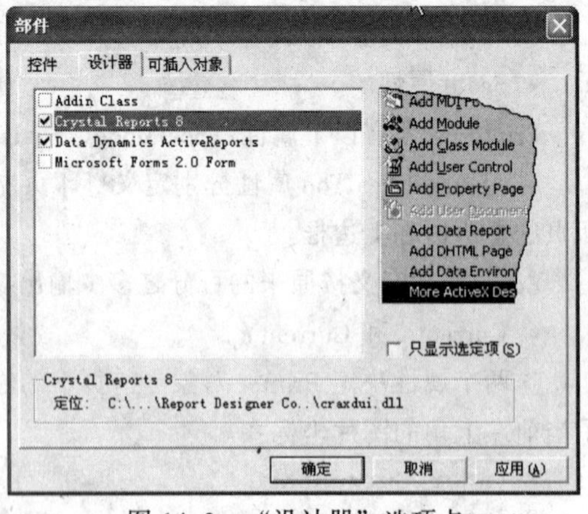

图14-2 “设计器”选项卡

④ 选择【工程】→【添加Crystal Reports 8】命令，弹出Seagate Crystal Report Gallery对话框，本实例选择默认值，单击【OK】按钮。然后在弹出的Standard Report Expert对话框中，选择“No”单选按钮，单击【OK】按钮。

⑤ 在弹出的对话框中单击【Project】按钮，弹出如图 14-3 所示的对话框，选择【DAO】单选按钮，单击【Browse】按钮，在打开的对话框中选择数据库 jgch.mdb，单击【OK】按钮。

⑥ 弹出 Select Recordset 对话框，选择 Object Type 为 Table，选择 Object 为 student，即选择了要使用的表 student，如图 14-4 所示。

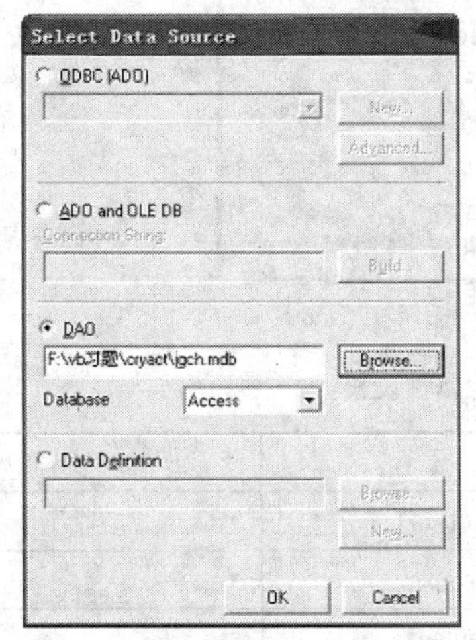

图 14-3 选择 DAO 数据源

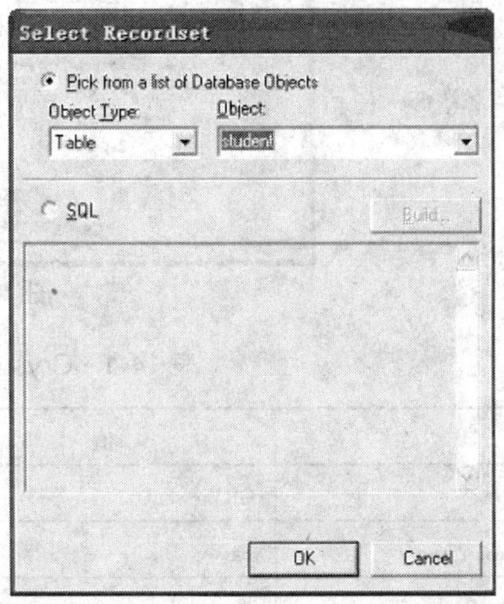

图 14-4 "Select Recordset"对话框

⑦ 单击【OK】按钮，返回到对话框，单击【Next】按钮，将 Available 列表框中的字段添加到右边的 Fields to Display 列表框中，如图 14-5 所示。

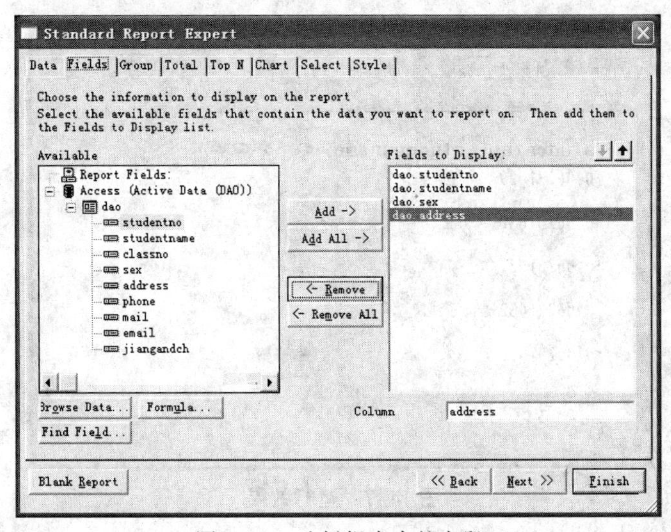

图 14-5 选择报表中的字段

⑧ 单击【Finish】按钮，出现 Crystal Report 报表设计器界面。将 Crystal Report 中的 PageHeader 部分中的内容字体设置为小三号宋体和 Detial 部分中的内容字体设置为四号楷体，如图 14-6 所示。

⑨ 在"工程 1"中添加一个窗体 Form1，在其中添加一个 Crystal Report Viewer 控件，并使其充满整个窗体，设置 Crystal Report Viewer 属性如表 14-1 所示。

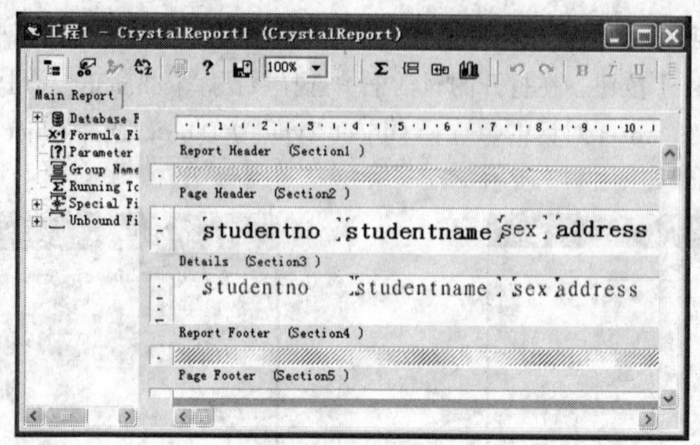

图 14-6 字体设置

表 14-1 Crystal Report Viewer 属性设置

属　性	值	属　性	值
Name	CRViewer1	EnableZoomControl	True
DisplayGroupTree	False	EnablePrintButton	True
DisplayToolBar	True	EnableExportButton	True

⑩ 在“工程 1”中添加一个窗体 Form2，在窗体 Form2 中加入一个 Command 控件，打开代码窗口，添加代码，运行效果如图 14-7 所示。

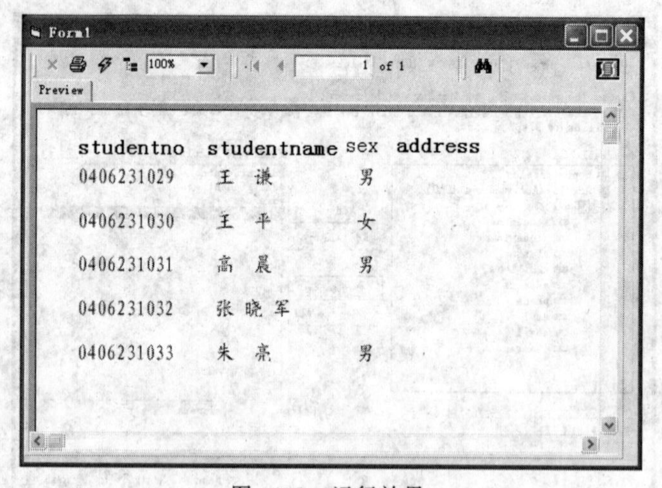

图 14-7 运行效果

添加代码如下：

```
Private Sub Command1_Click()
   Dim m_report As New CrystalReport1
   Form1.Show
   Form1.CRViewer1.ReportSource+m_report
   Form1.CRViewer1.ViewReport
End Sub
```

（2）Active Report 的报表打印

Active Report 是 Data Dynamic 公司出品，如果在 Visual Basic 6.0 中使用 Active Report 需要向 Data Dynamic 公司及代理商购买。

① 首先安装 Active Report。

② 新建一个工程，命名为“工程 1”。

③ 选择【工程】→【添加 Data Dynamics ActiveReports】命令，添加一个 Active Report 设计器，命名为 ActiveReport1。

④ 将 Active Report 设计器工具栏中的 DAO 控件拖放到报表的 Detail 部分，如图 14-8 所示。

⑤ 选择 DAO 控件，右击，在弹出的快捷菜单中选择 properties 命令，在 DatabaseName 文本框中输入所用的数据库 jgch.mdb，在 RecordSource 文本框中输入所要用的表 student，单击【确定】按钮，如图 14-9 所示。

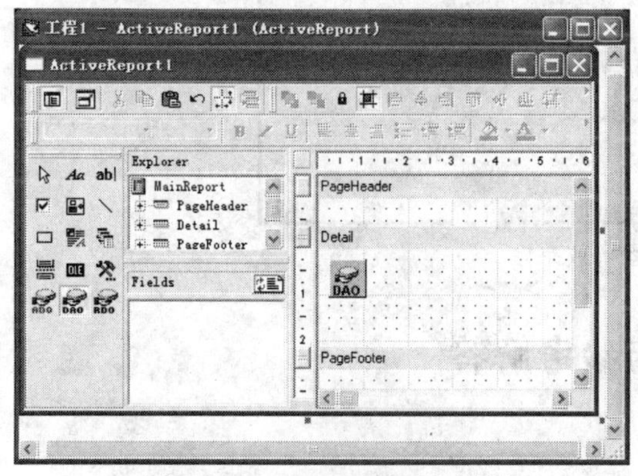

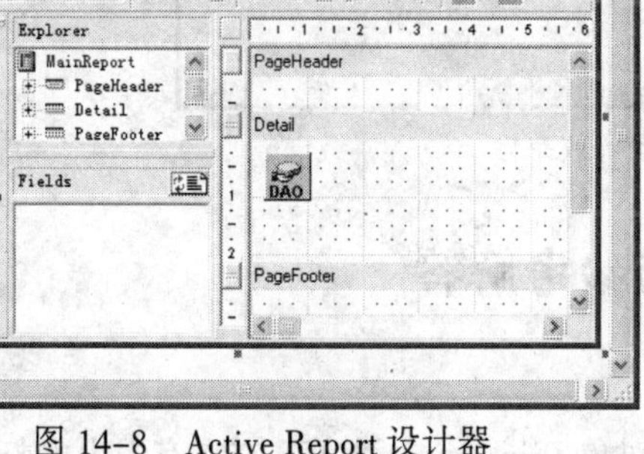

图 14-8　Active Report 设计器

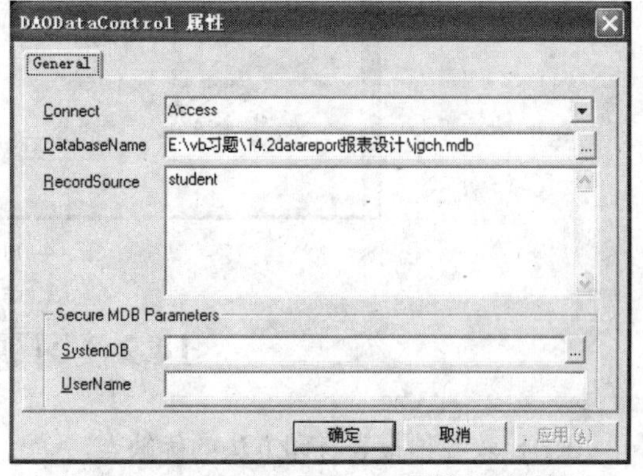

图 14-9　“DAODataControl 属性”对话框

⑥ 单击【确定】按钮，返回 Active Report 设计器界面，单击 Fields 栏右边的按钮，在 Fields 栏中会出现 student 表的字段名。

⑦ 在 PageHeader 中添加 4 个 Label 标签（Label 标签由 Active Report 报表设计器的工具箱中拖出）。将 4 个 Label 标签的 Caption 属性分别设置为“学号”、“姓名”、“性别”、“住址”。

⑧ 在 ReportHeader 部分设置一个 Label 标签，设置其字体为楷体四号，其 Caption 属性为“班级花名册”，如图 14-10 所示。

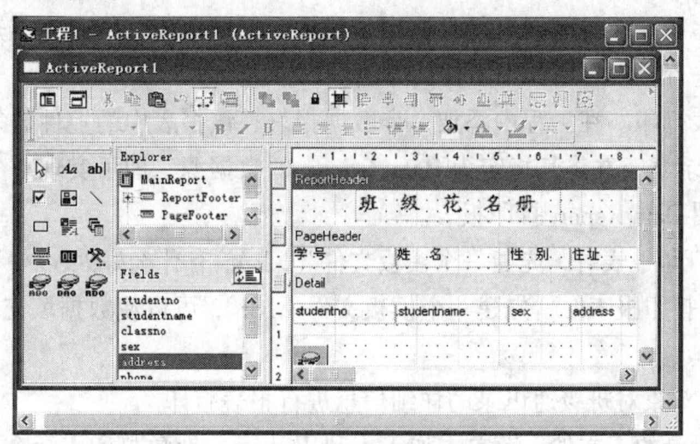

图 14-10　报表设计

⑨ 建立一个窗体，命名为 Form1，在窗体中加入 1 个 Command 控件，其 Caprion 属性设置为"利用 ActiveReport 打印"，打开代码窗口，添加如下代码：

```
Private Sub Command1_Click()
  ActiveReport1.Show
End Sub
```

⑩ 运行程序，弹出 ActiveReport1 所做的报表结果，如果满意可以单击 Print 按钮进行打印。运行效果如图 14-11 所示。

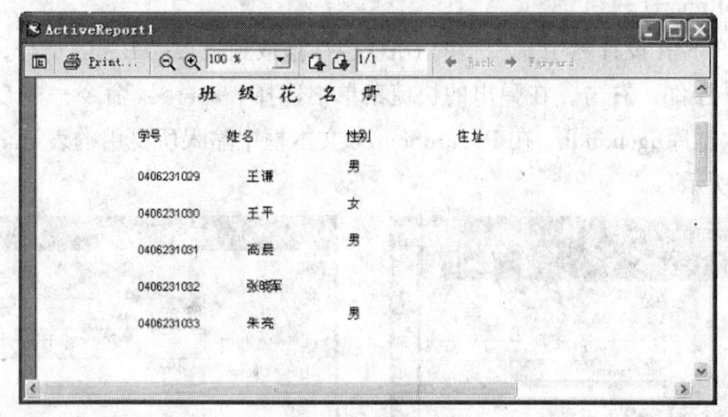

图 14-11 运行效果

14.2 习题与参考解答

1. 比较各种报表打印方法的优缺点。

答：Printer 对象的报表打印是直接控制打印机对象 Printer 进行打印，它具有强大的打印功能，是最灵活的打印方式之一，但没有打印预览功能，而且编码稍微麻烦一些。

Data Report 控件进行打印，编程强度比 Printer 小很多，打印预览功能实现起来也比较简单，但不够灵活，绑定内容只能是 Recordset。

Word 和 Excel 是借助 VBA 调用一些外部软件来解决打印问题，Word 和 Excel 是常用的"打印代理"，这种方法的好处是控制比较简单，打印功能强大，但它要求运行报表打印的计算机必须安装 Word 或 Excel 程序。

2. 在利用 Data Report 打印报表的方法中，如果要创建报表，但事先不知道数据源中字段的名称，这时能不能进行报表打印？采用什么方法？

答：能进行报表打印。在工程中添加一个数据报表，该报表中的控件数须与想获取的字段数一致。打开 ADO 记录集，并将其指定为 Data Report 的数据源，即可实现事先不知道数据源中字段的名称，仍能利用 Data Report 打印报表。

3. 利用 Excel 打印报表时，先建一个模板文件（.xlt），有什么好处？

答：利用 Excel 打印报表时，先建一个模板文件（.xlt），可以使数据填充到 Excel 表格的速度大大提高。

4. 利用 Printer 对象对班级通讯录的详细信息进行报表打印。

答：在班级通讯录的【文件】菜单中加入【利用 Printer 对象打印】命令，并添加以下代码。

```
Dim i,A As Integer
  Dim v1,v2,v3,v4,v5,v6,v7,v8 As Integer
  v1+100
  v2+MSFlexGrid1.ColWidth(0)*1.4+v1
  v3+v2+MSFlexGrid1.ColWidth(1)*1.1
  v4+v3+MSFlexGrid1.ColWidth(2)*0.9
  v5+v4+MSFlexGrid1.ColWidth(3)*0.9
  v6+v5+MSFlexGrid1.ColWidth(4)*1.1
  v7+v6+MSFlexGrid1.ColWidth(5)*0.9
  v8+v7+MSFlexGrid1.ColWidth(6)*1.1
  Printer.Height+400*9+1500+860+2000
  Printer.Width+12000
  Printer.FontSize+15
  Printer.CurrentX+4000
  Printer.CurrentY+200
  Printer.Print "班级同学录一览表 "
  Printer.CurrentX+8000
  Printer.CurrentY+700
  Printer.CurrentX+8000
  Printer.CurrentY+700
  Printer.FontSize+10
  A+1100
  For i+0 To 9
    If MSFlexGrid1.ColWidth(0)>0 Then
      Printer.Line(v1,A)-(v1,A+400)
      Printer.CurrentX+260
      Printer.CurrentY+A+50
      Printer.FontSize+10
      If MSFlexGrid1.TextMatrix(i,0)<>"" Then Printer.Print _
        MSFlexGrid1.TextMatrix(i,0)
      End If
      If MSFlexGrid1.ColWidth(1)>0 Then
        Printer.Line(v2,A)-(v2,A+400)
        Printer.CurrentX+v2+10
        Printer.CurrentY+A+50
        Printer.FontSize+11
      If MSFlexGrid1.TextMatrix(i,1)<>"" Then Printer.Print MSFlexGrid1. _
        TextMatrix(i,1)
    End If
    If MSFlexGrid1.ColWidth(2)>0 Then
      Printer.Line(v3,A)-(v3,A+400)
      Printer.CurrentX+v3+40
      Printer.CurrentY+A+50
      Printer.FontSize+11
      If MSFlexGrid1.TextMatrix(i,2)<>"" Then Printer.Print MSFlexGrid1. _
        TextMatrix(i,2)
    End If
    If MSFlexGrid1.ColWidth(3)>0 Then
      Printer.Line(v4,A)-(v4,A+400)
      Printer.CurrentX+v4+40
```

```
            Printer.CurrentY+A+50
            Printer.FontSize+11
            If MSFlexGrid1.TextMatrix(i,3)<>"" Then Printer.Print MSFlexGrid1. _
              TextMatrix(i,3)
        End If
        If MSFlexGrid1.ColWidth(4)>0 Then
            Printer.Line(v5,A)-(v5,A+400)
            Printer.CurrentX+v5+40
            Printer.CurrentY+A+50
            Printer.FontSize+11
            If MSFlexGrid1.TextMatrix(i,4)<>"" Then Printer.Print MSFlexGrid1. _
              TextMatrix(i,4)
        End If
        If MSFlexGrid1.ColWidth(5)>0 Then
            Printer.Line(v6,A)-(v6,A+400)
            Printer.CurrentX+v6+40
            Printer.CurrentY+A+50
            Printer.FontSize+11
            If MSFlexGrid1.TextMatrix(i,5)<>"" Then Printer.Print MSFlexGrid1. _
              TextMatrix(i,5)
        End If
        If MSFlexGrid1.ColWidth(6)>0 Then
            Printer.Line(v7,A)-(v7,A+400)
            Printer.CurrentX+v7+40
            Printer.CurrentY+A+50
            Printer.FontSize+11
            If MSFlexGrid1.TextMatrix(i,6)<>"" Then Printer.Print MSFlexGrid1. _
              TextMatrix(i,6)
        End If
            Printer.Line(v1,A)-(v8,A)
            Printer.Line(v8,A)-(v8,A+400)
            Printer.Line(v1,A+400)-(v8,A+400)
            Printer.Line(v1,A)-(v8,A)
            A=A+400
    Next i
        Printer.EndDoc
End Sub
```

打印效果如图 14-12 所示。

班级同学录一览表

编号	姓名	性别	家庭住址	电话	QQ	E-mail
c001	张甲	男	山西太原			
c002	关羽	男	山西运城			
c003	张青	男	山西太原			
c004	小兰	女	河北			
c005	玲珑	女	山西临汾			
c006	小兰	女	山东			
c007	小兵	男	辽宁			
c008	赵明	女	山西			
c009	sdfsd	男	山西			

图 14-12 利用 Printer 对象打印效果

5. 利用 Data Report 对班级通讯录的详细信息进行报表打印。

答：

① 选择【工程】→【添加 Data Environment】命令，添加一个数据环境设计器。

② 通过此数据环境设计器配置 db1.mdb 数据库的数据源。

③ 选中数据设计器中的 Connection1，右击，在弹出的快捷菜单中选择【添加命令】命令，添加一个 Command1 命令。选择 Command1，右击，在弹出的快捷菜单中选择【属性】命令。

④ 在“通用”选项卡中，在“数据库对象”列表框中选择表选项，在“对象名称”列表框中在列出的数据表中选择 xsxx 数据表。选择 Command1 下面的 bh 字段，右击，在弹出的快捷菜单中选择【属性】命令，将“标题”文本框中的 bh 改为编号，按此方法将其他字段进行修改。

⑤ 选择【工程】→【添加 DataReport】命令，在工程中添加一个 DataReport 对象。

⑥ 设置 DataReport1 对象的 DataSource 属性值为 DataEnvironment1，DataMember 属性值为 Command1。

⑦ 在数据报表对象 Datareport 中右击，从弹出的快捷菜单中选择【检索结构】命令，将数据环境设计器中 Command1 命令下的除 zp 字段外全部拖到数据报表对象 DataReport 中的“细节”中，将 Label 标题放到“页标头”中，“报表标头”放置一个 Label 控件，标题为“班级同学录一览表”。

⑧ 在班级通讯录的【文件】菜单中加入【利用 DataReport 打印】命令，并添加如下代码：

```
DataReport1.show
```

6. 利用 Word 对班级通讯录的详细信息进行报表打印。

答：按主教材中“14.3 通过 Word 进行报表打印”中的操作步骤进行即可。

7. 利用 Excel 对点歌排行榜进行报表打印。

答：按主教材中“14.4 通过 Excel 进行报表打印”中的操作步骤进行即可。

8. 试利用 Seagate 公司的 Crystal Report 打印控件对主教材图 14-2 中的学生基本信息进行报表打印。

答：参考本章所讲内容。

9. 试利用 Data Dynamic 公司的 Active Report 打印控件对主教材图 14-2 中的学生基本信息进行报表打印。

答：参考本章所讲内容。

第 15 章 安装程序制作

15.1 内 容 要 点

1. Package & Deployment Wizard 制作安装程序时加入卸载项的方法

Package & Deployment Wizard 制作安装程序时，在 Windows 系统的【开始】菜单中，应用程序的快捷项加入卸载项的方法如下：

在“Package & Deployment 向导”的“启动菜单项”一栏中单击【新建项】按钮，此时会弹出“启动菜单项目属性”对话框。在对话框的“名称”文本框中输入菜单项的名称，如“卸载班级通讯录”，在“目标”组合框中输入卸载项的命令为“$(WinPath)\st6unst.exe -n "$(AppPath)\ST6UNST.LOG"”，如图 15-1 所示。

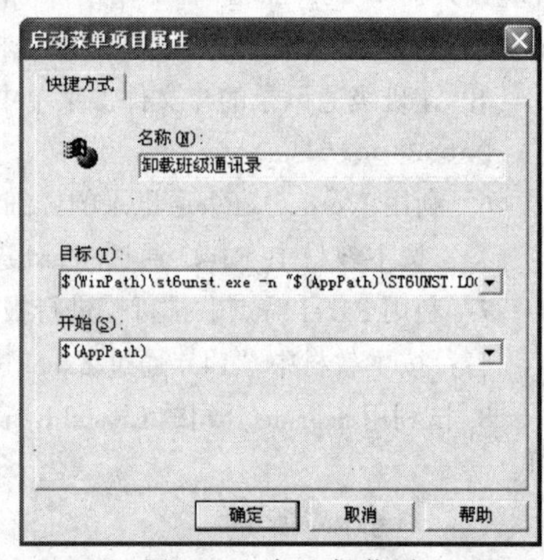

图 15-1 加入卸载项

然后单击【确定】按钮，关闭该对话框。这样生成的安装程序中将包括一个卸载程序的菜单项“卸载班级通讯录”选项。

2. 制作 CHM 帮助文件及调用 CHM 帮助文件

帮助文件是应用程序中不可缺少的内容。传统的帮助文件一直是.hlp 格式的，在 Windows 98 中，微软使用一种.chm 格式的帮助文件，与 HLP 文件相比，CHM 文件有很大的改变，功能更加强大，支持的媒体文件更多，使用起来也更方便。CHM 文件在 Windows 98 中被称作“已编译的 HTML 帮助文件”。Internet Explorer 支持的 JavaScript、VBScript、ActiveX、JavaApplet、Flash、HTML 图像文件（GIF、JPEG、PNG）、音频视频文件（AU、MIDI、WAV、AVI）等，CHM 同样支持，并可以通过 URL 地址与因特网联系在一起。

制作 CHM 文件的工具有很多，本节将介绍微软公司的 CHM 制作工具——HTML Help Workshop。

HTML Help Workshop 安装完成后启动的主界面如图 15-2 所示。

图 15-2　HTML Help Workshop 主界面

下面以班级通讯录为例介绍帮助文件的制作过程。

① 在制作帮助文件之前，首先要设计帮助目录结构。本节设计的帮助文件结构如表 15-1 所示。

表 15-1　班级通讯录帮助文件目录结构设计

目　录　名	包　含　内　容
系统登录	包含登录过程和系统主界面
同学信息管理	包含同学信息添加、修改、删除等管理
同学信息查找	包含同学信息单一查找和模糊查找
帮助	包含对本系统使用的说明和本系统的基本信息
打印信息	包含在 Word 中打印同学信息

② 制作 HTML 文件。根据目录结构制作相应的 HTML 文件，在本实例中包含有登录过程、系统主界面、同学信息管理、同学信息查找、帮助、打印等 6 个 HTML 文件。具体的制作可以参看有关网页制作的书籍，这里不作详细介绍，将这 6 个 HTML 文件放在“帮助文件”文件夹中。

③ 选择【文件】→【新建】命令，会弹出一个“新建”对话框，如图 15-3 所示，创建一个新的帮助工程。在对话框中选择“方案”，单击【确定】按钮。

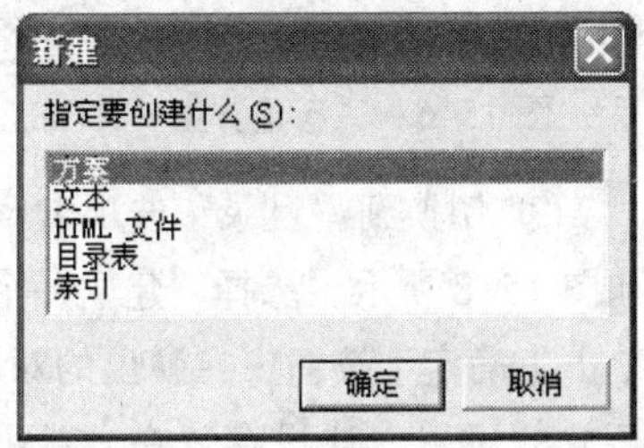

图 15-3　“新建”对话框

④ 弹出“新建方案”对话框，询问是否转换 Winhelp 方案，直接单击【下一步】按钮。

⑤ 弹出“新建方案—目标”对话框，输入或通过【浏览】按钮进行选择新建方案的名称和存放的位置，这里选择 HTML 文件存放的“帮助文件”文件夹，如图 15-4 所示，单击【下一步】按钮。

⑥ 弹出“新建方案—已有文件”对话框，如图 15-5 所示，现在只有 HTML 文件，所以选择“HTML 文件（htm）”复选框，单击【下一步】按钮。

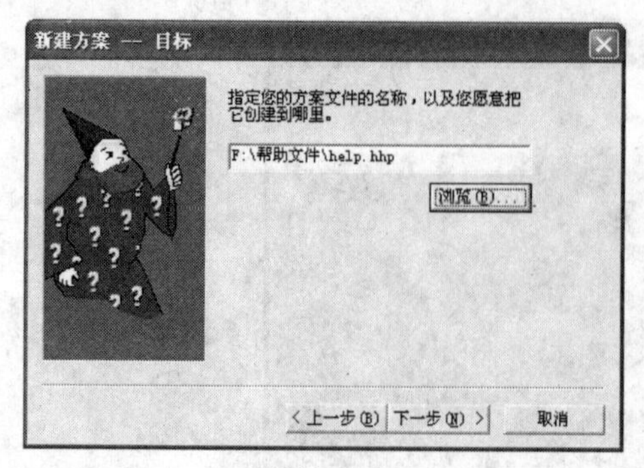

图 15-4 “新建方案—目标”对话框

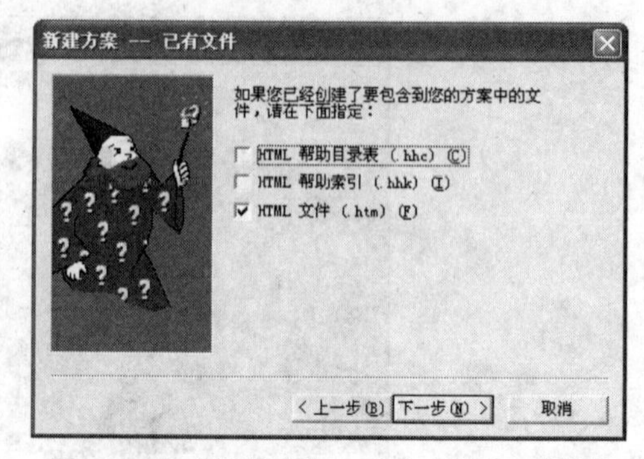

图 15-5 “新建方案—已有文件”对话框

⑦ 弹出“新建方案—HTML 文件”对话框，单击【添加】按钮，将 HTML 文件加入，如图 15-6 所示，单击【下一步】按钮。

⑧ 弹出“新建方案—完成”对话框，单击【完成】按钮，此时会在 HTML Help Workshop 中加入所建的方案，如图 15-7 所示。

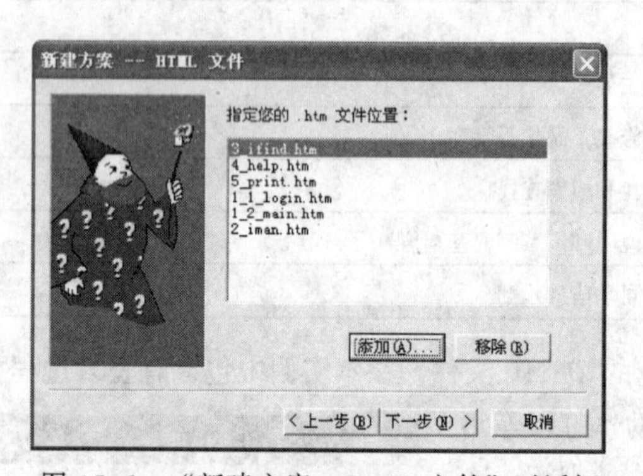

图 15-6 “新建方案—HTML 文件”对话框

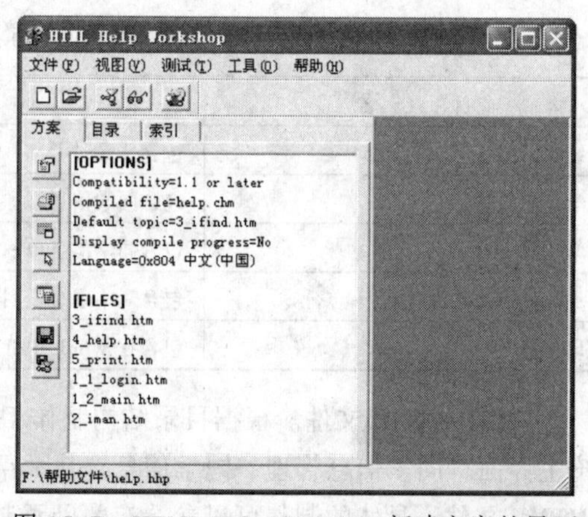

图 15-7 HTML Help Workshop 新建方案的界面

⑨ 切换到“目录”选项卡，由于没有目录表，会弹出一个提示用户新建目录文件的对话框，如图 15-8 所示，选择“建立一个新的目录文件”单选按钮，单击【确定】按钮，在弹出的对话框中选择目录表的名称和存放的位置，这里存放在“帮助文件”文件夹中，名称为“help.hhc”。

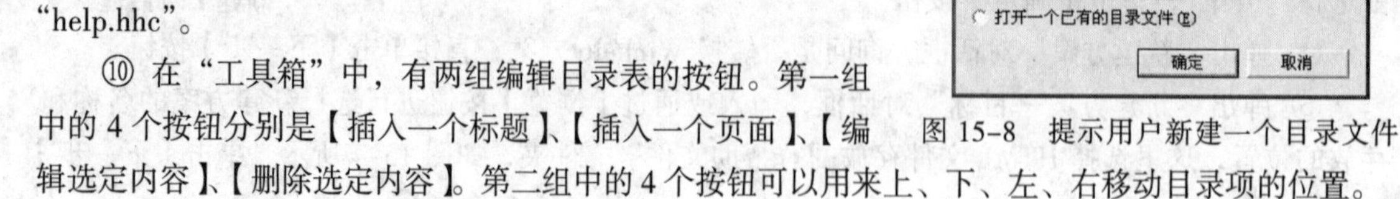

图 15-8 提示用户新建一个目录文件

⑩ 在“工具箱”中，有两组编辑目录表的按钮。第一组中的 4 个按钮分别是【插入一个标题】、【插入一个页面】、【编辑选定内容】、【删除选定内容】。第二组中的 4 个按钮可以用来上、下、左、右移动目录项的位置。

⑪ 单击【插入一个标题】按钮，弹出“目录表项”对话框，在“输入标题”文本框中输入“系统登录管理”，如图 15-9 所示，单击【确定】按钮。

⑫ 单击【插入一个页面】按钮，弹出“目录表项”对话框，在“输入标题”文本框中输入“登录过程”，单击【添加】按钮，加入与此目录项对应的 HTML 文档，如图 15-10 所示，单击【确定】按钮。

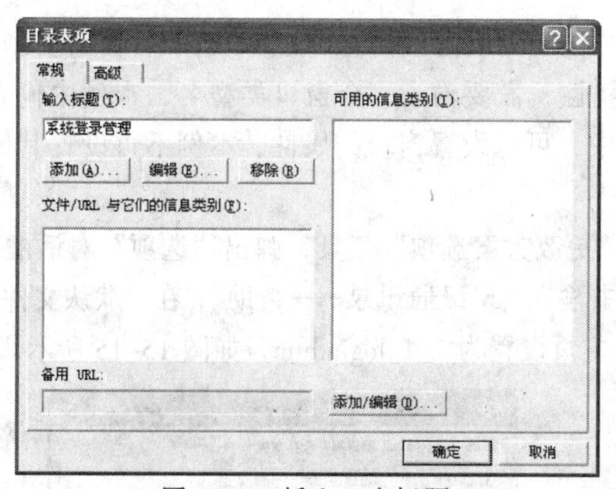

图 15-9　插入一个标题

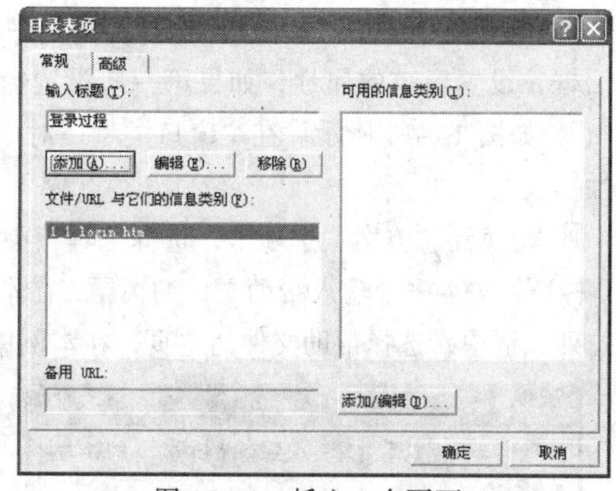

图 15-10　插入一个页面

⑬ 按照以上方法依次加入“系统主界面”页面、“同学信息管理”标题、“同学信息管理”页面、“同学信息查找”标题、“同学信息查找”页面，“帮助”标题、“帮助”页面、“打印”标题、“打印”页面，其中页面均要添加与之对应的 HTML 文档。结果如图 15-11 所示。

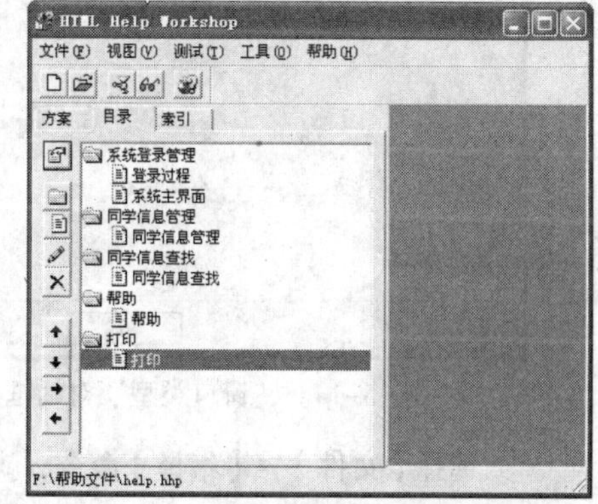

图 15-11　添加标题和页面后的目录表

⑭ 切换到“索引”选项卡，由于没有创建索引，所以新建成一个索引 help.hhk，将其保存在“帮助文件”文件夹中。

⑮ 单击【插入一个关键字】按钮，弹出“索引项目”对话框，在“关键字”文本框中输入“登录过程”，单击【添加】按钮，在弹出的“路径或 URL”对话框中，在“HTML 标题”列表框中选择“登录管理”选项，在“文本或 URL”文本框和“标题”文本框中会自动加入相应的内容，单击【确定】按钮，回到“索引项目”对话框，如图 15-12 所示，再单击【确定】按钮。

⑯ 按照以上方法依次加入关键字“系统主界面”、“同学信息管理”、“同学信息查找”、“帮助”、“打印”，结果如图 15-13 所示。

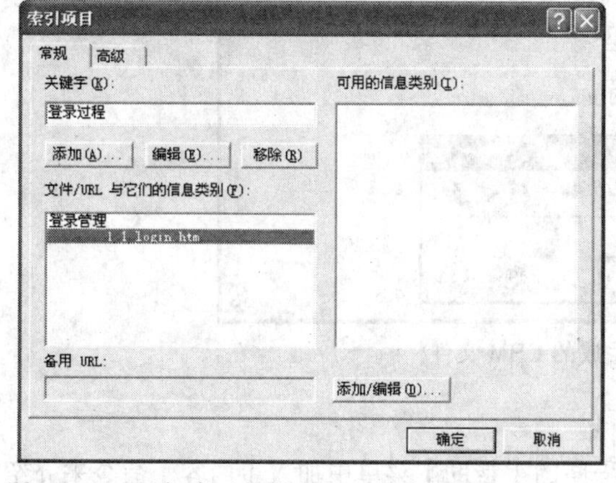

图 15-12　添加索引关键字后的“索引项目”对话框

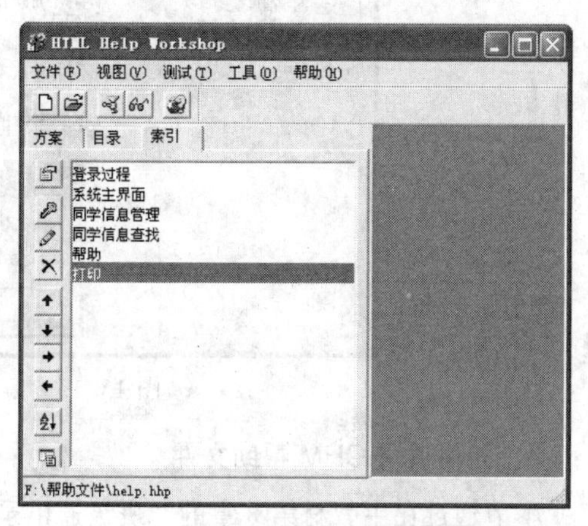

图 15-13　加入所有关键字后的索引列表

⑰ 切换到“方案”选项卡，选择工具箱中的“添加/更改窗口信息”工具，弹出“窗口类型”对话框，设置窗口的属性，如果第一次设置窗口属性，需要输入一个窗口类型名，本例中输入“win”，如图 15-14 所示。在“窗口类型”对话框中，可以设置窗口的属性，本例不再设置其他属性。

⑱ 切换到“方案”选项卡，选择工具箱中的“更改方案选项”工具，弹出“选项”对话框，在“标题”文本框中输入帮助文件的标题，在本例中输入“班级通讯录——帮助”，在“默认文件”下拉列表框中，选择帮助文件的主页，在本例中，主页设置为 1_1_login.htm，如图 15-15 所示。

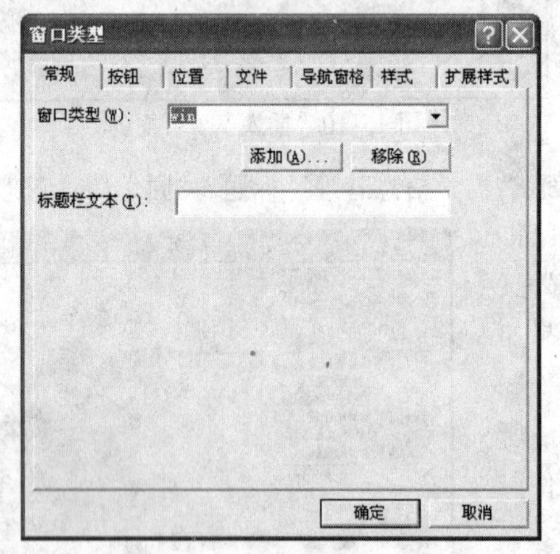

图 15-14 “窗口类型”对话框

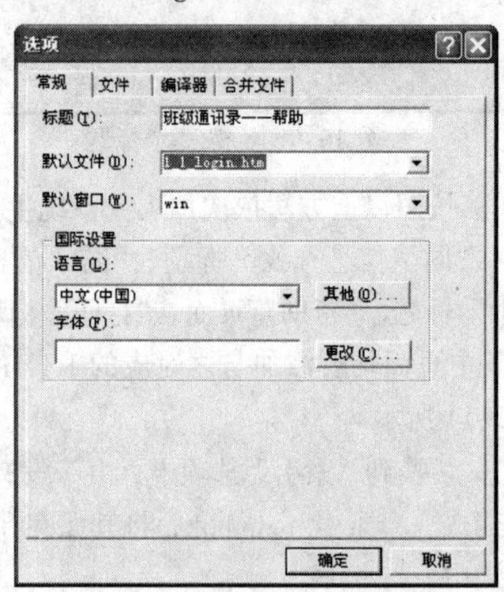

图 15-15 “选项”对话框

⑲ 选择【文件】→【编译】命令，就会开始编译帮助文件，编译生成的 CHM 文件如图 15-16 所示。

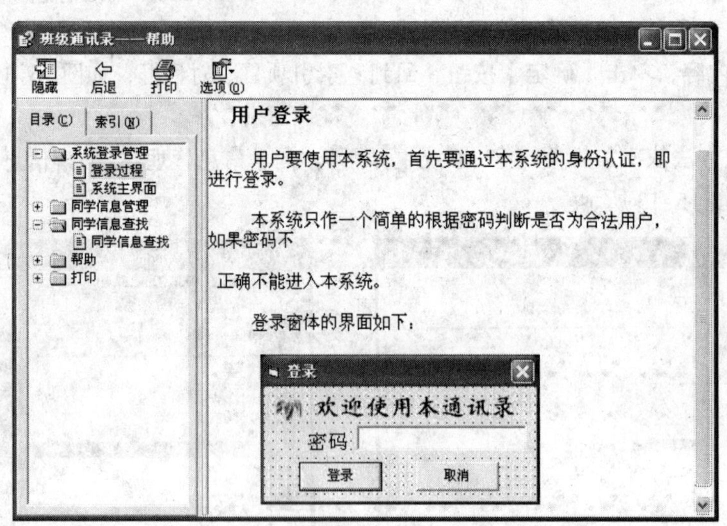

图 15-16 编译生成的 CHM 文件

3. 如何调用 CHM 帮助文件

本节通过在主教材第 8 章的“班级通讯录”程序的【帮助】菜单中加入【内容】命令来介绍如何调用 CHM 帮助文件。实现按【F1】键和选择【帮助】→【内容】命令来调用自己所做的 CHM

帮助文件。操作步骤如下：

① 打开“班级通讯录”工程文件。

② 打开主窗体（Mainfrm），通过“菜单编辑器”在【帮助】菜单下加入【内容】命令，如图 15-17 所示。

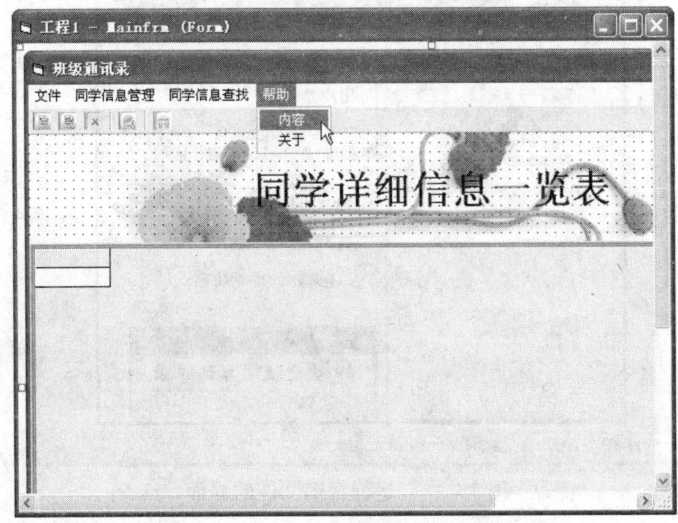

图 15-17 加入“内容”选项的“帮助”菜单

③ 打开代码编辑窗口，输入以下代码。

用于按【F1】键实现调用 CHM 帮助文件的代码。

```
Private Sub Form_Load()
  '调用与主程序同目录下的help.chm帮助文件，按【F1】键调用
  App.HelpFile=app.path & "\help.chm"
End Sub
```

选择菜单【帮助】→【内容】命令来调用自己所做的 CHM 帮助文件的代码。

先声明如下 API：

```
Option Explicit
  '声明API函数用于异步打开一个文档
  Private Declare Function ShellExecute Lib "shell32.dll" Alias
  "ShellExecuteA" (ByVal hwnd As Long,ByVal lpOperation As String,ByVal
  lpFile As String,ByVal lpParameters As String,ByVal lpDirectory As String,
  ByVal nShowCmd As Long) As Long
Private Const SW_SHOWNORMAL=1

Private Sub nr_Click()
  Dim a as long
  Dim b As String
  b=App.Path & "\help.chm" '用变量b记录与主程序同目录下的help.chm帮助文件
  a=ShellExecute (0,"open",b,"","",SW_SHOWNORMAL)
End Sub
```

④ 程序运行的界面如图 15-18 所示。

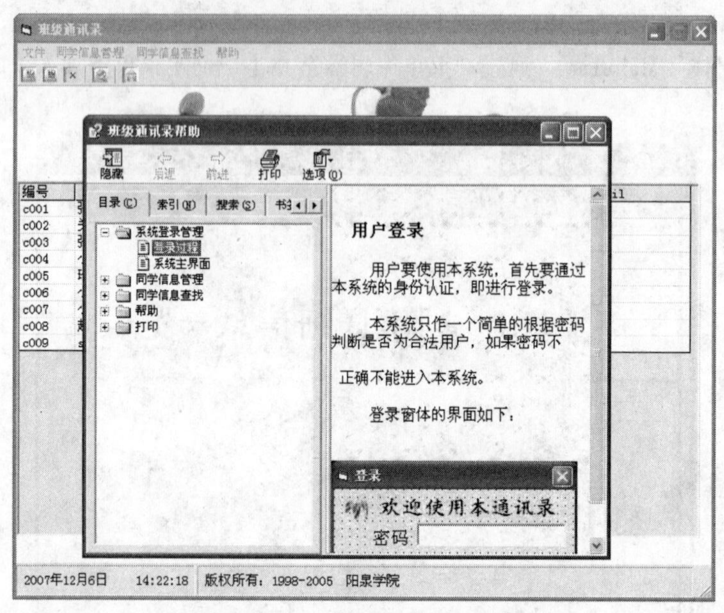

图 15-18 运行帮助文件的界面

4. InstallShield 为数据库系统制作安装程序

InstallShield 是 Install Shield Corporation 出品的安装程序制作工具，其功能强大、适应面广。本节介绍如何使用 InstallShield Professional 6.22 Standard Edition 为 Visual Basic 编写的数据库系统制作安装程序。若要将 InstallShiled 用于商业软件的安装程序制作，应向 Install Shield Corporation 联系购买。安装好 InstallShiled 后启动，系统界面如图 15-19 所示。

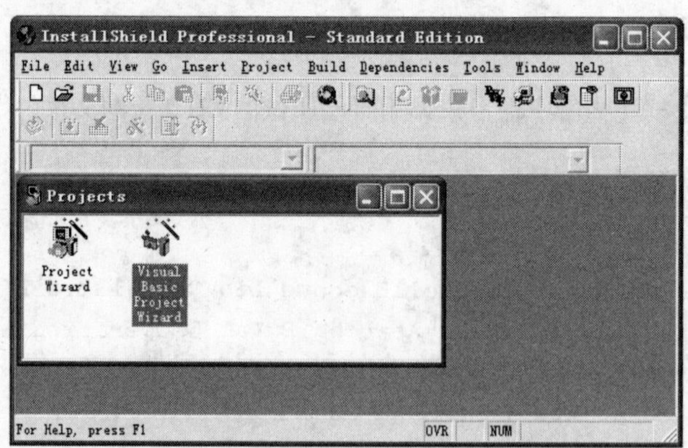

图 15-19 InstallShield 主界面

下面以班级通讯录为例，介绍如何使用 InstallShield 制作安装程序。具体操作步骤如下：

① 在图 15-19 所示的 InstallShiled 主界面中，双击 Visual Basic Project Wizard 选项，出现 Visual Basic Project Wizard-Welcome 对话框，选择需要打包的 Visual Basic 工程名，本例是“班级通讯录.vbp”，如图 15-20 所示。

② 单击【Next】按钮，出现 Visual Basic Project Wizard-Project Information 对话框，如图 15-21 所示。在其中输入应用程序名、公司名、程序版本等信息。

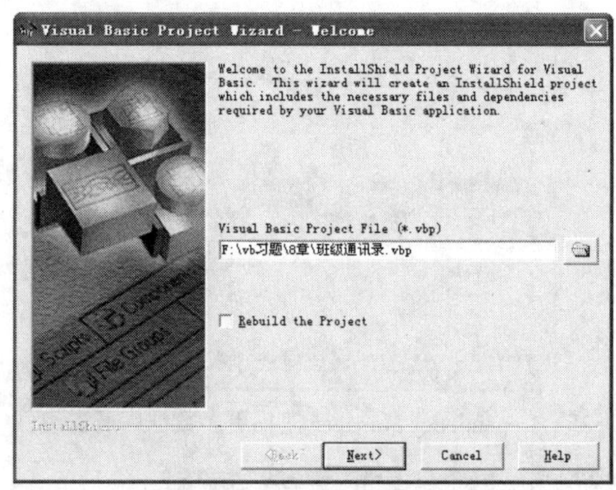
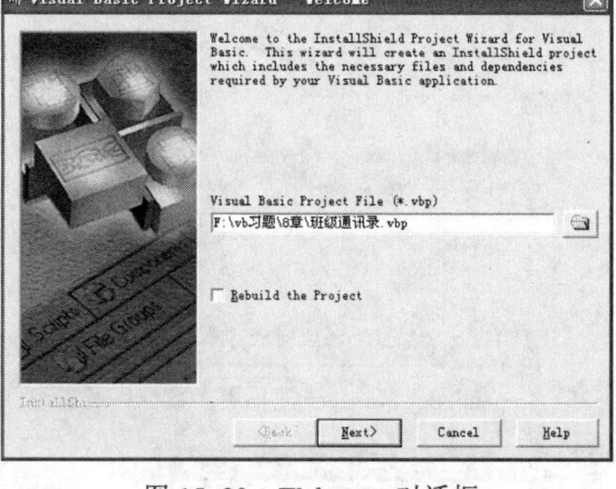

图 15-20　Welcome 对话框

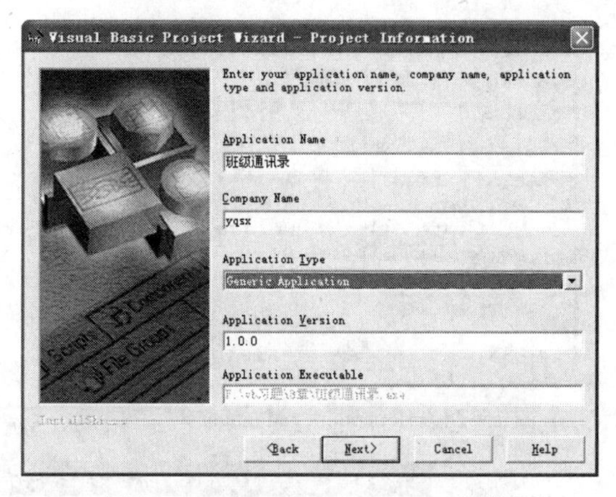

图 15-21　Project Information 对话框

③ 单击【Next】按钮，出现 Visual Basic Project Wizard-Summary 对话框，其中显示了 InstallShield 搜索到的需要打包的程序文件和其他文件，如图 15-22 所示。

④ 单击【Finish】按钮，完成 Visual Basic 工程的导入操作，出现 Visual Basic Project Wizard-Report 对话框，如图 15-23 所示，其中报告了向导已完成的工作及要完成安装程序制作还需要完成的工作。单击【OK】按钮，完成导入工作。

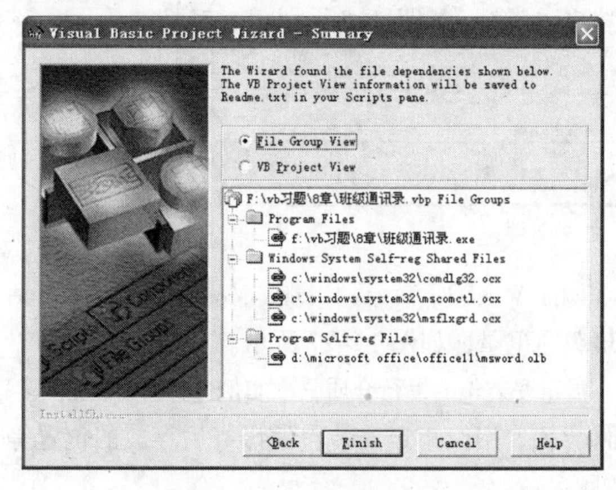

图 15-22　Summary 对话框

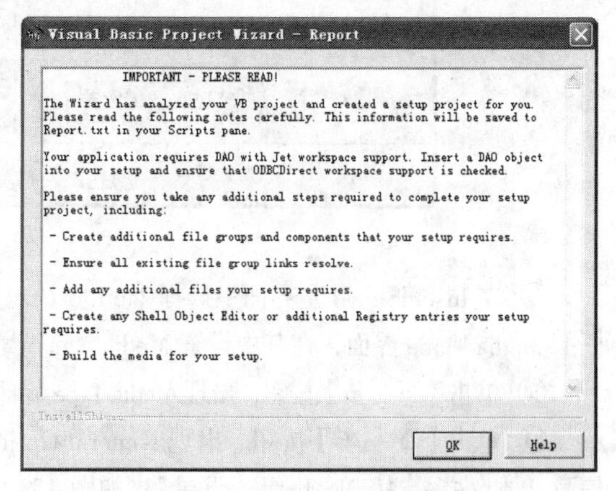

图 15-23　Report 对话框

⑤ 在 InstallShield 主界面中选择【Dependencies】→【Begin New Scan】命令进行新的探测过程，在出现的 InstallShield Dependency Manager 对话框中选择需要扫描的可执行程序，本例为“班级通讯录.exe”，如图 15-24 所示。

⑥ 单击【OK】按钮，出现如图 15-25 所示的对话框，同时数据库系统将会运行。这时需要尽可能多地使用数据库系统的所有功能，以便于 Dependency Manager 搜集更多数据库所需组件信息。

⑦ 完成后关闭数据库系统。InstallShield 会自动将搜索到的数据库系统所需要的组件加入安装工程中。

⑧ 在 InstallShield 主界面中选择【Go】→【File Groups】命令，在界面左边的 TreeView 中选择【Program Files】→【Static File Links】，然后在右边的列表框中右击，在弹出的快捷菜单中选择【Insert Files】命令，将数据库文件 db1.mdb、帮助文件 help.chm、模板文件 txl.dot 和所有使用的图片文件加入，如图 15-26 所示。

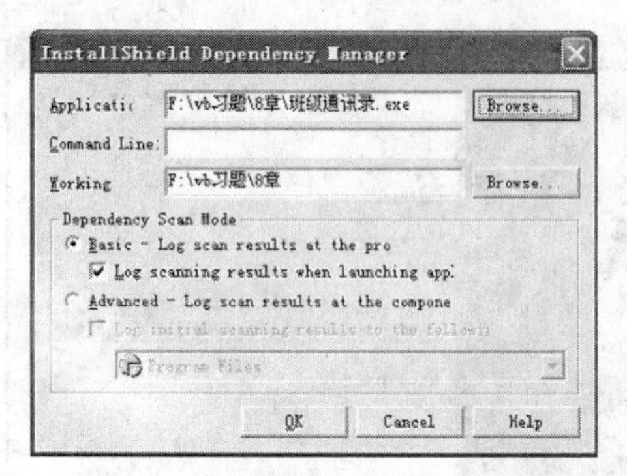

图 15-24 Dependency Manager 对话框

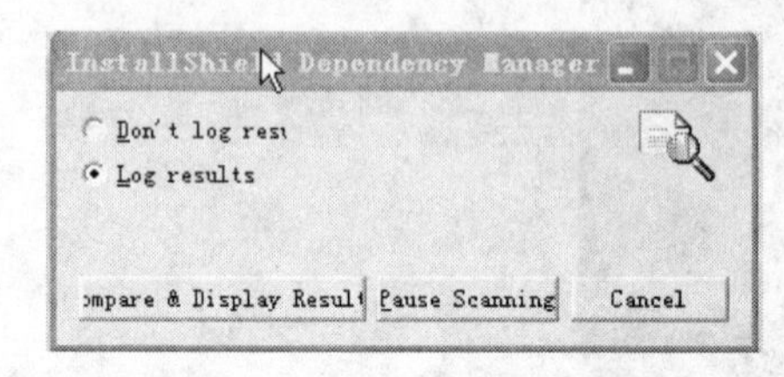

图 15-25 Dependency Manager 搜集更多数据库所需组件

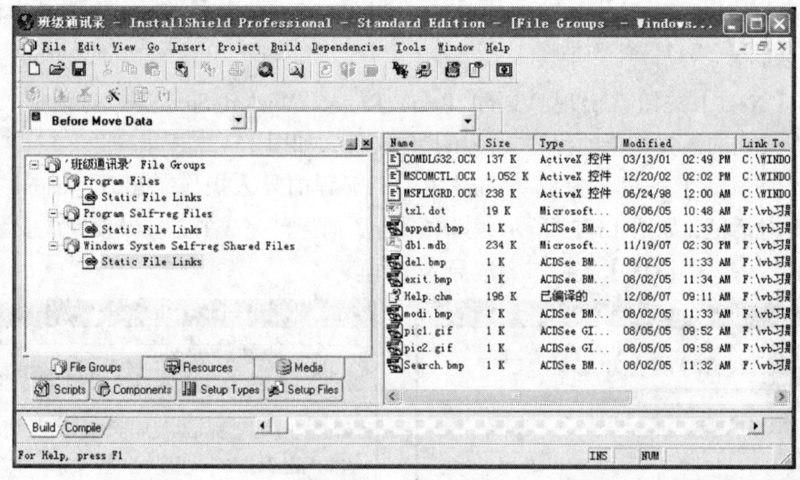

图 15-26 加入文件

⑨ 在 InstallShield 主界面中选择【Build】→【Media Wizard】命令，出现“Media Wizard”对话框的 Media Name 界面，在其中设置 Media Name 为班级通讯录，如图 15-27 所示。

⑩ 单击【下一步】按钮，出现 Media Type 界面，指定安装包的发行介质，本实例选择“Custom”。

⑪ 单击【下一步】按钮，出现 General Options 界面，用以指定安装包编译好后存放的位置等信息，本例指定为“E:\班级通讯录”，如图 15-28 所示。

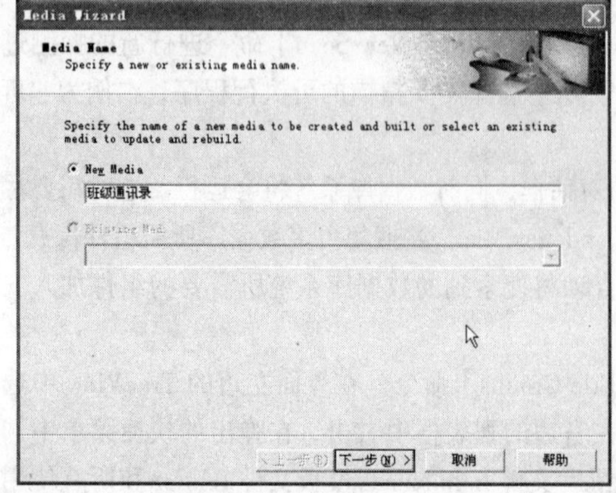

图 15-27 Media Name 界面

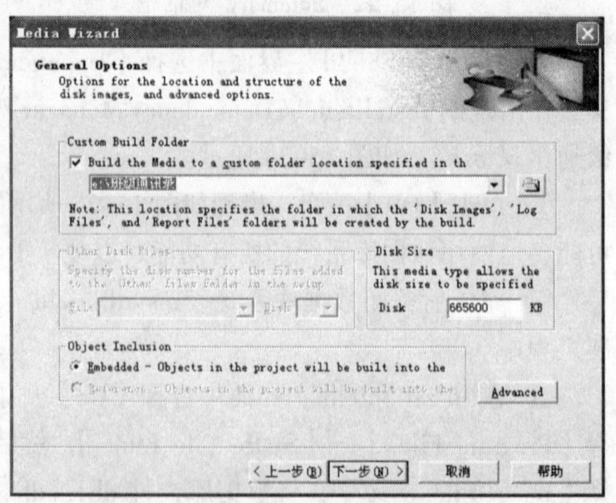

图 15-28 General Options 界面

⑫ 单击【下一步】按钮，出现 Media Layout 界面，如图 15-29 所示，用以指定安装包所包含的文件。本例选择“All data files should be placed into the data cabinet file”单选按钮。

⑬ 单击【下一步】按钮，出现 Media Platforms 界面，如图 15-30 所示，用以指定安装包所支持的操作系统，本例全选。

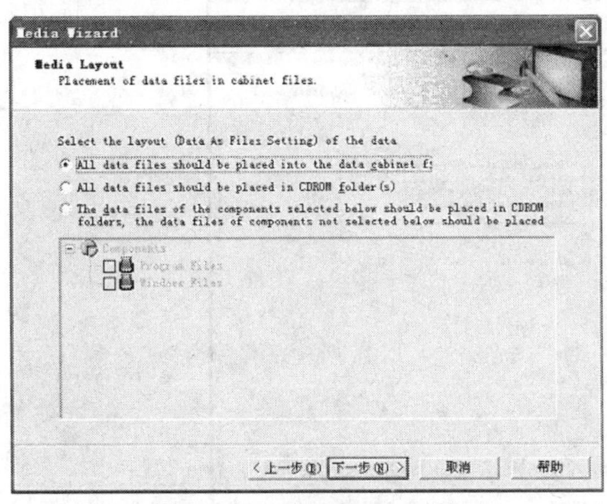

图 15-29　Media Layout 界面

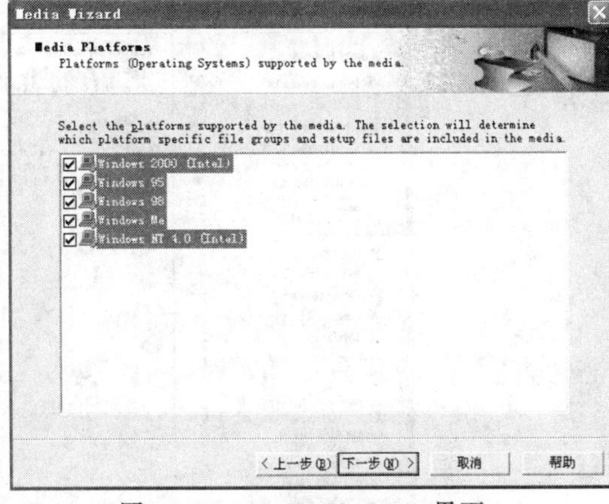

图 15-30　Media Platforms 界面

⑭ 单击【下一步】按钮，出现 Self-extracting Package 界面，如图 15-31 所示，本例选中“Package the setup into a self-extracting exectuable file”复选框，Package Exectuable File 为“班级通讯录.exe”。

⑮ 单击【下一步】按钮，出现 Post-Build Options 界面，用以设置安装工程编译为安装包以后的分发情况，本例不作设置。

⑯ 单击【下一步】按钮，出现 Media Summary 界面，如图 15-32 所示，其中显示了制作用于分发的媒体文件的一些信息。

⑰ 单击【Build】按钮，则 Install Shield 将安装工程编译成安装文件。安装程序制作完成。

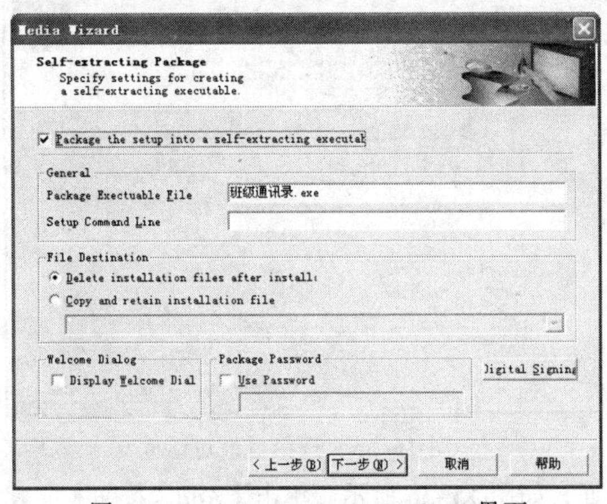

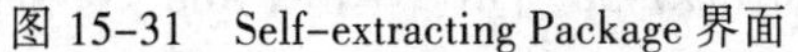

图 15-31　Self-extracting Package 界面

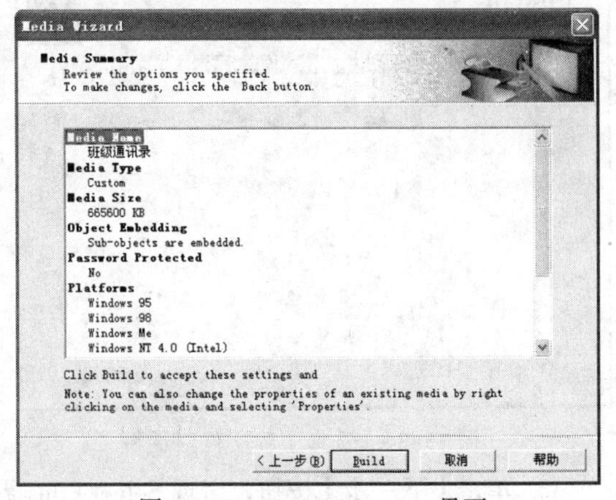

图 15-32　Media Summary 界面

5. 用 Wise Installation 为数据库系统制作安装程序

Wise Installation System 是 Wise Solution Inc 出品的一个功能强大、使用便捷的程序发布和安装包制作工具。本节介绍使用 Wise Installation System 为 Visual Basic 编写的数据库系统制作安装程序。

本节以 Wise Installation System 9.02 为例。若要将 Wise Installation System 用于商业应用程序的打包，应向 Wise Solution Inc 联系购买。

Wise Installation System 9.02 安装后启动的系统界面如图 15-33 所示。

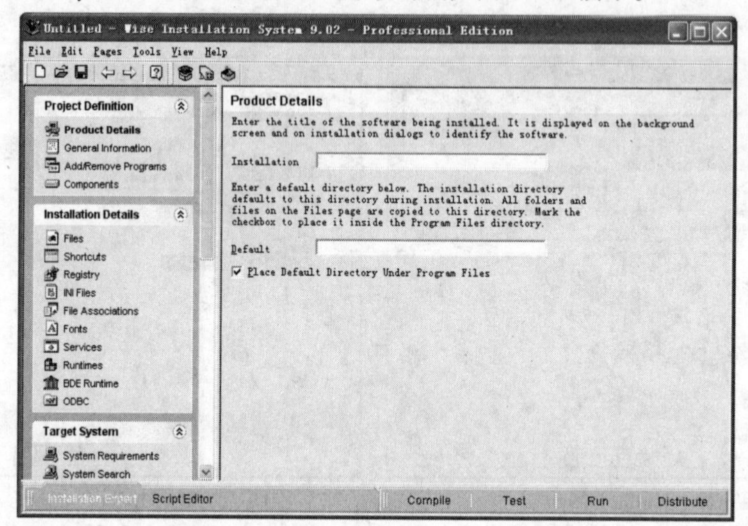

图 15-33 Wise Installation System 主界面

本节介绍使用向导为 Visual Basic 编写的数据库系统制作安装程序。

① 在主界面中选择【Tools】→【Import Visual Basic Project】命令，出现 Project File 界面，如图 15-34 所示，在其中选择需要打包的 Visual Basic 工程文件，本例使用“班级通讯录”这个 Visual Basic 工程文件。

② 单击【下一步】按钮，出现 Directory 界面，如图 15-35 所示。在其中指定 Visual Basic 的安装目录。

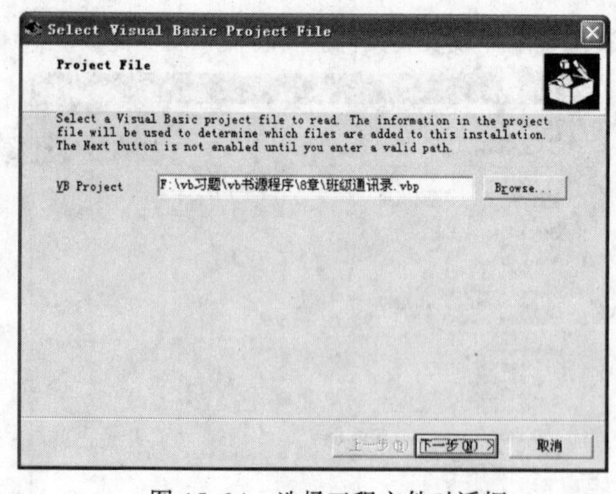

图 15-34 选择工程文件对话框

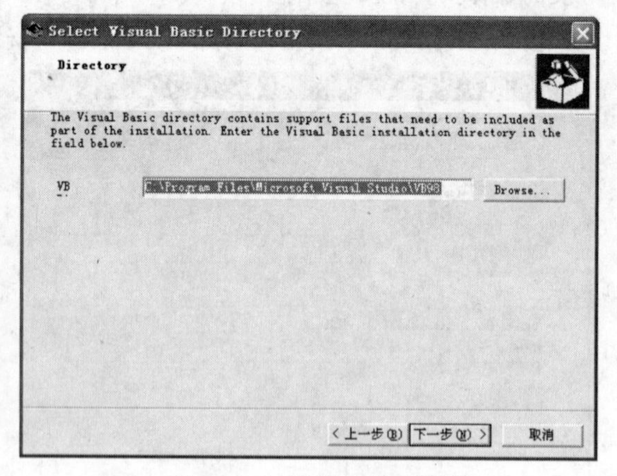

图 15-35 选择目录对话框

③ 单击【下一步】按钮，出现 Select Files 界面，如图 15-36 所示。单击【Add】按钮，向其中添加数据库文件 db1.mdb、帮助文件 help.chm、本系统中用到的图片以及模板文件 txl.dot。

④ 单击【下一步】按钮，出现 Installation Information 界面，如图 15-37 所示。在其中指定安装标题为“班级通讯录”，安装目录为“班级通讯录”，图标名称为“班级通讯录”，开始菜单项名称为“班级通讯录”。

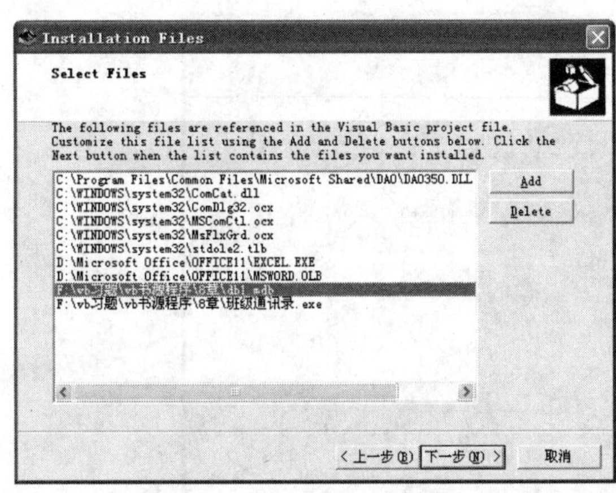

图 15-36　选择文件对话框

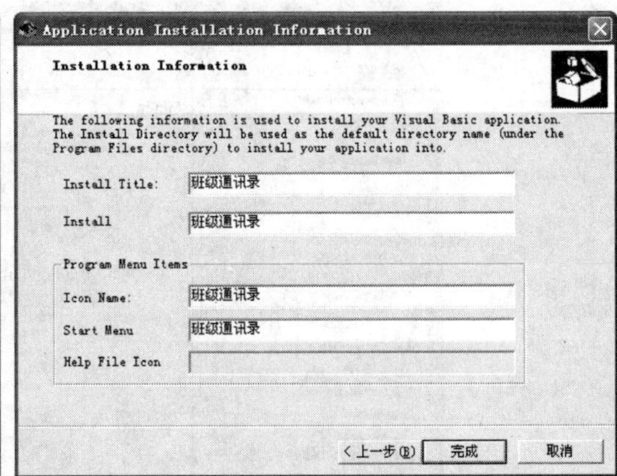

图 15-37　安装信息对话框

⑤ 单击【完成】按钮，即可成功建立一个 Wise Installation 安装工程。

⑥ 在 Wise Installation System 主界面的菜单中选择【Tools】→【ApplicationWatch】命令，以获得当前数据库系统所需的组件信息，如图 15-38 所示。

⑦ 出现 ApplicationWatch 对话框，如图 15-39 所示，填入应用程序路径和 exe 文件名，单击【Execute】按钮，则开始执行当前数据库系统。这时需要运行数据库系统的各部分，以便于 Wise Installation System 更完整地获取所需要组件信息。

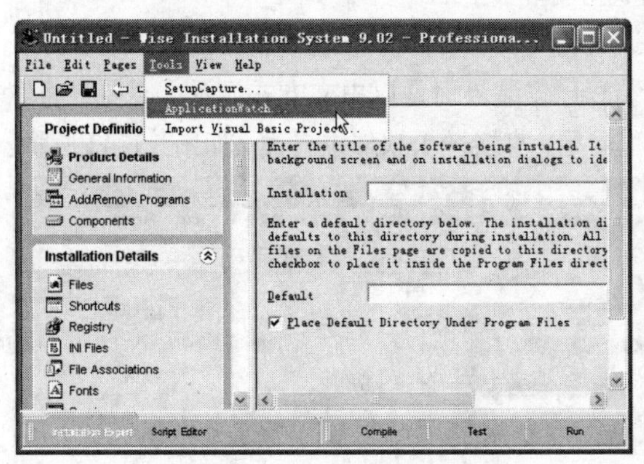

图 15-38　选择监视应用程序

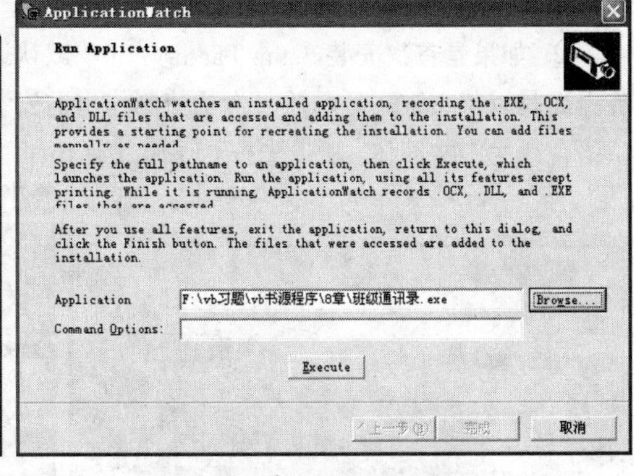

图 15-39　监视应用程序

⑧ 单击【完成】按钮，Wise Installation System 会自动将当前系统所需的相关组件添加到压缩包内。

⑨ 在 Wise Installation System 主界面左边的列表框中选择 Media 选项，出现如图 15-40 所示的界面，在其中选择 Single File Installation 单选按钮。

⑩ 单击 Wise Installation Systemy 主界面下部的【Compile】按钮，则 Wise Installation System 开始制作安装程序。

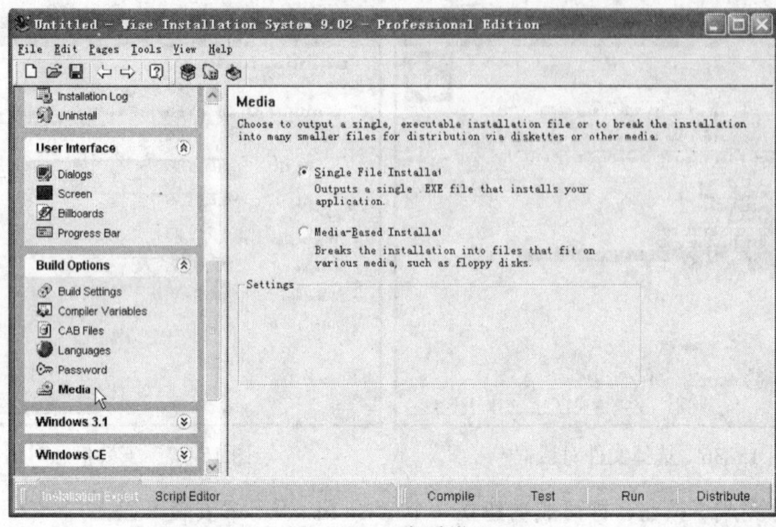

图 15-40 介质设置

6. Setup Factory 安装程序制作工具

Setup Factory 安装程序制作工具，制作安装程序十分简单，在“开始”菜单中加入卸载选项和在桌面上添加应用程序的快捷方式也十分简单。本实例以 Setup Factory 7.0 为例进行介绍。

① 打开软件后，默认会跳出一个工程向导的界面，如图 15-41 所示。此时可单击“创建”选项来新建一个工程，或是按【Esc】键退出工程向导。

② 如果是首次安装 Setup Factory 7.0，默认语言为英文，如果不修改，制作出的安装程序安装界面是以英文方式显示的，为了使制作出的安装程序安装界面是以中文方式显示，需要先将默认语言改为中文简体。所以先按【Esc】键退出工程向导，直接进入软件主界面，如图 15-42 所示。

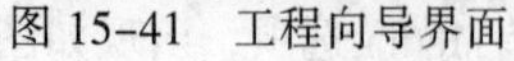
图 15-41 工程向导界面

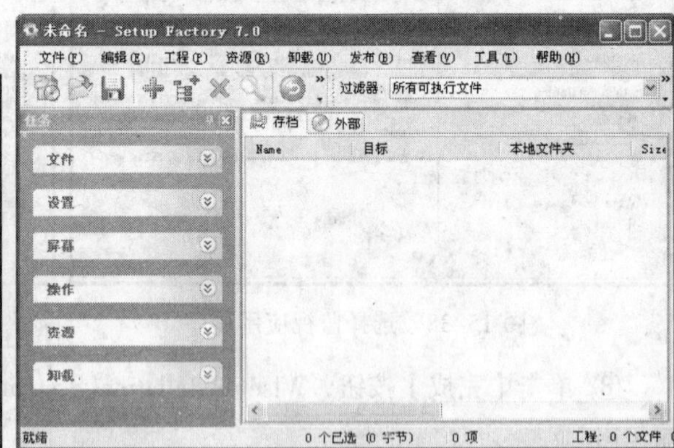

图 15-42 Setup Factory 主界面

③ 选择【编辑】→【参数选择】命令，出现 Preferences 对话框，在左边的 TreeView 窗格中打开 Document，单击 Languages，在右边的窗格中，单击【添加】按钮，选择 Chinese（Simplified），将其添加到“默认语言”列表框中，单击下方的【设为默认】按钮，将 Chinese（Simplified）设为默认语言，如图 15-43 所示，单击【确定】按钮。

④ 选择【工程】→【添加文件】命令，本实例仍采用班级通讯录，将班级通讯录系统所要用到的数据库文件、图片文件、模板文件、帮助文件添加进来，如图 15-44 所示。

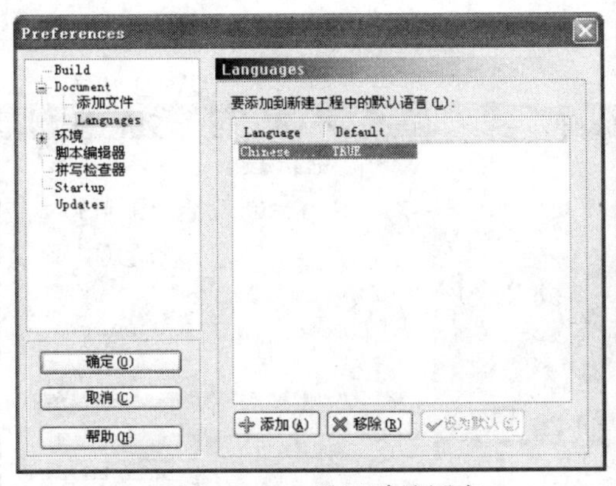

图 15-43　设置默认语言

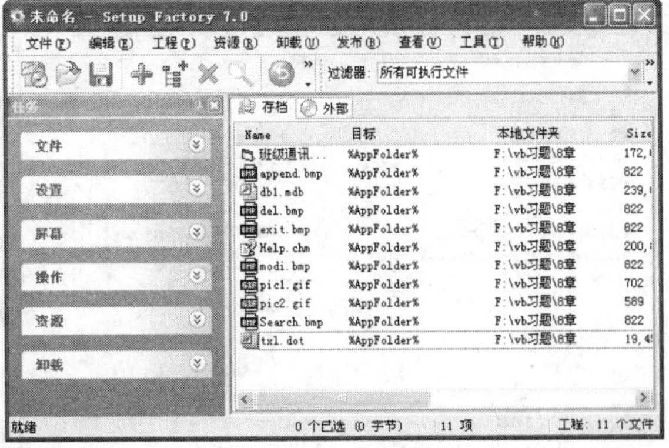

图 15-44　添加文件

⑤ 右击“班级通讯录.exe”文件，在弹出的快捷菜单中选择“文件属性”命令，出现“班级通讯录.exe 属性”对话框，可对“班级通讯录.exe”修改相应设置。切换到“快捷方式”选项卡，系统默认将“开始菜单>应用程序文件夹”复选框选中，当应用程序安装后，会在【开始】菜单中增加应用程序的快捷方式，如果想将应用程序安装完成后，在桌面上也有快捷方式，可以选中“桌面”复选框，如图 15-45 所示。

⑥ 选择【工程】→【会话变量】命令，会出现“工程设置”对话框，在“会话变量”选项卡中，可以修改系统的名称、公司名称、版本等信息，如图 15-46 所示。

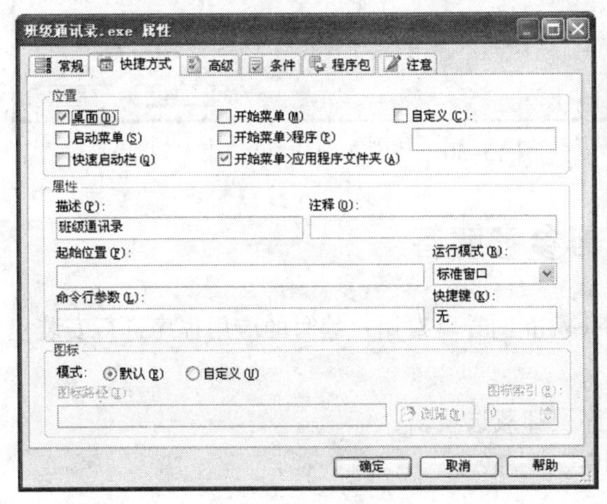

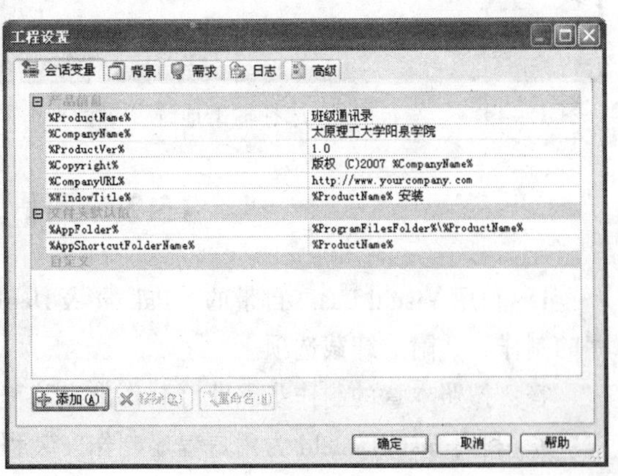

图 15-45　设置“班级通讯录.exe”属性　　　　图 15-46　“工程设置”对话框

⑦ 选择【卸载】→【设置】命令，出现“卸载设置”对话框，如图 15-47 所示，新建安装程序默认会创建卸载，用户可以根据自己的情况进行设置，本例不作设置。

⑧ 选择【发布】→【构建】命令，出现“发布向导-选择分发媒体”对话框，如图 15-48 所示，保持默认选择“Web（单个文件）”单选按钮，单击【下一步】按钮。

⑨ 出现“发布向导-选择输出地址”对话框，可以选择所要生成的安装程序存放的位置和名称，如图 15-49 所示，本例不作设置，单击【构建】按钮。

⑩ 开始生成安装程序，完成后会显示出构建信息，如图 15-50 所示，单击【完成】按钮，一个界面漂亮的安装程序就生成了。

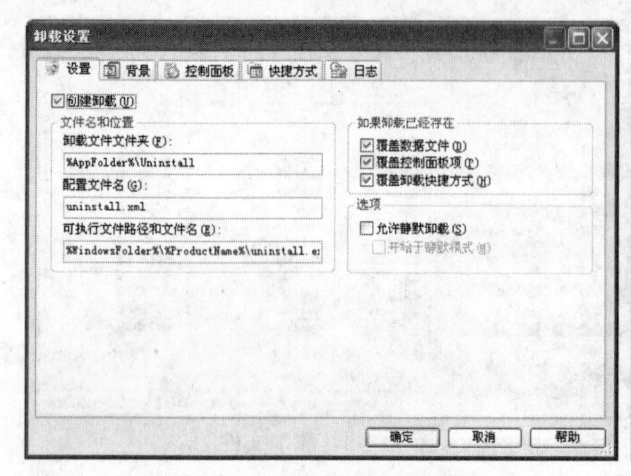

图 15-47 “卸载设置”对话框

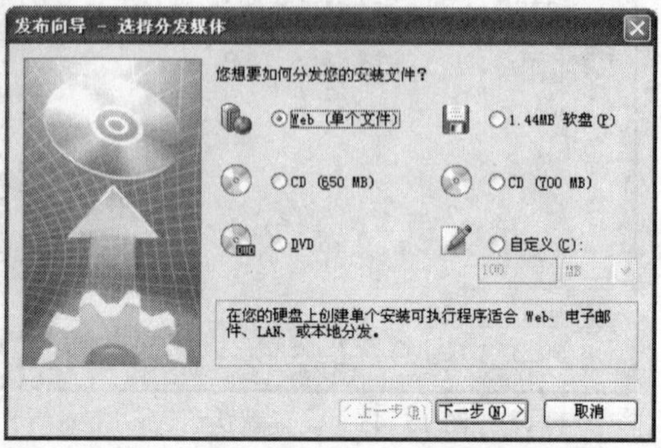

图 15-48 “发布向导-选择分发媒体”对话框

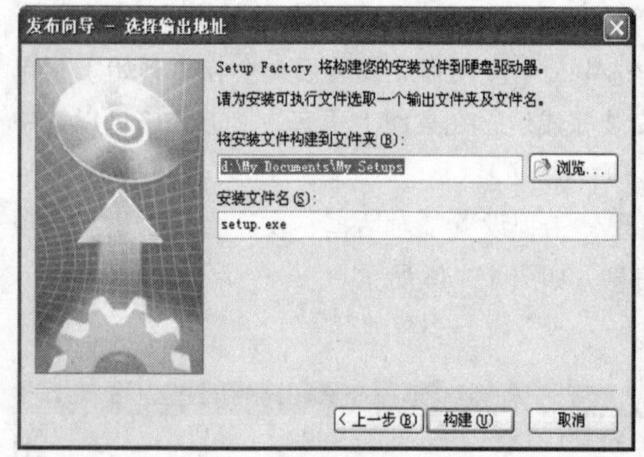

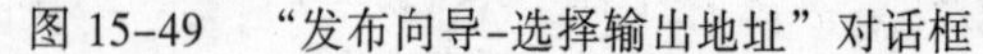

图 15-49 “发布向导-选择输出地址”对话框

图 15-50 “发布向导-已结束”对话框

15.2 习题与参考解答

1. 利用 Visual Basic 自带的“Pakage & Deployment 向导”对用户编写的应用程序进行安装程序的制作，并附上卸载选项。

答：按照本章的制作步骤即可制作出安装程序及卸载选项。

2. 利用 InstallShield 为用户程序制作安装程序。

答：可参考本章所讲的内容。

3. 利用 Wise Installation 为用户程序制作安装程序。

答：可参考本章所讲的内容。

第二篇 上机指导

第 16 章 错误与错误对象

1. Visual Basic 中的错误

编程是一项复杂的工作，只要程序具有一定的复杂程度，就不可避免地要出现各种错误。无论程序员的技术有多高，也无论编写代码有多仔细，程序都有可能出现错误。有些错误虽然不会中断应用程序，但是这些错误可能使代码产生意想不到的结果，有些错误是致命的，会导致整个程序的崩溃，甚至威胁整个系统的安全。因此，在编程过程中还要充分考虑到如何处理各种可能的错误。下面对程序中的错误加以详细介绍。

（1）3 种错误类型

在 Visual Basic 编程中，错误大致可以分为 3 种类型。

① 编译错误。

“编译错误”是由于不正确构造代码而产生的。如果不正确地输入了关键字、遗漏了某些必需的标点符号或在设计时使用了一个 Next 语句而没有 For 语句与之对应等类型的错误，Visual Basic 在编译应用程序时就会检测到这些错误，并提示用户加以修改。

如果在“代码”窗口中所输入的代码行存在语法错误，Visual Basic 就会立即显示错误消息。如果在 If 语句中忘了输入 Then 关键字，此时将光标移动到其他行，就会弹出错误提示框，并且出错的程序行也会以红色字体突出显示。

对于语法错误，在 Visual Basic 中可以通过设置“自动语法检测”这一功能来发现。当用户输入完一个程序行，一旦将光标移动到其他行，则 Visual Basic 会自动对所输入的程序进行语法检测。如果程序行出现语法错误，则会弹出对话框，提示用户修改。要设置“自动语法检测”功能，只需要在 Visual Basic 开发环境中选择【工具】→【选项】命令，此时会弹出一个“选项”对话框，在该对话框的“编辑器”选项卡中选择“自动语法检测”复选框，如图 16-1 所示。

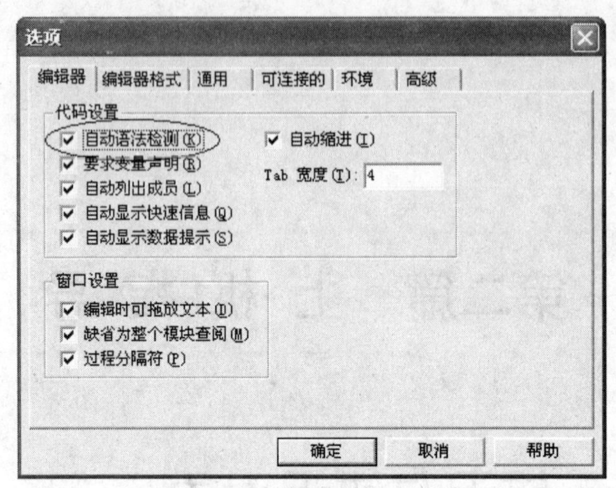

图 16-1 设置自动语法检测

在以下几种情况下将出现此类错误：

- 使用了一个 Next、Select、If 等语句时，没有相应的语句与其搭配使用。
- 缺少对象。如直接使用一个对象的方法、属性，而没有指定对象名称。
- 在“选项”对话框中或在程序中设置了“要求变量声明”时，有变量没有声明而直接使用。
- 代码中的关键字、表达式、函数名称、标点符号等写法错误。

② 运行时错误。

运行时错误就是在运行模式下所产生的错误，这种错误较编译错误难以发现，通常必须运行应用程序才能检测到这种错误。

在 Visual Basic 集成环境中启动应用程序，当一个语句试图执行一个不能执行的操作时，就会发生运行时错误。

常见的运行时错误是在做除法运算时所产生的“除数为零”。代码如下：

```
Function Divide(a As Double,b As Double) As Double
  Dim result As Double
  Result=a/b
  Divide=result
End Function
```

在 Divide 函数中，接受两个参数被除数（参数 a）和除数（参数 b），然后将两者相除得到结果。该函数在语法上并没有出错，但是如果除数为 0（即参数 b 为 0），如使用了下列调用：

```
C=Divide(12,0)
```

那么就会出现一个运行时错误，如图 16-2 所示。

图 16-2 除数为零的提示信息

具体到 Visual Basic 数据库程序而言，这一错误经常发生在写连接字符串时。如果 Data Source 两个字符之间的空字符过多，就有可能在运行时提示错误“找不到可用的 ISAM”或“找不到数据源”。这类错误很难改正，必须要认真、细心。必要时可以在 Internet 上搜索错误原因，或使用 Visual Basic 的联机帮助 MSDN。

③ 逻辑错误。

当应用程序未按预期方式运行时就会产生逻辑错误。从语法角度来看，应用程序的代码是有效的、正确的，在运行时也未执行无效操作，但还是产生了不正确的结果。应用程序运行的正确与否，只有通过测试应用程序和分析产生的结果才能检验出来。错误的变量名、不正确的变量类型、无穷循环、逻辑语句的问题或数组问题等均可能导致逻辑错误。特别是在 Visual Basic 中没有设置“要求变量声明”时，更易出现此类错误。

本例演示了一个典型的逻辑错误。程序的目的是期望使用“＋”运行符将 a 和 b 以字符串的形式连接起来，即 a 和 b 分别为 4 和"79"，最后连接得到的 c 的值为 479。代码如下：

```
Dim a,b
a=4
b="79"
Dim c As String
c=a+b
Print c
```

运行程序之后得到的 c 值为 83，这是一个典型的逻辑错误。程序在编译和运行时均是正确的，但是结果却与期望结果不同的。运行结果之所以不同，是由于在给变量 a 赋值时，将一个整型 4 赋给了变量 a，在执行“c=a+b”这一语句时，由于使用了“+”运算符，Visual Basic 首先将 b 转换为整型，然后与 a 相加，此时得到的值为 83，最后将 83 转换为字符串类型最后赋值给 c。

本来期望在程序运行期间，各个变量以字符串的形式进行运算，但是在实际过程中，由于 Variant 类型的自动类型转换功能，a 和 b 两个变量被转换为整型参与运算，这就造成了运算结果与期望结果不一致。本例中的逻辑错误主要是由于使用 Variant 类型不当造成的。如果将变量 a 声明为 String 类型，而不是 Variant 类型，则这个逻辑错误就可以避免了。

从上面可以看出，如果程序运行结果与预想的不一致，就需要查找程序中可能存在的逻辑错误。但是由于逻辑错误的隐蔽性，往往不能够很快地找到错误发生的地点，此时就需要采用缩小范围的方法。使用 Visual Basic 所提供的调试工具，对可能出错的代码逐步缩小查找的范围，直到找到问题的所在。

逻辑错误不能被 Visual Basic 检测出来，然而却在错误中占据很大一部分，这种错误非常隐藏，也是程序调试中最难发现和处理的。程序开发人员必须使用 Visual Basic 提供的各种调试工具找到出错的地方，这通常是一个烦琐而枯燥的过程，往往需要具备较高的程序调试能力和技巧。

（2）3 种错误类型的比较

“编译错误”在程序运行之前就能发现，一旦出现编译错误，系统就会弹出错误提示框，而且有问题的语句会用红色字体突出显示。这种错误容易被发现和解决。

“运行时错误”只有在程序运行过程中，运行到特定的条件时才能触发。当发生这种错误时，系统会弹出一个错误的提示框。用户可以根据提示解决问题。但是有时，系统提示的错误可能与实际发生的错误不一致，这时就需要程序员有丰富的经验和分析问题解决问题的能力。

“逻辑错误”从语法角度和运行角度来看都是正确的，也没有任何提示信息表明程序的错误发生的地点。程序员能够认识到错误的现象就是输出结果与预期结果不符。这种错误处理起来比较困难，一般来讲，确定错误的位置相对来说也比较难。所以，只有靠程序员的经验，和 Visual Basic 的调试工具来排除。

（3）减少错误的发生

由于任何一种错误发生后都必须进行排除，这就需要花费大量的时间与精力，有可能影响编写程序的进度。所以在程序编写时要尽可能地减少错误的发生。以下是几点减少错误发生的建议：

① 精心设计应用程序。仔细编写事件响应及过程函数的代码，为每个事件过程和每个普通过程都指定一个特定、明确的目标。

② 多加注释。如果用注释说明每个过程的目的，这样回过头来进行错误分析时，有助于程序员的理解。

③ 遵循 Visual Basic 的“编码约定”。在应用程序中对变量和对象提出一种前后一致的命名方案。这样对于团队开发尤其有好处。在“选项”对话框中或在程序中设置“要求变量声明”，可以避免因变量名的拼写错误而造成的错误。

2. 错误对象

Visual Basic 中使用对象来封装预定义的功能。在错误处理中，Visual Basic 也预定义了一个专门用来进行错误处理的对象——Err 对象。Err 对象中包含了程序所发生错误的各种信息。Err 对象是具有全局范围的固有对象，在代码中不用建立这一对象的实例，可以直接加以使用。这里将介绍 Err 对象的属性和方法。

（1）Err 对象的属性

Err 对象包含 6 个属性，它们分别是 Description、HelpContext、HelpFile、LastDLLError、Number 和 Source 属性，其描述如表 16-1 所示。

表 16-1 Err 对象的属性

属 性	功 能 简 述
Description	返回或设置与错误对象相关联的描述字符串
HelpContext	返回或设置 Help 文件中主题的上下文 ID
HelpFile	返回或设置到 Help 文件的路径名
LastDLLError	返回一个 DLL 调用的系统错误代码
Number	返回或设置表示错误的代码
Source	返回或设置导致错误的对象名称

① Description 属性。

- 功能与适用：

Description 属性用来返回或设置一个字符串表达式，包含与错误相关联的描述性字符串，该属性既可读又可写。由于 Description 属性设置了对错误的简短描述，所以当无法处理或不想处理错误的时候，可以使用这个属性来提醒用户。在生成用户自定义的错误时，可以将有关此错误的描述性字符串指定给 Description 属性。

• 数据类型：

```
Property Description As String
```

• 常用取值：

如果 Description 未填入数据，而且 Number 的值与 Visual Basic 运行时错误一致，那么在生成错误时，系统就会将 Error 函数返回的字符串放置在 Description 中。

可以取得该属性的描述值。代码如下：

```
MsgBox  Err.Description
```

也可以给 Description 属性赋值。代码如下：

```
Err.Description="这是一个自定义的错误描述！"
```

② HelpContext 属性。

• 功能与适用：

HelpContext 属性用来返回或设置一个字符串表达式，它包含 Microsoft Windows 帮助文件中的主题的上下文 ID，该属性既可读又可写。HelpContext 属性被用来自动显示 HelpFile 属性中指定的帮助主题，通常用来配合 Err 对象的 HelpFile 属性一起工作。

• 数据类型：

```
Property HelpContext As Long
```

• 常用取值：

如果 HelpFile 和 HelpContext 都是空的，则检查 Number 的值。如果 Number 的值与 Visual Basic 运行时错误一致，则对此错误使用 Visual Basic 帮助上下文 ID。如果 Number 的值与 Visual Basic 错误不一致，则在屏幕上显示 Visual Basic 帮助文件的内容。

③ HelpFile 属性。

• 功能与适用：

HelpFile 属性用来返回或设置一个字符串表达式，表示帮助文件的完整限定路径，该属性既可读又可写。该属性通常用来配合 Err 对象的 HelpContext 属性一起工作。

• 数据类型：

```
Property HelpFile As String
```

• 常用取值：

HelpFile 不为空，表示 HelpFile 中指定了帮助文件。此时，如果用户在错误消息对话框中单击【Help】按钮，帮助文件将自动调用。如果 HelpContext 属性包含被指定文件的有效的上下文 ID，则自动显示那一主题。

HelpFile 属性为空，则表示未指定帮助文件。此时，如果用户在错误消息对话框中单击【Help】按钮，则将会显示 Visual Basic 帮助文件。

④ LastDLLError 属性。

• 功能与适用：

LastDLLError 属性用来返回因调用动态链接库（DLL）而产生的系统错误号，该属性只读。LastDLLError 属性只适用于由 Visual Basic 代码进行的 DLL 调用。在调用时，被调用的函数通常返回一个表明成功还是失败的代码，同时对 LastDLLError 属性填充数据。只要返回失败代码，Visual Basic 的应用程序就应该立即检查 LastDLLError 属性。

• 数据类型：

```
Property  LastDLLError  As  String
```

• 常用取值：

在没有 DLL 的操作系统中，LastDLLError 总是返回零。在有 DLL 的操作系统中，LastDLLError 总是返回相应的值。

⑤ Number 属性。

• 功能与适用：

Number 属性表示发生错误的代码，既可读又可写，是 Err 对象的默认属性。可以通过 Number 属性来获取当前错误的代码；也可以通过设置 Number 属性并调用 Raise 方法来产生一个自定义的错误信息。

• 数据类型：

```
Property Number As Long
```

• 常用取值：

Number 属性显示的是可捕捉的错误代码。可捕获的错误通常发生在应用程序运行时，但也有一些会发生在开发期间或编译时间。可使用 On Error 语句与 Err 对象来探测并响应可捕获的错误，1～1 000 之间未使用的错误号都是保留给 Visual Basic 使用的。

表 16-2 列出了常见的错误代码及其描述。

表 16-2　常见错误代码及描述

代　码	描　述	产生的可能原因
5	无效的过程调用或参数	参数值可能超出了允许的范围
6	溢出	赋值或计算的结果过大，以至于不能在变量类型所允许的范围内表示出来
7	内存不足	内存空间不足，或是遇到内存中的 64KB 边界的限制
9	下标越界	引用了不存在的数组或集合中的元素；或者声明数组时没有指定元素个数
11	除数为零	表达式的值作除数使用，但其为零
18	出现用户中断	用户按【Ctrl+Break】组合键或其他中断键
53	找不到指定的文件	引用的文件不存在
55	文件已打开	文件没有在其他 Open 语句或其他操作发生前关闭
57	设备 I/O 错误	当程序在使用像打印机或驱动器这类设备时，发生了输入/输出错误
71	磁盘未准备好	指定的驱动器中没有磁盘；或者指定驱动器的托盘没有关好
75	路径/文件访问错误	文件指定的格式不正确；或者试图保存一个只读文件
360	对象已装入	试图以 Load 语句在运行时添加一个控件到控件数组中，但是所引用的索引值已经存在
423	属性或方法未找到	引用的对象方法或属性没有定义
31001	内存不足	对所指定的操作，系统不能分配足够的内存或磁盘空间

可以通过 Error 函数和 Number 属性来获得 Number 代码所对应的出错信息，即 Err 对象的 Description 属性。

Error 函数用来返回对应于已知错误号的错误信息，其返回值对应于 Err 对象的 Description 属性，其语法如下：

```
Error[(errornumber)]
```

其中，可选的 errornumber 参数可以为任何有效的错误号，它有下列几种情况。

Ⅰ. 如果 errornumber 是有效的错误号，而且已经被定义，则 Error 函数将会返回 errornumber 对应的错误字符串。

Ⅱ. 如果 errornumber 是有效的错误号，但尚未被定义，则 Error 函数将返回字符串“应用程序定义的错误或对象定义的错误”。

Ⅲ. 如果 errornumber 不是有效的错误号，则会导致错误发生。

Ⅳ. 如果省略 errornumber，就会返回与最近一次运行时错误对应的消息。

Ⅴ. 如果没有发生运行时错误，或者 errornumber 是 0，则 Error 返回一个长度为零的字符串（""）。

⑥ Source 属性。

- 功能与适用：

Source 属性用来返回或设置一个字符串表达式，指明最初生成错误的对象或应用程序的名称，该属性既可读又可写。Source 属性是字符串表达式，指定生成错误的对象，该表达式通常是这个对象的类名或程序设计的 ID。

通常在程序代码无法处理被访问对象产生的错误时使用 Source 提供的消息。例如，访问 Microsoft Excel 时生成一个“除数为零”的错误，则 Excel 将 Err.Number 设置成代表此错误的错误代码，并将 Source 设置成 Excel.Application。

- 数据类型：

```
Property Source As Long
```

- 常用取值：

在错误生成时，Source 就是应用程序的程序设计 ID。对于类模块，Source 应该包含一个类似 Project.Class 的名称。当代码中出现不可预料的错误时，Source 属性会自动填上数据。对于标准模块中的错误，Source 含有工程名称。

（2）Err 对象的方法

Err 对象只有 Clear 和 Raise 这两种方法，其描述如表 16-3 所示。

表 16-3　Err 对象的方法

方　法	功 能 简 述
Clear	清除 Err 对象的所有属性设置
Raise	产生运行时错误

① Clear 方法。

- 功能与适用：

在处理完错误之后可以使用 Clear 方法来清除 Err 对象，例如，在对 On Error Resume Next 使用拖延错误处理时就可使用 Clear 方法。

当执行下列语句时，系统会自动调用 Clear 方法。

Ⅰ. 使用了任意类型的 Resume 语句。

Ⅱ. 使用了任何 On Error 语句。

Ⅲ. 使用了 Exit Sub、Exit Function、Exit Property 方法。

执行了以上 3 种类型的语句之后，所有的错误信息就会被去掉，此时也就不会报错了。

使用 Err 对象的 Clear 方法和其属性来处理错误的操作步骤如下：

Ⅰ. 首先声明一个整型的数组，同时以一个较大的随机数给数组元素赋值，如果随机数超出整型的范围，则将会出现错误。

Ⅱ. 检测 Err 的 Number 属性，若 Number 属性不为 0 就表示出现错误，以弹出框的方式显示 Err 对象的 Description 属性；若 Number 属性为 0，则表示没有错误发生，此时就继续执行。

代码如下：

```
Dim Result(10) As Integer
Dim i As Integer
On Error Resure Next
Do Until i=10
  Result(i)=Rnd*i*20000
  If Err.Number<>0 Then
    MsgBox Err.Description,,"错误",Err.HelpFile,Err.HelpContext
    Err.Clear
  Else
    i=i+1
  End If
Loop
```

• 方法原型：

```
Sub Clear()
```

• 返回值（无）。

• 主要参数（无）。

② Raise 方法。

• 功能与适用：

Raise 方法可以用来生成“运行时错误”，它被用来代替传统的 Error 语句。当类模块中要生成错误时，往往使用 Raise 方法。例如，用 Raise 方法可以在 Source 属性中说明生成错误的来源，可以引用该错误的联机帮助。

以下代码演示了如何使用 Raise 方法产生一个自定义的错误：

```
'theClass
'theSource
'theHelpFile
'theHelpContext
Dim theClass,theSource,theHelpFile,theHelpContext
theSource=App.Title & "." & theClass.Name
Err.Raise Number:=vbObjectError + 100,Source:=theSource, _
  &Description:="无法完成指定的任务",&HelpFile:=theHelpFile,HelpContext: _
  =theHelpContext
```

• 方法原型：

```
Sub Raise(Number As Long,[Source],[Description],[HelpFile],[HelpContext])
```

• 返回值（无）。

• 主要参数：

Raise 方法有 5 个参数，参数列表及其参数的意义如表 16-4 所示。

表 16-4　Raise 方法的参数列表

参　　数	简　　述
Number	必需的。类型为长整数，用来表示错误代码。Visual Basic 错误代码的范围在 0～65 535 之间，既包括 Visual Basic 预定义的错误，也包括用户定义的错误
Source	可选的。类型为字符串表达式，作为产生错误的对象或应用程序的名称。当设置对象的这一属性时，要使用窗体 Project.Class。如果没有指定 Source，则使用当前 Visual Basic 工程的程序设计 ID
Description	可选的。描述错误的字符串表达式。如果没有指定，则检查 Number 的值
HelpFile	可选的。帮助文件的完整限定的路径，在帮助文件中可以找到有关错误的帮助信息。如果没有指定，则 Visual Basic 会使用 Visual Basic 帮助文件的完整限定的驱动器、路径和文件名
HelpContext	可选的。识别 HelpFile 内的标题的上下文 ID，而 HelpFile 提供有助于了解错误的描述。如果省略，则使用处理有关错误的 Visual Basic 帮助文件的上下文 ID

第 17 章 错误处理

当应用程序在运行过程中出现错误时，根据错误出现的不同类型，有不同的错误处理方法。例如对 Visual Basic 中可以截获的错误，可以采取一般的方法进行处理，而其他的错误可以使用深入错误处理方法以及联机错误处理方法。

1. 错误处理的一般步骤

所谓错误处理，就是使用 Visual Basic 提供的错误处理语句中断运行中的错误，并进行处理，Visual Basic 可以截获的错误称为“可捕捉的错误”，错误处理语句只能对这类错误进行处理。错误处理程序是应用程序中捕获和响应错误的例程。对于可能会出错的任何过程，均要对这些过程添加错误处理程序。

以下是一个通用的错误处理程序。

在某个 Sub 过程中有如下程序代码：

```
…                                  '表示要执行一些代码
On Error GoTo  fError              '设置错误捕捉
…                                  '表示要执行的一些代码，它们有可能会发生错误而触发错误
Exit Sub 观点                       '退出子过程
fError:
…                                  '进入错误处理程序
```

注意：错误处理段的行标签如本例中的 fError 后面需要加冒号。

设计错误处理程序一般包括捕捉错误、编写错误处理代码、退出错误处理例程 3 个步骤。

（1）捕捉错误

在 Visual Basic 中，需要使用 On Error 语句来捕捉错误。当 Visual Basic 执行 On Error 语句时就激活了错误捕获。当包含错误捕获的过程是活动的时候，错误捕获始终是激活的，也就是说，直到该过程执行了 Exit Sub、Exit 函数、Exit 属性、End Sub、End 函数或 End 属性语句时，错误捕获才停止。尽管在任一时刻任一过程中只能激活一个错误捕获，但可建立几个供选择的错误捕获并在不同的时刻激活不同的错误捕获。

注意：如果不使用 On Error 语句，则用户所编写的程序在运行时都会导致显示错误信息并且终止程序的运行，即程序会直接退出。

有 3 种类型的 On Error 语句，如表 17-1 所示。

表 17-1　3 种类型的 On Error 语句

语　　句	描　　述
On Error GoTo Line	启动错误处理程序，执行的是 Line 标签参数后的程序
On Error Resume Next	当程序运行时错误发生，程序将会转到紧接着发生错误的语句之后的下一条语句
On Error GoTo 0	禁止当前过程中任何已启动的错误处理程序

① On Error GoTo Line。

为设置一个跳转到错误处理例程的错误捕获。可用 On Error GoTo Line 语句，其中，Line 参数指出识别错误处理代码的行标签。如果发生一个运行时错误，则程序将会跳到指定的行标签，并激活错误处理程序。所指定的行标签必须与 On Error 语句处在同一个过程中，否则会发生“编译错误”。

② On Error Resume Next。

On Error Resume Next 会使程序从紧随产生错误的语句之后的语句继续执行，或是从紧随最近一次调用含有 On Error Resume Next 语句过程的语句继续执行。这个语句可以置运行时错误于不顾，使程序得以继续执行。此时，可以将错误处理程序放置在错误发生的地方，而不必传递到过程中的其他位置。在调用另一个过程时，On Error Resume Next 成为非活动的，所以如果希望在例程中进行嵌入错误处理，则应在每一个调用的例程中执行 On Error Resume Next 语句。

③ On Error GoTo 0。

如果要关闭错误捕捉，只需要使用 On Error GoTo 0 语句即可。即使没有 On Error GoTo 0 语句，在退出当前过程时，错误处理程序会自动关闭。

如果在过程中激活了错误捕获，则当过程完成执行时，错误捕获会自动无效。但是，当过程中的代码一直在执行时，可能想要关闭过程中的错误捕获。为了关闭激活的错误捕获，可用 On Error GoTo 0 语句。一旦 Visual Basic 执行了该语句，则在过程内检测错误而不捕获错误。在过程中到处都可用 On Error GoTo 0 关闭错误处理，甚至在错误处理例程自身内也是如此。

（2）编写错误处理代码

编写错误处理程序时，首先应在相应的事件过程中添加一个行标签，行标签可以由用户自己来定义它的名字，其后必须加冒号。通常应该将错误处理代码放置在过程最后，在行标签前方应编写 Exit Sub、Exit 函数或 Exit 属性语句。目的就是如果程序执行未发生错误，则此过程就不用执行错误处理代码了。

Err 对象的 Number 属性包含有数值代码，在错误处理代码中通常以 Case 或 If...Then...Else 语句的形式出现，以确定可能会发生什么错误并对每种错误提供处理的方法。

（3）退出错误处理程序

设置错误捕捉可以捕捉到 Visual Basic 运行时发生的错误，然后在错误处理程序中处理所发生的错误，处理错误之后，就要退出错误处理程序。

有 4 种方法可以退出错误处理程序，并运行其他程序，包括 3 种类型的 Resume 语句（Resume、Resume Next、Resume Line）和 Err 对象的 Raise 方法，如表 17-2 所示。

表 17-2 4 种退出错误处理程序的方法

语 句	描 述
Resume[0]	改正了产生错误的条件之后，重新执行出错的语句
Resume Next	在紧接着出错语句之后的那条语句处恢复程序执行
Resume Line	在 Line 指定的标签处恢复程序执行，此处 Line 是行标签（或是非零的行号），必须与错误处理程序在同一过程中
Err.Raise Number:=number	触发运行时错误。在错误处理例程内执行这一语句时，Visual Basic 将搜索另一个错误处理例程的调用列表

① Resume[0]语句。

如果使用了 Resume 语句，对于出错的语句，或者对于最近曾执行过程调用的语句，程序会在改正产生错误的条件之后，恢复这些语句。

例如在“除数为零”的错误处理程序中，使用了 Resume 语句。代码如下：

```
Sub Divide()
  Dim a As Single
  Dim b As Single
  Dim result As Single
  '设置错误捕捉
  On Error GoTo CheckError
  a=100
  b=0
  '被除数 b 为 0，产生错误
  result=a/b
  MsgBox result,vbInformation,"结果"
Exit Sub

CheckError:
  If Err.Number=11 Then
    MsgBox Err.Description,vbCritical,"错误"
    '修改产生错误的条件
    b=1
    Resume
  End If
End Sub
```

在语句 result=a/b 中，由于 b 参数为 0，所以产生了“除数为零”的错误（错误代码为 11）。在错误处理程序中，修改了产生错误的条件（令 b=1），然后使用了 Resume 语句，重新执行产生错误的语句（result=a/b），此时显示的结果是 Result=100。

② Resume Next 语句。

如果使用了 Resume Next 语句，错误发生在包含错误处理程序的过程之外，而且所调用的过程不具有激活的错误处理程序，则在调用了出现错误的过程之后的那条语句处执行恢复。

例如，在“除数为零”的错误处理程序中，使用 Resume Next 语句。将以上代码中的

```
b=1
Resume
```

改为 Resume Next 语句。程序在运行时仍然会产生“除数为零”的错误（错误代码为 11）。不同的是，在错误处理程序中，使用 Resume Next 语句。这样就会执行出错的语句的下一行代码（即 MsgBox 语句）此时显示的 Result 的值为“1.#INF”，表示其值不定，这是被零除所产生的结果。

③ Resume Line 语句。

如果使用了 Resume Line 语句，则将会退出错误处理程序，并在指定的行标签的地方恢复语句的执行。

④ Err 对象的 Raise 方法。

使用 Err 对象的 Raise 方法可以触发运行时错误。在错误处理例程内执行这一语句时，Visual Basic 将会搜索另一个错误处理例程的调用列表，将当前的错误交由另一个错误处理程序来进行处理。

第 18 章 程序调试

1. 概述

(1) Visual Basic 提供的调试工具

Visual Basic 调试支持包括断点、中断表达式、监视表达式、通过代码一次经过一个语句或一个过程、显示变量和属性的值。Visual Basic 还包括在运行过程中进行编辑、设置下一个执行语句以及在应用程序处于中断模式时进行过程测试等专门的调试功能。

Visual Basic 不能自动更正错误，但能提供工具来帮助用户分析过程的流动、分析变量的属性是如何随着语句的执行而改变的。

具体而言，Visual Basic 所提供的调试工具主要有如下两个作用：

① 用来帮助处理逻辑错误和运行时错误，尤其是协助用户发现并解决逻辑错误。

② 用来观察无错代码的状况，以确定代码的效率以及是否可能会存在错误隐患。

(2)“调试”工具栏

Visual Basic 提供了多种调试工具，用于程序的调试。通常调试工具是在程序处于中断模式下使用的。使用 Visual Basic 提供的“调试”工具栏可以获得对大多数调试工具的访问。要显示“调试”工具栏，在 Visual Basic 工具栏上右击，在弹出的快捷菜单中选择【调试】命令，弹出的“调试”工具栏如图 18-1 所示。

图 18-1 “调试”工具栏

“调试”工具栏中各个按钮的作用如表 18-1 所示。

表 18-1 “调试”工具栏中各个按钮的作用

图　标	作　用	描　述
	启动	启动应用程序，使程序进入运行模式
	中断	中断程序，使程序进入中断模式
	结束	结束程序运行，使程序返回到设计模式
	切换断点	在“代码”窗口中确定一行，Visual Basic 在该行中断应用程序的执行
	逐语句	执行应用程序的下一个可执行，并跟踪到过程中
	逐过程	执行应用程序的下一个可执行，并不跟踪到过程中

续上表

图　标	作　用	描　述
	跳出	执行当前过程和其他部分，并在调用过程的下一行处中断执行
	本地窗口	显示局部变量的当前值
	立即窗口	当应用程序处于中断模式时，允许执行代码或查询变量的值
	监视窗口	显示选定表达式的值
	快速监视	当应用程序处于中断模式时，列出表达式的当前值
	调用堆栈	当处于中断模式时，呈现一个对话框来显示所有已被调用但尚未完成运行的过程

（3）如何处理错误

在 Visual Basic 中，有些错误是很容易排除的，但也有一些错误是很难跟踪和处理的，下面是处理一个难以跟踪的错误的通用步骤。

① 备份应用程序代码。

② 使用 Visual Basic 内置的调试功能。

③ 创建一个日志文件。

④ 简化问题。

⑤ 缩小搜索空间。

2．程序模式

所谓模式，就是程序所处的状态。要查看应用程序当前所处的模式，可以查看 Visual Basic 开发环境中的标题。Visual Basic 中的应用程序有 3 种模式：设计模式、运行模式和中断模式。如图 18-2 所示，表明应用程序正处于运行模式。

工程1 - Microsoft Visual Basic [运行] - [Form2 (Code)]

图 18-2　运行模式下的标题栏

（1）设计模式

创建应用程序的大多数工作都是在设计模式中完成的，当程序处于设计模式时，除了可以设置断点和创建监视表达式外，不能使用其他调试工具。

（2）运行模式

在运行模式下，用户可以看到程序的运行效果。用户可以查看程序的代码，但不能改动它。

（3）中断模式

大部分的调试工具都只能在中断模式下使用。

在设计时可改变应用程序的设计或代码，但不能看到这些更改对应用程序的运行产生的影响，在运行时可观察应用程序的工作状况，但不能直接修改代码。而在中断模式中，用户可以随时中止应用程序的执行，并提供有关应用程序的情况快照。由于在快照中，变量和属性设置值都被保留下来，所以，可以分析应用程序的当前状态并输入修改内容，这些修改反过来又可以影响应用程序的运行。

下面的任何情况发生时均会自动进行中断模式：

- 语句产生了非捕获的运行时错误。

- 语句产生运行时错误，并且“发生错误时中断”错误捕获选项被选中。
- “添加监视”对话框中定义的中断表达式将发生变化或变成真，这取决于它的定义方式。
- 执行到一个设有断点的行。
- 执行到一个 Stop 语句。

3. 跟踪代码

(1) 设置断点

在程序调试时，首先需要使应用程序处于中断模式。要使应用程序进入中断模式，常用的方法是对应用程序中的代码设置断点。在查错时，通常会设置一些断点来暂时中断程序，以检查参数的值是否正确。

在应用程序中设置断点有两种方法，手工设置断点和使用 Stop 语句或 Assert 语句。

① 手工设置断点。

可在程序处于中断模式或设计模式时设置或删除断点，当应用程序在运行中处于空闲时，也可在运行时设置或删除断点。

要通过手工来设置断点，首先要将光标移动到设置断点的那条语句的前面，然后使用下列 3 种方法中的任何一种来设置断点。

- 选择【调试】→【切换断点】命令。
- 单击“调试”工具栏中的【切换断点】按钮。
- 使用快捷键【F9】。

设置了断点以后，Visual Basic 将以粗体形式突出显示选定的行，该行的颜色可在“选项”对话框“编辑器格式”选项卡中指定。

② 使用 Stop 语句或 Assert 语句。

在 Visual Basic 中除了可以手工设置断点外，还可以借助编程的手段来实现断点的设置。要在编程中设置断点，需要借助 Stop 语句或 Assert 语句来实现。

- Stop 语句。

在过程中放置一条 Stop 语句，当 Visual Basic 遇到 Stop 语句时，这条语句就中止执行并切换到中断模式。Stop 语句的使用方法为在需要中止执行的地方输入“Stop”即可。通常 Stop 语句不会单独使用，而是和条件判断语句配合使用，当某个条件得到满足时，就中断程序运行，代码如下：

```
Private Sub Command1_Click()
   Dim mm As Integer
   Dim sum As Integer
   For mm=1 To 100
      sum=sum+mm
   If mm=20 Then
      Stop
   End If
      Print mm
   Next mm
   Print sum
End Sub
```

• Assert 语句。

在程序代码中设置断点的另一种方法是使用 Debug 对象的 Assert 方法。Debug 对象是 Visual Basic 中专门针对程序调试所预定义的对象。它不含任何属性，只有两个方法：Assert 方法和 Print 方法。

使用 Assert 方法将会有条件地在该方法出现的行上挂起执行。使用 Assert 方法可以测试应该在代码中特定点出现的条件。

Assert 方法的语法格式为：

```
Debug.Assert(booleanexpression)
```

其中，booleanexpression 为一个布尔型的表达式，当该表达式的值为 True 时，就忽略中断，当该表达式的值为 False 时，就在 Assert 方法所在的行上挂起应用程序的执行。例如下面的一段程序，当 mm=20 时，就使程序进入中断模式。

```
Private Sub Command1_Click()
  Dim mm As Integer
  Dim sum As Integer
  For mm=1 To 100
    sum=sum+mm
    Debug.Assert mm<>20         '当 mm=20 时，就中止程序运行，进入中断模式
  Next mm
  Print sum
End Sub
```

（2）跟踪代码

如果能够识别产生错误的语句，那么单个断点就有助于对问题定位。但更常见的情况是只知道产生错误的代码的大体区域。断点有助于将问题区域进行隔离，然后用跟踪和单步执行来观察每个语句的效果。如果有必要，还可在一条新行上开始执行，从而跳过几条语句或倒退回去。

在【调试】主菜单中，用来跟踪代码的命令主要有【逐语句】、【逐过程】、【跳出】、【运行到光标处】、【设置下一条语句】、【显示下一条语句】等 6 个子菜单项。

① 逐语句。

可用来一次一条语句地执行代码。“逐语句”执行也被称为“单步执行”，在单步通过某条语句之后，可以通过查看“应用程序调试”窗口来查看它的效果。

② 逐过程。

除了当前语句包含过程调用的情况外，其他时候“逐过程”操作与“逐语句”操作是相同的。“逐语句”操作将进入到被调用的过程中，而“逐过程”操作则把被调用过程当成单元来执行，然后到达当前过程的下一条语句。

③ 跳出。

除了要运行当前过程的其余代码外，“跳出”与“逐过程”操作大同小异。

④ 运行到光标处。

当应用程序处在中断模式时，可用“运行到光标处”命令在代码的后部选择想要停止运行的语句，这样可以跳过比较大的循环代码。

⑤ 设置下一条语句。

在调试应用程序时，可以使用“设置下一条语句”命令跳过部分代码。

⑥ 显示下一条语句。

可用"显示下一条语句"命令将光标设置到下一个要执行的行。如果已经执行错误处理程序中的代码，但不能肯定要在哪儿恢复运行，则"显示下一条语句"十分有用。

（3）注意事项

在某些事件过程中，不能使用监视表达式或断点来监视变量或属性的值，只能用 Debug.Print 语句。

① 在 MouseDown 期间中断执行。

② 在 KeyDown 期间中断执行。

③ 在 GotFocus 或 LostFocus 期间中断执行。

④ "模态"对话框和消息框禁止事件。

4．使用调试窗口

有时运行部分代码来查找问题产生的原因。但是，经常要做的还是分析数据到底发生了什么变化。在产生问题的变量或属性值之后，就需要确定变量或属性是如何得到不正确的值的，以及为什么会得到这些值。在逐步运行应用程序的语句时，可用调试窗口监视表达式和变量的值。有 4 种调试窗口，分别是"本地"窗口、"立即"窗口、"监视"窗口和"调用堆栈"窗口。

（1）"本地"窗口

"本地"窗口显示当前过程中所有变量（包括对象）的值。当程序的执行从一个过程切换到另一个过程时，"本地"窗口的内容会发生改变，它只反映当前过程中可用的变量。

有两种方法可以显示"本地"窗口。

• 选择【视图】→【本地窗口】命令。

• 单击"调试"工具栏中的【本地窗口】按钮。

"本地"窗口由 3 个字段组成："表达式"字段、"值"字段、"类型"字段。

"本地"窗口如图 18-3 所示。

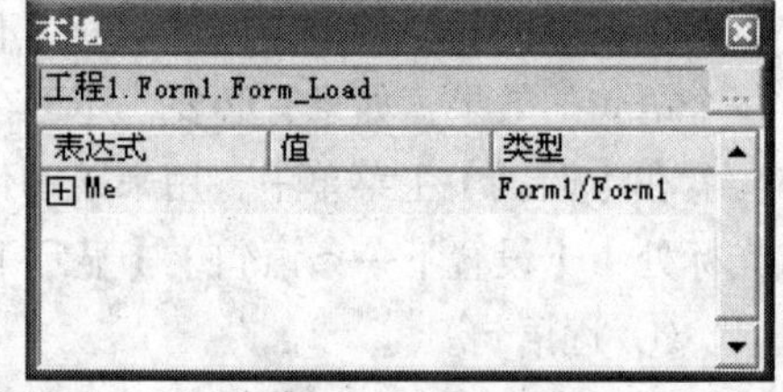

图 18-3　"本地"窗口

（2）"立即"窗口

有时，当调试一个应用程序时，可能要执行单个过程、对表达式求值或为变量或属性赋新的值。可用"立即"窗口完成这些任务，通过在"立即"窗口中显示表达式的值来计算表达式。"立即"窗口为代码中正在调试的语句所产生的停息，或直接往向窗口中输入的命令所请求的信息。使用"立即"窗口可以进行以下工作：

• 测试有问题或新写的过程代码。

• 在执行一个应用过程时查询或更改某个变量值。

• 在执行一个应用过程时查询或更改一个属性值。

• 调用任何在过程代码中想调用的过程。

• 在程序运行时查看调试输出。

有 3 种方法可以打开"立即"窗口。

• 选择【视图】→【立即窗口】命令。

- 单击“调试”工具栏上的【立即窗口】按钮。
- 使用【Ctrl+G】组合键。

“立即”窗口如图 18-4 所示。

① 在“立即”窗口中打印信息。

“立即”窗口最重要的作用是能够在窗口中打印信息。有两种方法可以在“立即”窗口中打印信息。

- 通过应用程序代码来打印。
- 从“立即”窗口内打印。

② 给变量和属性赋值。

③ 用“立即”窗口测试过程。

④ 检查错误号。

可用“立即”窗口显示与特定错误号相联系的消息。例如在“立即”窗口中输入以下语句：

```
error 424
```

然后按【Enter】键执行该语句，会弹出相应的错误信息，如图 18-5 所示。也可输入“error 445”看一下结果。

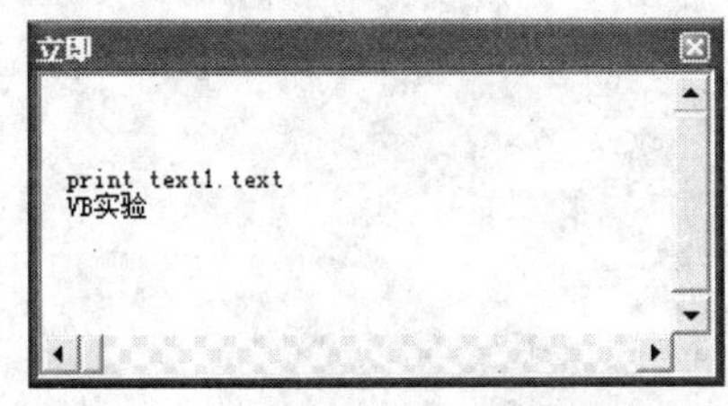

图 18-4　“立即”窗口

图 18-5　在“立即”窗口中检查错误号

（3）“监视”窗口

在中断方式下，观察某个变量或表达式的值，可以使用“监视”窗口。该窗口只在中断方式下可用。在调试应用程序时，一个计算可能没有得到想要的结果，当某个变量或属性取特定的值或一个范围之内的值时，问题也可能会出现。许多调试问题不是由单个语句产生的，所以需要在整个过程中观察变量或表达式的情况。

Visual Basic 自动对监视表达式进行监视。当应用程序进入中断模式后，这些监视表达式会出现在“监视”窗口中，可在此处观察它们的值。无论何时，只要表达式的值改变或等于一个特定的值，就可把应用程序设置为中断模式来直接观察表达式。

① 添加所要监视的表达式。

要使用“监视”窗口监视表达式的值，首先需要添加观察的表达式或变量，选择【调试】→【添加监视】命令，会弹出如图 18-6 所示的“添加监视”对话框。

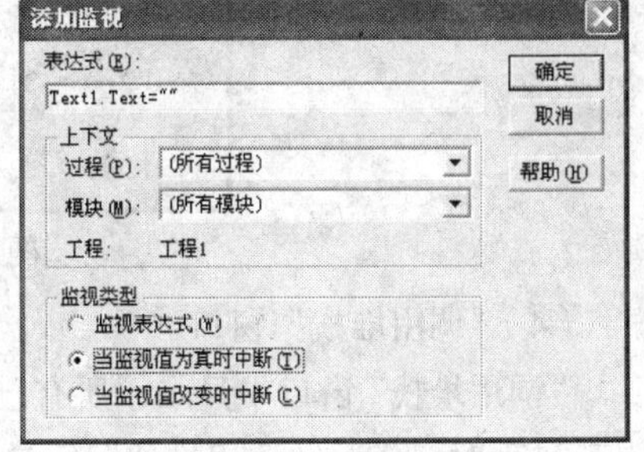

图 18-6　“添加监视”对话框

在“添加监视”对话框中，有 3 个部分的内容。

- “表达式”文本框：用来输入表达式的地方，监视表达式将计算表达式的值。
- “上下文”选项区域：用来设置表达式中要监视的变量的范围。

- “监视类型”选项区域：用来设置 Visual Basic 对监视表达式响应的方式。有 3 种不同的监视类型，不同的监视类型都有不同的图标与之对应，如表 18-2 所示。

表 18-2　表达式的监视类型

图　标	监视类型	说　明
	监视表达式	在监视窗口中显示监视表达式及其值。当进入中断模式，监视表达式的值会自动更新
	当监视值为真时中断	当表达式为 True 或任何非零值时，会自动进入中断模式
	当监视值改变时中断	当特定内容中的运算值改变时，会自动进入中断模式

② 监视表达式的值。

使用“添加监视”对话框添加监视表达式之后，就会在“监视”窗口中显示出这些表达式及其值的变化，如图 18-7 所示。

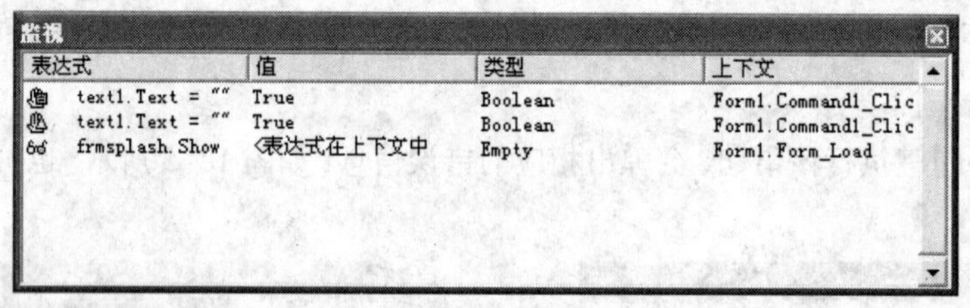

图 18-7　“监视”窗口

在“监视”窗口中，有以下 4 个字段。

- “表达式”字段列出了当前所监视的表达式。
- “值”字段列出了切换成中断模式时表达式的值。
- “类型”字段列出了表达式的类型。
- “上下文”字段列出了监视表达式的内容。

在“监视”窗口中，不仅可以监视表达式的值，而且随时可以对监视表达式进行编辑。

③ “快速监视”窗口。

在中断模式下可检查那些未定义监视表达式的属性、变量或表达式的值。要检查这样的表达式，应使用“快速监视”对话框。“快速监视”对话框如图 18-8 所示。

图 18-8　“快速监视”对话框

（4）“调用堆栈”窗口

“调用堆栈”窗口中显示了所有已经启动但是尚未完成的过程的列表。当应用程序执行一系列嵌套过程时，使用“调用堆栈”窗口可以跟踪操作的过程。当程序的嵌套比较复杂的时候，使用单步跟踪不能有效地实现对程序的观察，而“调用堆栈”窗口可以使该操作过程比较清楚地体现出来。只有应用程序处于中断模式时，才能使用“调用堆栈”窗口。

有 3 种方法可以显示“调用堆栈”窗口。

- 选择【视图】→【调用堆栈】命令。
- 单击“调试”工具栏上的【调用堆栈】按钮。
- 使用【Ctrl+L】组合键。

“调用堆栈”窗口如图 18-9 所示。

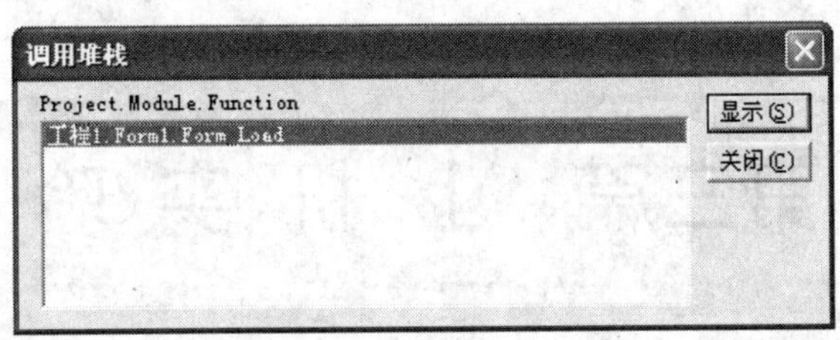

图 18-9　“调用堆栈”窗口

“调用堆栈”窗口列出了一系列嵌套调用中的所有活动过程调用。在窗口中，把最早的活动过程调用放在列表的底部，而在列表的顶部添加随后的过程调用。当执行一个过程中的代码时，该过程添加到活动的过程调用的列表中。每次过程调用其他过程，被调用的过程将会被添加到列表中。被调用的过程在完成回到原调用过程时便会从列表中删除。单击【显示】按钮，将会自动将运行的光标移动到对应的过程中，此时本地窗口中所列的变量都会改为所选的过程中的变量。

第三篇　上机实验

1. 上机实验的目的

要学好 Visual Basic 数据库开发，学习时必须要保证有足够的上机实践。应能熟练地掌握程序设计的全过程，即独立编写出源程序，独立上机调试，独立运行程序，分析结果。Visual Basic 数据库开发既要掌握数据库的知识、设计方法、步骤，又要掌握 Visual Basic 的设计语言、设计方法。除学校规定的上机实验外，提倡学生自己课余时间多上机实践。

上机实验的目的，绝不仅是为验证教材和讲课的内容，或验证自己所编的程序正确与否。学习程序设计时，上机实验的目的是：

① 加深对讲授内容的理解，尤其是一些语法规则，光靠课堂讲授，既枯燥无味又难以记住，但它们都很重要。通过多次上机，就能自然地、熟练地掌握。通过上机来掌握语法规则是行之有效的方法。

② 熟悉所用的计算机系统的操作方法，也就是了解和熟悉 Visual Basic 语言程序开发的环境。学习者应该了解为了运行一个 Visual Basic 数据库程序，需要哪些必要的外部条件（例如硬件配置、软件配置），可以利用哪些系统的功能来帮助自己开发程序。

③ 学会上机调试程序。也就是善于发现程序中的错误，并且能很快地排除这些错误，使程序能正确运行。经验丰富的人，在编译连接过程中出现“出错信息”时，一般能很快地判断出错误所在，并改正。要真正掌握计算机应用技术，就不仅应当了解和熟悉有关理论和方法，还要求自己动手实现。对程序设计者来说，要求会编程序并上机调试通过。因此调试程序本身是程序设计课程的一个重要的内容和基本要求，应给予充分的重视。调试程序固然可以借鉴他人的现成经验，但更重要的是通过自己的直接实践来累积经验，而且有些经验是只能“意会”难以“言传”，别人的经验不能代替自己的经验。调试程序的能力是每个程序设计人员应当掌握的一项基本功。

因此，在做实验时不要在程序通过后就认为万事大吉、完成任务了，而应当在已通过的程序基础上作一些改动，再运行，以便能找到更简明、运行更高效的方法和程序，这样的学习会有更大的收获。

2. 上机实验前的准备工作

上机实验前应事先做好准备工作，以提高上机实验的效率，准备工作至少包括：

① 了解所用的计算机系统的性能和使用方法。

② 复习和掌握与本实验有关的教学内容。

③ 准备好上机所用的数据库，由于程序的编写必须有数据库的基础，如果没有准备好数据库，每节课都从建库做起，将耽误实验的进程。

④ 预先想好数据库系统的功能，也就是本次实验中所编制程序的功能，并注意这些功能实现过程中可能出现的问题，并预先想好解决的方法，上机时加以注意。

3. 上机实验的步骤

Visual Basic 数据库上机实验一般应包括以下几个步骤：

① 启动 Visual Basic 6.0 环境。

② 进行界面设计。

- 明确程序需输入的内容和可以作为输入的控件，并确定用什么控件输入这些内容最好。
- 明确程序需输出什么，以什么形式输出最好，是以表格形式输出，还是输出至文件，还是输出至窗体、图片框、打印机等。
- 使用输入/输出控件的原则是：用户的习惯、方便性。例如，调节用户自定义颜色时，用户习惯于调节滑动杆，而输出查询结果时，以表格的形式输出更便于用户阅读等。

③ 修改界面对象的属性。

如修改 Caption 属性等，并进行合适的排列、布局，以简洁、大方、易用为原则。

④ 编写代码。在“代码”窗口中输入代码，实现 Visual Basic 与数据库的连接，以及读、写、查询等操作。

⑤ 保存程序。最好建立自己的文件夹保存程序。不要保存在系统默认的路径下，有两个原因：一是多数学校 C 盘都有还原卡，默认路径一般都在 C 盘上，这样下次上机时，就会找不到程序；二是放在默认的路径下，路径通常较长，不容易查找。

⑥ 运行、调试程序。认真分析错误信息，找到出错位置和原因，加以改正，再运行。如此反复直到程序运行无误，必要时使用 Visual Basic 提供的错误调试功能。

⑦ 编译程序。将编写的程序编译成可以脱离 Visual Basic 运行的.exe 文件，制作帮助文件、安装文件等。

4. 实验后，应整理出实验报告

实验报告应包括以下内容：

① 题目。

② 程序清单。

③ 数据库、表及表结构。

④ 运行结果，应与程序清单相对应。

⑤ 对运行情况所做的分析以及本次调试程序所取得的经验，如果程序未通过则应分析其原因。

5. 实验内容的安排

课后习题可以作为上机题目，本书也给出了 17 个实验，每个实验对应于书中的相关内容。上机时间约为 2～3 个小时。在组织上机实验时，可以根据条件做必要的调整，增加或减少某些内容。

学生在实验前应做好相关准备，建好数据库、编好相关程序，然后上机输入和调试。

实验 1 Visual Basic 集成开发环境

一、实验目的

熟悉 Visual Basic 的集成开发环境，并通过编制一个小程序掌握 Visual Basic 开发应用程序的过程。

二、实验内容

编制一个小程序，熟悉程序编写、运行、编译的步骤和方法。

三、实验步骤

① 建立应用程序的界面，并修改各控件的属性，使其最终显示结果如实验图 1-1 所示。

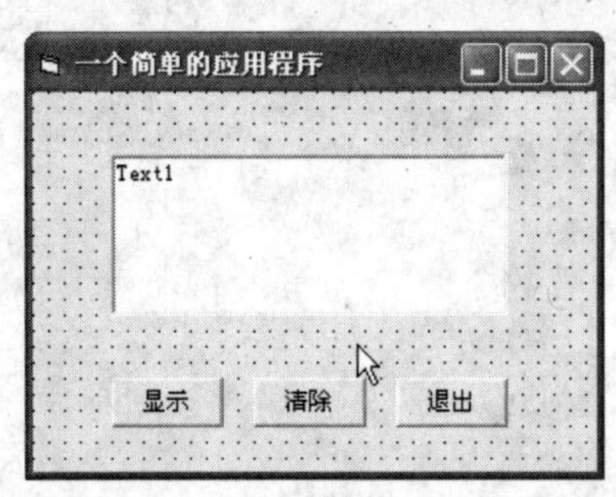

实验图 1-1　简单应用程序的界面

② 界面上的 3 个按钮的功能为：单击【显示】按钮，在文本框中显示“欢迎您进入 Visual Basic 的世界!”；单击【清除】按钮，清除文本框中的内容；单击【退出】按钮，退出应用程序的执行。

③ 编写代码。双击界面上的按钮，进入“代码”窗口，编写代码实现上述功能。

```
Option Explicit

Private Sub Command1_Click()
   Text1.Text="欢迎您进入 Visual Basic 的世界! "
End Sub
```

```
Private Sub Command2_Click()
   Text1.Text=""
End Sub

Private Sub Command3_Click()
   End
End Sub
```

④ 将程序存盘，保存在自建的目录下，并观察 Visual Basic 保存各文件的顺序。

⑤ 运行程序，体验 Visual Basic 的强大功能。

⑥ 将这个应用程序编译为可执行（.exe）文件。

实验 2　数据管理器 VisData 的使用

一、实验目的

掌握可视化数据管理器 VisData 的使用方法，并通过使用 VisData 创建数据库，进一步加深对数据库的概念及理论知识的理解。

二、实验内容

利用可视化数据管理器 VisData 创建职工基本信息表，并对表中的数据进行添加、删除、修改、查询的操作。

三、实验步骤

（1）打开 VisData

打开 Visual Basic，单击【外接程序】菜单，在弹出的子菜单中选择【可视化数据管理器】命令，打开 VisData。

（2）创建 Access 数据库 zhigong.mdb

① 创建表（职工基本信息表）结构如实验表 2-1 所示。

实验表 2-1　职工基本信息表表结构

字段名称	数据类型	长　度	说　明
workerno	自动编号		用来存放职工的序号
workername	文本	8	职工姓名
workerage	字节型	1	职工年龄
workersex	文本	2	职工性别
workerphone	文本	15	联系电话
workeraddr	备注		地址
workerID	文本	18	身份证号

② 添加、删除、修改表中的记录。在表中添加 5 条记录，对其进行删除、修改的操作。

③ 添加一个查询。以“年龄”为查询条件，查询所有“年龄>45 岁”的职工记录。按照主教材“3.4 建立查询”一节的步骤建立。

④ 为“职工基本信息表”建立索引。单击【添加索引】按钮，“添加索引”对话框，通过这个交互界面就可以将数据表的某些字段设置为索引（Index）。

⑤ 保存数据库，备以后实验使用。

实验 3　使用 Data 控件访问数据库

一、实验目的

熟悉 Visual Basic 数据库访问技术，掌握使用 Data 控件和数据感知控件访问数据库的方法。

二、实验内容

编写一个程序，利用 Data 控件和数据感知控件来访问实验 2 中所建的职工基本信息表。

三、实验步骤

① 准备实验 2 中建立的数据库。

② 打开 Visual Basic 程序，建立一个新的工程。创建程序界面，并修改控件的属性与排列位置，使界面显示如实验图 3-1 所示。

③ 将 Data 控件、数据感知控件与数据库相连，即设置 DatabaseName 属性、DataSource 属性、DataField 属性。设置正确后，数据感知控件中将出现数据库中记录内容，单击 Data 控件上的按钮可以实现当前记录的移动。属性的设置如实验表 3-1 所示。

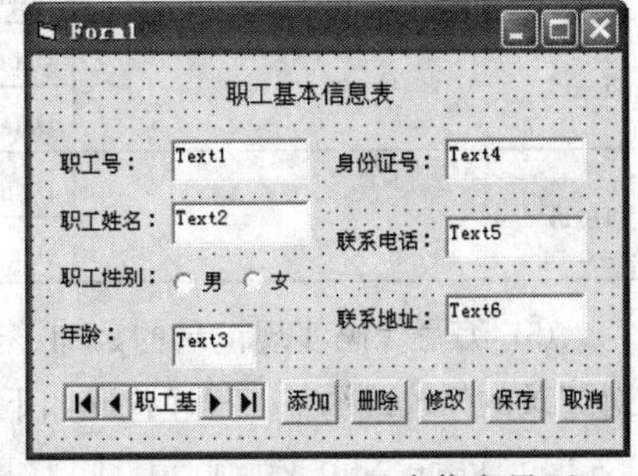

实验图 3-1　职工基本信息界面

④ 编写代码，实现记录内容与两个单选按钮的连接，即当记录的内容为“男”时，选中第一个单选按钮；当记录内容为“女”时，选中第二个单选按钮。如果想做得简单一点，可以用一个文本框代替这两个单选按钮，这样，就不必有这一步了。在 Data1_Reposition() 事件中添加如下代码：

```
Private Sub Data1_Reposition()
   If Data1.Recordset.Fields("workersex ").Value="男" Then
      Option1.Value=True
   ElseIf Data1.Recordset.Fields("workersex").Value="女" Then
      Option2.Value=True
   End If
End Sub
```

实验表 3-1 窗体中各控件的属性

对 象	属 性	值
Command1	Caption	添加
Command2	Caption	删除
Command3	Caption	修改
Command4	Caption	保存
Command5	Caption	取消
Option1	Caption	男
Option2	Caption	女
Data1	DatabaseName	F:\vb\zhigong.mdb
	RecordSource	worker
	visible	True
	Caption	职工基本信息
Text1	DataSource	Data1
	DataField	workerno
Text2	DataSource	Data1
	DataField	workername
Text3	DataSource	Data1
	DataField	workerage
Text4	DataSource	Data1
	DataField	workerID
Text5	DataSource	Data1
	DataField	workerphone
Text6	DataSource	Data1
	DataField	workeraddr

⑤ 编写代码实现记录的添加、删除、编辑，并能根据用户的选择“保存”或“取消”用户对记录的修改或添加。程序代码如下：

```
Private Sub Command1_Click(Index As Integer)
  Select Case Index
  Case 0:                                          '添加
    Data1.Recordset.AddNew
    Text1.SetFocus
    Command2.Visible=True
    Command3.Visible=True
  Case 1:                                          '修改
    Data1.Recordset.Edit
    Command2.Visible=True
    Command3.Visible=True
  Case 3:                                          '浏览
    Form2.Show
  Case 4:                                          '删除
    Data1.Recordset.Delete
```

```
      Data1.Recordset.MovePrevious
   End Select
End Sub

Private Sub Command2_Click()                              '保存
   If Option1.Value=True Then
      Data1.Recordset("性别")="女"
   ElseIf Option2.Value=True Then
      Data1.Recordset("性别")="男"
   End If
   Data1.Recordset.Update
   Command2.Visible=False
   Command3.Visible=False
End Sub

Private Sub Command3_Click()                              '取消
   Data1.UpdateControls
   Command2.Visible=False
   Command3.Visible=False
End Sub
```

⑥ 保存程序，运行并调试程序。

⑦ 将 Data 控件的 Visible 属性设置为 False，然后再添加【第一条】、【上一条】、【下一条】、【最后一条】4 个按钮。用控件数组，添加一个 Command6 控件，选中此控件先复制再粘贴到窗体上，在弹出的对话框中单击【是】按钮，粘贴 3 次，可建立一个控件数组。用代码实现当前记录的移动。

```
Private Sub Command6_Click(Index As Integer)
   Select Case Index
   Case 1:                                                '第一条
      Data1.Recordset.MoveFirst
      Command6(3).Enabled=True
      Command6(2).Enabled=False
   Case 2:                                                '上一记录
      Command6(3).Enabled=True
      Data1.Recordset.MovePrevious
      If Data1.Recordset.BOF Then
         Command6(2).Enabled=False
         Data1.Recordset.MoveFirst
      End If
   Case 3:                                                '下一记录
      Command6(2).Enabled=True
      Data1.Recordset.MoveNext
      If Data1.Recordset.EOF Then
         Command6(3).Enabled=False
         Data1.Recordset.MoveLast
      End If
   Case 4:                                                '最后一条
      Data1.Recordset.MoveLast
      Command6(3).Enabled=False
      Command6(2).Enabled=True
   End Select
End Sub
```

⑧ 重新运行并调试程序。

实验 4 菜单设计

一、实验目的

掌握菜单编辑器的的使用，下拉菜单和弹出菜单的设计方法。

二、实验内容

① 模仿 Windows 的记事本程序，设计一个“我的记事本”，在主界面上加入一个菜单，菜单包含有【文件】、【编辑】、【格式】，其中【文件】菜单包括【打开】、【另存为】、【退出】3 个子菜单项；【编辑】中有【剪切】、【复制】和【粘贴】3 个子菜单项；【格式】中有一个【字体】子菜单项。并实现各菜单项的功能。

② 通过设置菜单的 Enabled 属性，控制菜单的可用性。

③ 编制一个程序，实现弹出式菜单的制作。

三、实验步骤

1．制作下拉菜单

① 打开 Visual Basic，创建一个新的工程并添加一个窗体，名称为“我的记事本”。

② 在窗体 Form1 上建立一个二级菜单，该菜单含有【文件】、【编辑】、【格式】(名称分别为 vbwj、vbbj、vbgs) 3 个主菜单项，其中【文件】菜单包括【打开】、【另存为】、【退出】3 个子菜单项（名称分别为 vbOpen、vbSaveas 和 vbExit)。【编辑】中有【剪切】、【复制】和【粘贴】3 个子菜单项（名称分别为 vbCut、vbCopy 和 vbPaste)，【格式】中有【字体】一个子菜单项（名称为 vbFont)。

③ 在窗体 Form1 中加入一个 TextBox 文本框，并设置其 MultiLine 的属性为 True，设计好后的窗体界面如实验图 4-1 所示。

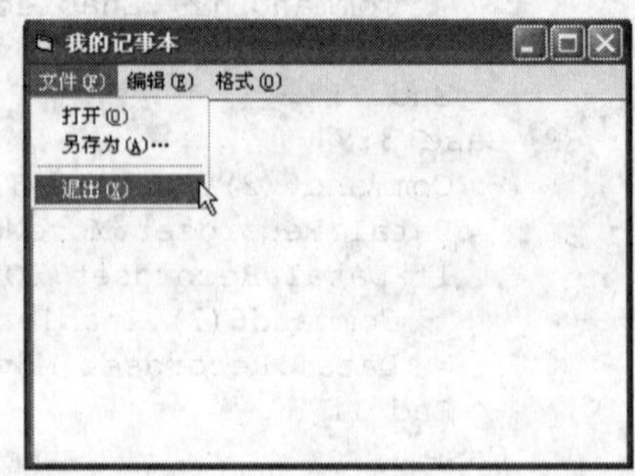

实验图 4-1 “我的记事本”界面

④ 打开代码编辑窗口，为主菜单【编辑】下的子菜单项【剪切】、【复制】、【粘贴】添加如下代码：

```
Private Sub vbCopy_Click()                          '【复制】子菜单项
   Clipboard.Clear                                  '清除剪贴板中的内容
   Clipboard.SetText text1.SelText                  '将选中的文本放到剪贴板中
   vbCopy.Enabled=False
   vbCut.Enabled=False
   vbPaste.Enabled=True
End Sub
Private Sub vbCut_Click()                           '【剪切】子菜单项
   Clipboard.Clear
   Clipboard.SetText text1.SelText
   text1.SelText=""                                 '删除选中的文本
   vbCopy.Enabled=False
   vbCut.Enabled=False
   vbPaste.Enabled=True
End Sub
Private Sub vbPaste_Click()                         '【粘贴】子菜单项
   '将剪贴板中的文本插入到文本框焦点处，或替换选中的文本
   text1.SelText=Clipboard.GetText
End Sub
```

⑤ 当文本框中的内容被选中时，才能进行复制或剪切操作，添加如下代码：

```
Private Sub text1_MouseUp(Button As Integer,Shift As Integer,X As Single, Y _
As Single)
   If Button=1 And text1.SelText<>"" Then           '松开左键并选中文本
      vbCopy.Enabled=True                           '使【复制】菜单项有效
      vbCut.Enabled=True                            '使【剪切】菜单项有效
   Else                                             '未选中文本
      vbCopy.Enabled=False
      vbCut.Enabled=False
   End If
End Sub
```

⑥ 运行结果如实验图 4-2 和实验图 4-3 所示。

实验图 4-2 未选中文本时的菜单项

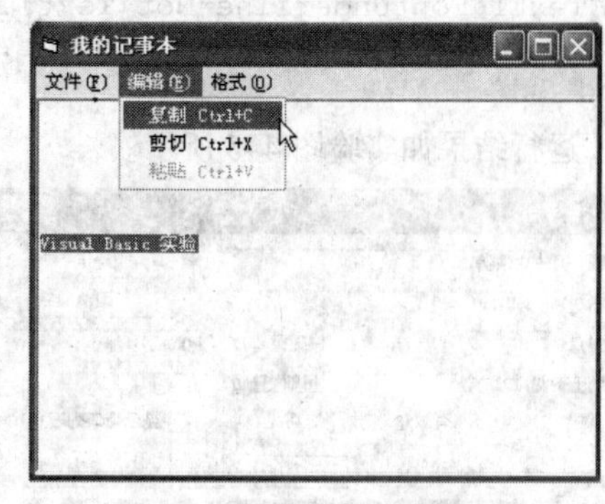

实验图 4-3 选中文本时的菜单项

⑦ 将此工程保存为“我的记事本”。

2. 制作弹出菜单

① 打开 Visual Basic，新建一个工程并创建一个窗体 Form1。

② 选择【工具】→【菜单编辑器】命令，进入菜单编辑器窗口，按实验表 4-1 所示的菜单

项属性建立菜单，其中主菜单项的“可见”属性设置为 False，其余菜单项的“可见”属性均为 True。设置的方法如实验图 4-4 所示。

实验表 4-1 菜单项的属性

标　题	Name	可　见　性
弹出菜单	popMenu1	False
粗体	popBold	True
斜体	popItalic	True
下画线	popUnder	True

③ 在 Form1 窗体中加入一个 TextBox，将其 Text 的值设置为“Visual Basic 实验”。

④ 打开窗体的 MouseDown 事件过程，添加如下代码：

```
Private Sub Form_MouseUp(Button As Integer,Shift As Integer,X As Single,Y _
As Single)
  If Button=2 Then
    PopupMenu popMenu1
  End If
End Sub
```

⑤ 此弹出菜单的各子菜单项的事件过程中添加如下代码：

```
Private Sub popBold_Click()                                   '粗体
  Text1.FontBold=Not Text1.FontBold
  popBold.Checked=Not popBold.Checked
End Sub

Private Sub popItalic_Click()                                  '斜体
  Text1.FontItalic=Not Text1.FontItalic
  popItalic.Checked=Not popItalic.Checked
End Sub

Private Sub popUnder_Click()                                  '下画线
  Text1.FontUnderline=Not Text1.FontUnderline
  popUnder.Checked=Not popUnder.Checked
End Sub
```

⑥ 运行结果如实验图 4-5 所示。

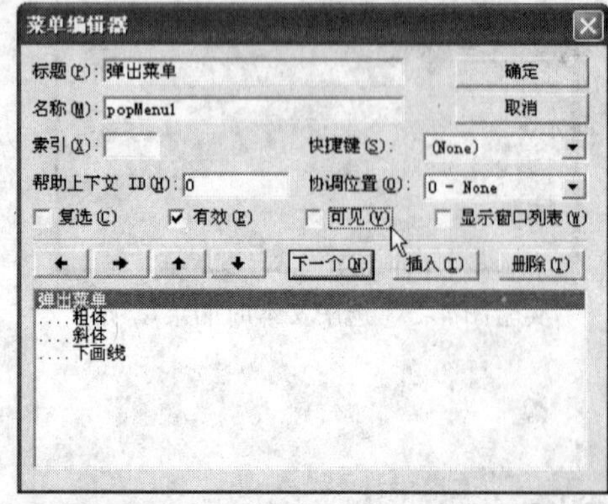

实验图 4-4 菜单项的可见属性设置

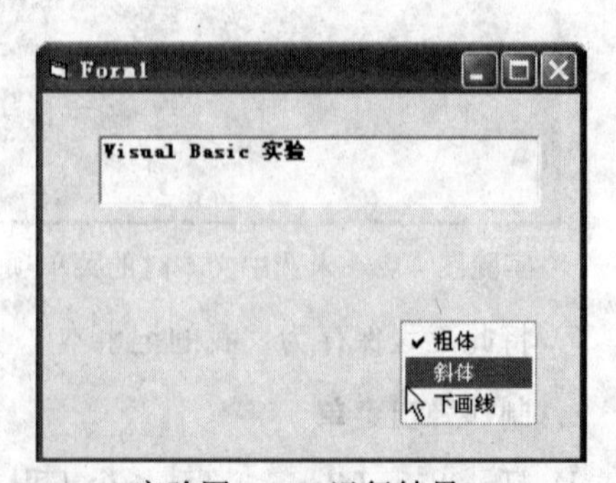

实验图 4-5 运行结果

⑦ 将工程文件进行保存。

实验 5　工具栏和状态栏的设计

一、实验目的

掌握工具栏和状态栏的创建和实现。

二、实验内容

为实验 4 中设计的“我的记事本”程序加上工具栏，并在窗体的下方加上一个状态栏，用以显示当前的日期和时间。

三、实验步骤

1. 工具栏的创建和实现

① 打开“我的记事本”工程。

② 选择【工程】→【部件】命令，打开“部件”对话框，选择 Miscrosoft Windows Common Control 6.0 选项，单击【确定】按钮，在工具箱中加入 ToolBar 控件和 ImageList 控件。

③ 参考主教材“第 6 章工具栏设计”内容，设计如实验图 5-1 所示的工具栏，并实现相应的功能。

④ 将“我的记事本”工程文件进行保存。

实验图 5-1　工具栏的设计

2. 状态栏的创建和实现

① 打开“我的记事本”工程。

② 在窗体中加入 1 个 StatusBar 控件、1 个 Timer 控件，并将 Timer 控件的 Interval 属性值设置为 100。

③ 打开代码编辑窗口，添加如下代码：

```
Private Sub Timer1_Timer()
  StatusBar1.Panels(1).Text=Format(Date,"long date") & "" & Time
End Sub
```

④ 将“我的记事本”工程文件进行保存。

⑤ 运行程序，界面如实验图 5-2 所示。

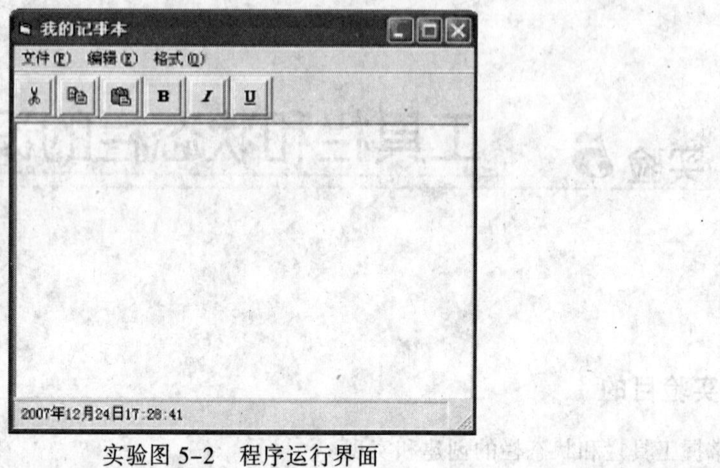

实验图 5-2　程序运行界面

实验 6 常用对话框设计

一、实验目的

（1）掌握 MsgBox 的使用方法

（2）掌握 InputBox 的使用方法

（3）掌握公用对话框的设计方法

二、实验内容

1. MsgBox 的使用

设计一个简单的应用程序，在窗体上放置 3 个按钮，其 Caption 属性分别设为【第一个】、【第二个】、【第三个】，单击任一按钮，弹出相应的提示对话框，提示用户按下了哪个按钮。

2. InputBox 的使用

设计一个应用程序，实现两个数比较大小，将大数输出至窗体。要求通过 InputBox 输入参与比较的两个数据。

3. 公用对话框的程序设计

在实验 5 的基础上，继续完善“我的记事本”，完成【打开】、【另存为】、【字体】菜单的设计。

三、实验步骤

1. MsgBox 的使用

① 设计程序，在窗体中放置 3 个按钮，其 Caption 属性值为【第一个】、【第二个】、【第三个】，其界面设计如实验图 6-1 所示。当单击第一个按钮时，弹出如实验图 6-2 所示的 MsgBox 对话框，当单击第二个按钮时，弹出如实验图 6-3 所示的 MsgBox 对话框，当单击第三个按钮时，弹出如实验图 6-4 所示的 MsgBox 对话框。

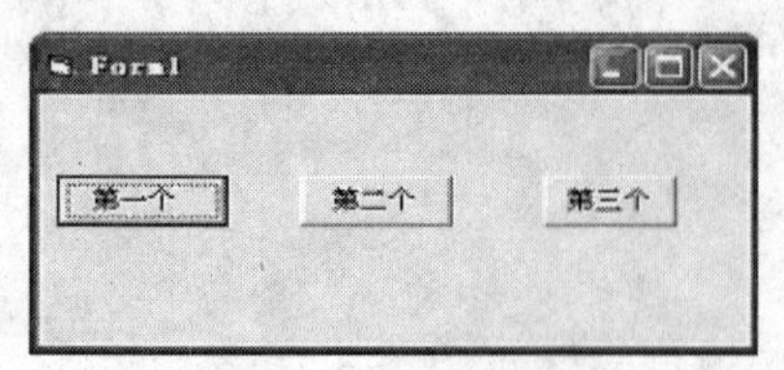

实验图 6-1 程序窗体运行主界面

实验图 6-2 单击第一个按钮弹出的 MsgBox 对话框

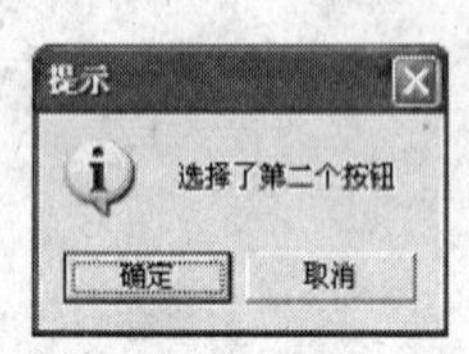

实验图 6-3 单击第二个按钮弹出的 MsgBox 对话框

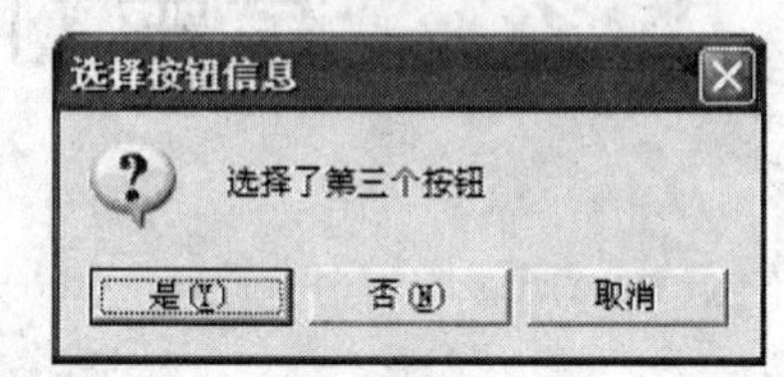

实验图 6-4 单击第三个按钮弹出的 MsgBox 对话框

② 添加如下代码:

```
Private Sub Command1_Click()      '【第一个】按钮
  MsgBox ("选择了第一个按钮")
End Sub

Private Sub Command2_Click()      '【第二个】按钮
  Dim n As Integer
  n=MsgBox("选择了第二个按钮",vbOKCancel+vbInformation+vbDefaultButton1,"提示")
End Sub

Private Sub Command3_Click()      '【第三个】按钮
  Dim n As Integer
  n=MsgBox("选择了第三个按钮",vbYesNoCancel+vbQuestion+vbDefaultButton1,"选择
  按钮信息")
End Sub
```

2. InputBox 的使用

① 设计一个程序，在窗体中加入 1 个 Command 控件，其 Caption 的属性值为“比较两个数的大小”，程序运行时，单击此 Command 控件，利用 InputBox 控件分别输入两个数，将最大值输出。其程序主界面如实验图 6-5 所示。

实验图 6-5 程序主界面

② 添加如下代码:

```
Private Sub Command1_Click()      '比较两个数的大小
  a=InputBox("请输入第一个数的值")
  a=Val(a)
  b=InputBox("请输入第二个数的值")
  b=Val(b)
  If a>b Then
    Print a
  Else
    Print b
  End If
End Sub
```

3. 公用对话框的程序设计

① 打开“我的记事本”工程。

② 选择【工程】→【部件】命令，在弹出的“部件”对话框中，选择 Microsoft Common Dialog Control 6.0 选项，在工具箱中加入公用对话框控件。

③ 将公用对话框控件加入窗体中，并将 CommandDialog 控件的 FileName 属性值设置为.txt，InitDir 属性值设置为 C:\，Filter 属性值设置为*.txt|*.*，FilterIndex 属性值设置为 1。

④ 打开代码编辑窗口，为【打开】、【另存为】和【字体】子菜单项添加如下代码：

```
Private Sub vbOpen_Click()                              '“打开”对话框
   CommonDialog1.Action=1                               '“打开”对话框
   text1.Text=""                                        '清除文本框中原有内容
   If CommonDialog1.FileTitle <> "" Then                '选定文件后执行下列操作
      Dim InputData As String                           '保存文件中每行内容
      Open CommonDialog1.FileName For Input As #1       '打开文件，准备读文件
         Do While Not EOF(1)
         Line Input #1,InputData                        '每次读一行
         text1.Text=text1.Text+InputData+Chr(13)+Chr(10)
      Loop
         Close #1
   End If
End Sub

Private Sub vbSaveAs_Click()                            '“另存为”对话框
   CommonDialog1.FileName="default.txt"                 '设置默认文件名
   CommonDialog1.DefaultExt="txt"                       '设置默认扩展名
   CommonDialog1.Action=2
   Open CommonDialog1.FileName For Output As #1         '打开文件，准备写入
   Print #1,text1.Text
   Close #1
End Sub

Private Sub vbFont_Click()                              '“字体”对话框
   CommonDialog1.Flags=cdlCFBoth Or cdlCFEffects
   CommonDialog1.Action=4
   text1.FontName=CommonDialog1.FontName
   text1.FontSize=CommonDialog1.FontSize
   text1.FontBold=CommonDialog1.FontBold
   text1.FontItalic=CommonDialog1.FontItalic
   text1.FontUnderline=CommonDialog1.FontUnderline
   text1.FontStrikethru=CommonDialog1.FontStrikethru
   text1.ForeColor=CommonDialog1.Color
End Sub
```

⑤ 将“我的记事本”工程进行保存，到此，一个简单的记事本程序完成了。

实验 7 简单数据库设计

一、实验目的

利用 Data 控件实现一个简单的小型数据库系统，将所学的数据库知识、常用标准控件、菜单、工具栏、常用对话框、Data 控件等进行综合应用。

二、实验内容

利用 Data 控件与数据库相连，制作一个职工基本情况管理的数据库系统。此实验可分 2～3 次完成。

三、实验步骤

① 打开 Visual Basic，利用 VisData 创建数据库 db1.mdb 和表 worker，worker 表的字段有工号、姓名、性别、职称、政治面貌和备注等 6 个字段。

② 创建一个新工程，创建一个 Form 窗体，名称为 MainForm，在 MainForm 窗体中添加一个 MSFlexGrid 控件、菜单栏、工具栏和状态栏。

③ 菜单栏有【职工信息管理】、【职工信息查找】、【帮助】和【退出】等 4 个主菜单项。在【职工信息管理】主菜单项中包含有【添加】、【修改】、【删除】3 个子菜单项，在【职工信息查找】中有【单一查找】和【模糊查找】两个子菜单项，在【帮助】主菜单项中包含有【关于】子菜单项。

④ 工具栏上有【添加】、【修改】、【删除】、【模糊查找】和【退出】5 个按钮。

⑤ 在状态栏中加入“2007 IT 软件工作室”信息。

⑥ 在工程中再添加 5 个新窗体，分别命名为 frmadd、frmmod、frmdel、frmsearch、frmsearch1，分别对应信息添加、信息修改、信息删除、单一查找、模糊查找 5 个功能模块。

⑦ Mainform 界面设计如实验图 7-1 所示。

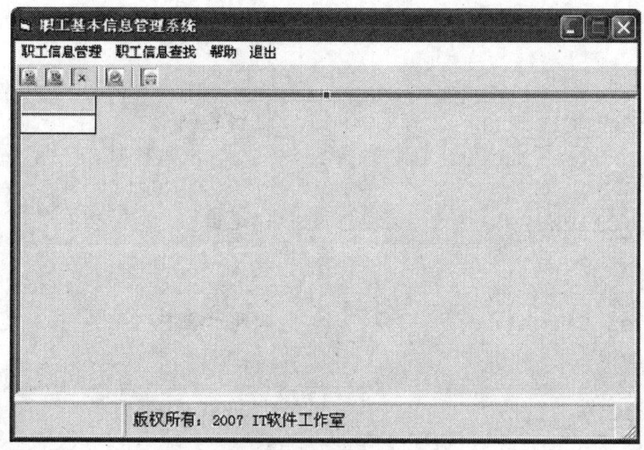

实验图 7-1　主界面

为其添加如下代码：

```
Private Sub Command1_Click()
   DataReport1.Show
End Sub

Private Sub Form_Activate()
   '设置MSFlexGrid表格的列宽
   MSFlexGrid1.ColWidth(0)=12*25*3
   MSFlexGrid1.ColWidth(1)=12*25*3
   MSFlexGrid1.ColWidth(2)=12*25*3
   MSFlexGrid1.ColWidth(3)=12*25*8
   MSFlexGrid1.ColWidth(4)=12*25*6
   MSFlexGrid1.ColWidth(5)=12*25*6
   '设置MSFlexGrid表格的表头信息
   MSFlexGrid1.TextMatrix(0,0)="工号"
   MSFlexGrid1.TextMatrix(0,1)="姓名"
   MSFlexGrid1.TextMatrix(0,2)="性别"
   MSFlexGrid1.TextMatrix(0,3)="职称"
   MSFlexGrid1.TextMatrix(0,4)="政治面貌"
   MSFlexGrid1.TextMatrix(0,5)="备注"
   MSFlexGrid1.Sort=1
End Sub

Private Sub Form_Load()
   Data1.DatabaseName=App.Path & "\db1.mdb"
   Data1.RecordSource="worker"
   Data1.Refresh
End Sub

Private Sub Form_Unload(Cancel As Integer)
   End
End Sub
```

下面是菜单栏的代码：

```
Private Sub inadd_Click()                    '信息添加
   frmadd.Show
End Sub
```

```
Private Sub inmod_Click()                    '信息修改
  frmmod.Show
End Sub
Private Sub indel_Click()                    '信息删除
  frmdel.Show
End Sub
Private Sub tc_Click()                       '退出
  End
End Sub
Private Sub dycz_Click()                     '单一查找
  frmsearch.Show
End Sub
Private Sub mhcz_Click()                     '模糊查找
  Frmsearch1.Show
End Sub
Private Sub gy_Click()                       '关于
  frmAbout.Show
End Sub
```

下面是工具栏的代码：

```
Private Sub Toolbar1_ButtonClick(ByVal Button As MSComctlLib.Button)
  Select Case Button.Key
  Case Is="inadd"
    frmadd.Show
  Case Is="inmod"
    frmmod.Show
  Case Is="indel"
    frmdel.Show
  Case Is="xxcz"
    Frmsearch1.Show
  Case Is="tc"
    End
  End Select
End Sub
```

⑧ 在“信息添加”窗体 frmadd 中添加 1 个 Data 控件、6 个 Label 控件、5 个 TextBox 控件、1 个 Combo 控件和 4 个 Command 控件，其界面设计如实验图 7-2 所示。

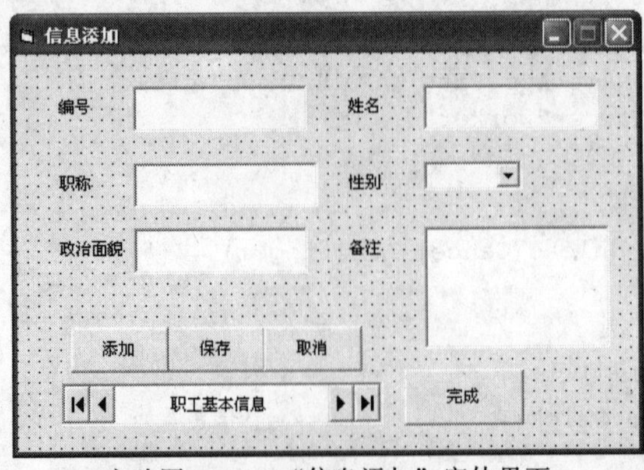

实验图 7-2　“信息添加”窗体界面

为其添加如下代码：

```
Dim zdst As String                              '定义一个表示自动生成编号的变量
Private Sub cmdCancel_Click()                   '【取消】按钮
   Data1.UpdateControls
   For i=1 To 4
     Text1(i).Enabled=False
     Text1(i).Text=""
   Next i
   Cmdnew.Enabled=True
   Cmdsave.Enabled=False
   Cmdcancel.Enabled=False
End Sub

Private Sub Cmdfin_Click()                      '【完成】按钮
   Mainfrm.Data1.Refresh
   Unload Me
   Set frmadd=Nothing
End Sub

Private Sub Cmdnew_Click()                      '【添加】按钮
   Cmdsave.Enabled=True
   Data1.Recordset.AddNew
   For i=1 To 4
     Text1(i).Enabled=True
     Text1(i).Text=""
   Next i
   Combo1.Enabled=True
   Text1(0).Text=zdst
   Text1(1).SetFocus
   Cmdnew.Enabled=False
   Cmdsave.Enabled=True
   Cmdcancel.Enabled=True
End Sub

Private Sub cmdsave_Click()                     '【保存】按钮
   Data1.Recordset.Update
   Call stbh
   For i=1 To 4
     Text1(i).Enabled=False
     Text1(i).Text=""
   Next i
   Cmdnew.Enabled=True
   Cmdsave.Enabled=False
   Cmdcancel.Enabled=False
End Sub

Function stbh()                                 '工号自动编号
   If Data1.Recordset.RecordCount>0 Then
     If Not Data1.Recordset.EOF Then Data1.Recordset.MoveLast
     If Data1.Recordset.Fields("工号") <> "" Then zdst="g" & _
```

```
      Format(Val(Right(Data1.Recordset.Fields("工号"),3))+1,"000")
    Else
      zdst="g001"
    End If
  End If
End Function

Private Sub Form_Load()
  Data1.DatabaseName=App.Path & "\db1.mdb"
  Data1.RecordSource="worker"
  Data1.Refresh
  Dim i As Integer
  For i=0 To 4
    Text1(i).Enabled=False
  Next i
  Combo1.Enabled=False
  Combo1.ListIndex=0
  Cmdsave.Enabled=False
  Cmdnew.Enabled=True
  Cmdcancel.Enabled=False
  Call stbh
End Sub
```

⑨ 在“信息修改”窗体 frmmod 中添加 1 个 Data 控件、6 个 Label 控件、5 个 TextBox 控件、1 个 Combo 控件和 5 个 Command 控件，其界面设计如实验图 7-3 所示。

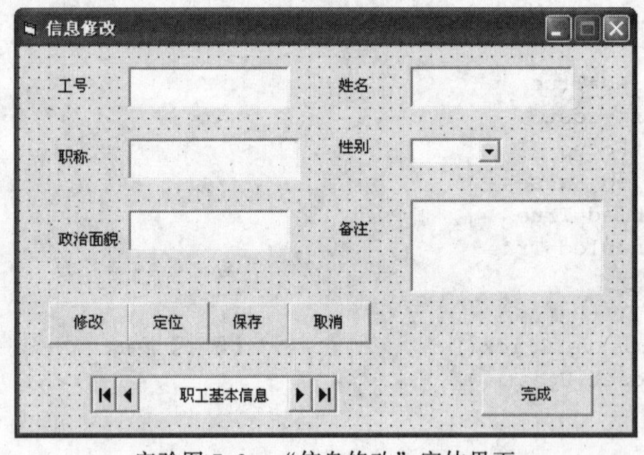

实验图 7-3 “信息修改”窗体界面

为其添加如下代码：

```
Private Sub cmdCancel_Click()                 '【取消】按钮
  modData1.UpdateControls
  Cmdfind.Enabled=True
  Cmdmod.Enabled=True
  Cmdcancel.Enabled=False
  Cmdsave.Enabled=False
  Dim i As Integer
  For i=1 To 4
    Text1(i).Enabled=False
  Next i
```

```
  Combo1.Enabled=False
End Sub
Private Sub Cmdfin_Click()                    '【完成】按钮
  Mainfrm.Data1.Refresh
  Mainfrm.MSFlexGrid1.Refresh
  Mainfrm.MSFlexGrid1.Sort=1
  Unload Me
End Sub

Private Sub Cmdfind_Click()                   '【定位】按钮
  x=InputBox("请输入你要找的人的编号","定位")
  modData1.Recordset.FindFirst "bh='" & x & "' "
  If modData1.Recordset.NoMatch Then
    m=MsgBox("对不起，库中没有此记录！",vbOKOnly,"消息")
  End If
  Cmdfind.Enabled=True
  Cmdmod.Enabled=True
  Cmdsave.Enabled=False
  Cmdcancel.Enabled=False
  Dim i As Integer
  For i=1 To 4
    Text1(i).Enabled=False
  Next i
  Combo1.Enabled=False
End Sub

Private Sub Cmdmod_Click()                    '【修改】按钮
  modData1.Recordset.Edit
  Cmdmod.Enabled=False
  Cmdsave.Enabled=True
  Cmdcancel.Enabled=True
  Cmdfind.Enabled=False
  Dim i As Integer
  For i=1 To 4
    Text1(i).Enabled=True
  Next i
  Combo1.Enabled=True
End Sub

Private Sub cmdsave_Click()                   '【保存】按钮
  modData1.UpdateRecord
  Cmdfind.Enabled=True
  Cmdmod.Enabled=True
  Cmdsave.Enabled=False
  Cmdcancel.Enabled=False
  Dim i As Integer
  For i=1 To 4
    Text1(i).Enabled=False
  Next i
  Combo1.Enabled=False
End Sub
```

```
Private Sub Form_Load()
  modData1.DatabaseName=App.Path & "\db1.mdb"
  modData1.RecordSource="worker"
  modData1.Refresh
  Cmdmod.Enabled=True
  Cmdsave.Enabled=False
  Cmdcancel.Enabled=False
  Cmdfind.Enabled=True
  Combo1.Enabled=False
  Combo1.ListIndex=0
  Dim i As Integer
  For i=0 To 4
    Text1(i).Enabled=False
  Next i
End Sub
```

⑩ 在“信息删除”窗体 frmdel 中添加 1 个 Data 控件、6 个 Label 控件、6 个 TextBox 控件、3 个 Command 控件，界面设计如实验图 7-4 所示。

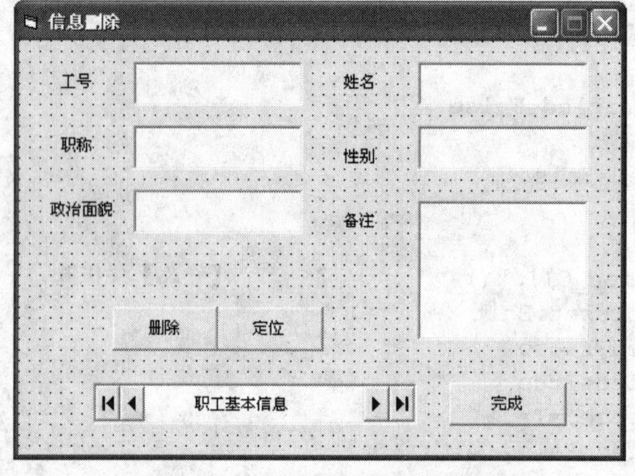

实验图 7-4 “信息删除”窗体界面

为其添加如下代码：

```
Private Sub Cmddel_Click()                    '【删除】按钮
  On Error GoTo ts
  Dim ans As Integer
  ans=MsgBox("你确定删除吗？",vbYesNo,"警告")
  If ans=vbYes Then
    delData1.Recordset.Delete
  End If
  If delData1.Recordset.EOF Then
    delData1.Recordset.MoveLast
  End If
ts:
End Sub

Private Sub Cmdfin_Click()                    '【完成】按钮
  Mainfrm.Data1.Refresh
  Unload Me
```

```
   Set frmdel=Nothing
End Sub

Private Sub Cmdfind_Click()                    '【定位】按钮
   x=InputBox("请输入你要找的人的编号","职工基本信息")
   delData1.Recordset.FindFirst "工号='" & x & "'"
   If delData1.Recordset.NoMatch Then
      m=MsgBox("对不起，库中没有此记录！",vbOKOnly,"消息")
   End If
End Sub

Private Sub Form_Load()
   delData1.DatabaseName=App.Path & "\db1.mdb"
   delData1.RecordSource="worker"
   delData1.Refresh
   Dim i As Integer
   For i=0 To 5
     Text1(i).Enabled=False
   Next i
End Sub
```

⑪ 在“单一查找”窗体frmsearch中添加1个Data控件、7个Label控件、7个TextBox控件、1个Combo控件和2个Command控件，其界面设计如实验图7-5所示。

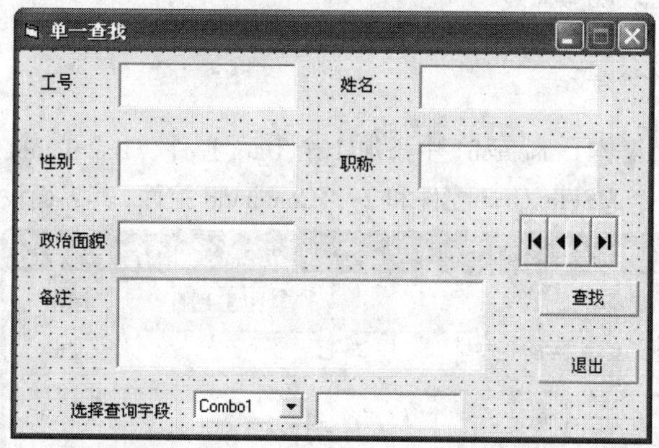

实验图7-5　“单一查找”窗体界面

为其添加如下代码：

```
Dim flag As Integer
Private Sub Cmdfind_Click()                    '【查找】按钮
  If Text2.Text="" Then
     m=MsgBox("先输入要查找的信息！",vbOKOnly,"提示")
     Text2.SetFocus
  End If
  If flag=0 Then
     Select Case Combo1.ListIndex
     Case Is=0
        Data1.Recordset.FindFirst "工号='" & Text2.Text & "'"
     Case Is=1
        Data1.Recordset.FindFirst "姓名='" & Text2.Text & "'"
     End Select
```

```
  End If
  If Data1.Recordset.NoMatch Then
    m=MsgBox("查找完成! ",vbOKOnly,"查找结果")
  End If
End Sub

Private Sub Cmdquit_Click()                 '【退出】按钮
  Unload Me
End Sub

Private Sub Form_Activate()
  Text2.SetFocus
End Sub

Private Sub Form_Load()
  Data1.DatabaseName=App.Path & "\db1.mdb"
  Data1.RecordSource="worker"
  Data1.Refresh
  Dim i As Integer
  For i=0 To 5
    Text1(i).Enabled=False
  Next i
  Combo1.AddItem "工号"
  Combo1.AddItem "姓名"
  Combo1.ListIndex=0
End Sub
```

⑫ 在“模糊查找”窗体 frmsearch1 中添加 1 个 Data 控件、1 个 Label 控件、1 个 TextBox 控件、1 个 Combo 控件、1 个 MSFlexGrid 控件和 2 个 Command 控件，其界面设计如实验图 7-6 所示。

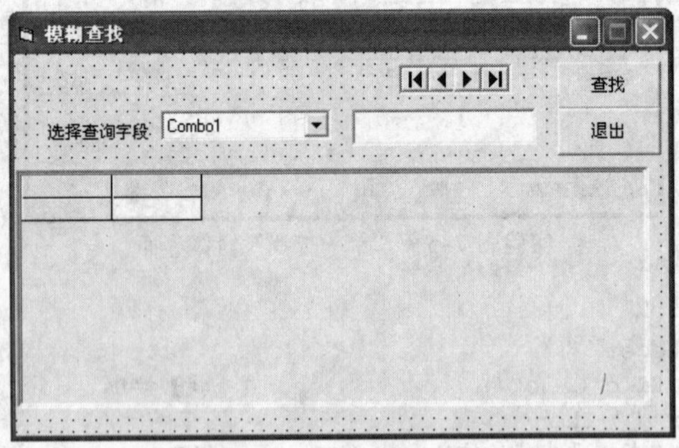

实验图 7-6 “模糊查找”窗体界面

为其添加如下代码：

```
Dim flag As Integer
Public j As Integer
Private Sub Command1_Click()                '【查找】按钮
  Dim i As Integer
  If Text1.Text="" Then
    m=MsgBox("先输入要查找的信息! ",vbOKOnly,"提示")
```

```
        Text1.SetFocus
    End If
    If flag=0 Then
        Select Case Combo1.ListIndex
        Case Is=0
            Data1.Recordset.FindFirst "姓名 like+'*'+'"+Text1.Text+"'+'*'"
        Case Is=1
            Data1.Recordset.FindFirst "职称 like+'*'+'"+Text1.Text+"'+'*'"
        End Select
    Else
        Select Case Combo1.ListIndex
        Case Is=0
            Data1.Recordset.FindNext "姓名 like+'*'+'"+Text1.Text+"'+'*'"
        Case Is=1
            Data1.Recordset.FindNext "职称 like+'*'+'"+Text1.Text+"'+'*'"
        End Select
    End If
    If Data1.Recordset.NoMatch Then
        m=MsgBox("查找完成! ",vbOKOnly,"查找结果")
        Command1.Caption="查找"
        flag=0
    Else
        i=Data1.Recordset.AbsolutePosition + 1
        MSFlexGrid1.TextMatrix(i, 0)="→"
        MSFlexGrid1.TextMatrix(j, 0)=""
        Command1.Caption="查找下一条"
        MsgBox "已查到一条记录,它在第" & Data1.Recordset.AbsolutePosition + 1 & "条! _
        如果继续,单击【查找下一条】按钮"
        flag=1
        j=i
    End If
End Sub
Private Sub Form_Activate()
    '设置MSFlexGrid表格的列宽
    MSFlexGrid1.ColWidth(0)=12*25*2
    MSFlexGrid1.ColWidth(1)=12*25*3
    MSFlexGrid1.ColWidth(2)=12*25*3
    MSFlexGrid1.ColWidth(3)=12*25*3
    MSFlexGrid1.ColWidth(4)=12*25*8
    MSFlexGrid1.ColWidth(5)=12*25*6
    MSFlexGrid1.ColWidth(6)=12*25*6
    '设置MSFlexGrid表格的表头信息
    MSFlexGrid1.TextMatrix(0,0)=""
    MSFlexGrid1.TextMatrix(0,1)="工号"
    MSFlexGrid1.TextMatrix(0,2)="姓名"
    MSFlexGrid1.TextMatrix(0,3)="性别"
    MSFlexGrid1.TextMatrix(0,4)="职称"
    MSFlexGrid1.TextMatrix(0,5)="政治面貌"
    MSFlexGrid1.TextMatrix(0,6)="备注"
      MSFlexGrid1.Sort=1                '按一般升序排列
End Sub
```

```
Private Sub Command2_Click()
   Mainfrm.MSFlexGrid1.Sort=1
   Unload Me
End Sub

Private Sub Form_Load()
   Data1.DatabaseName=App.Path & "\db1.mdb"
   Data1.RecordSource="worker"
   Data1.Refresh
   Combo1.AddItem "姓名"
   Combo1.AddItem "职称"
   Combo1.ListIndex=0
End Sub
```

⑬ 为此数据库系统添加一个“登录”窗体，如实验图 7-7 所示，利用 Data Vista 在 db1.mdb 数据库中加入一个 user 表，表中有用户和密码两个字段。

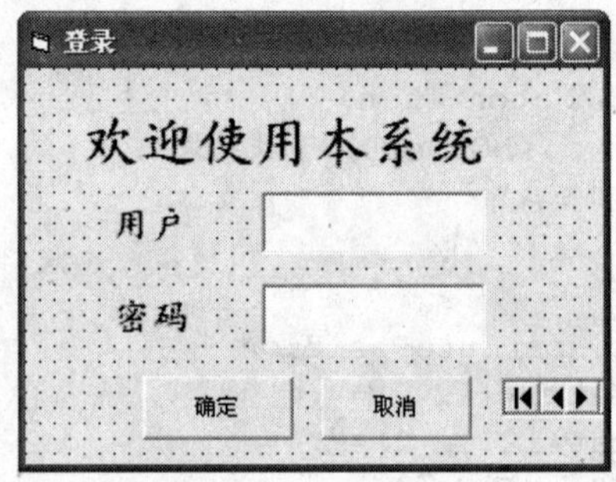

实验图 7-7 “登录”窗体

为其添加如下代码：

```
Dim tim As Integer
Dim myval As String

Private Sub Command1_Click()
   Data1.Recordset.FindFirst "用户 like"+Chr(34)+Text1.Text+Chr(34)+""
   If Data1.Recordset.NoMatch Then
      MsgBox "此用户不存在!"
      Text1.SetFocus
      Text1.Text=""
   Else
      If Data1.Recordset.Fields("密码")=Text2.Text Then
         Mainfrm.Show
         Unload Me
      Else
         MsgBox ("密码输入错误！！")
         tim=tim + 1
         Text2.SetFocus
         Text2.Text=""
         If tim=3 Then                '密码输入错误 3 次,退出系统
            myval=MsgBox("密码输入错误已达 3 次，请向系统管理员查询！！",0,"")
            If myval=vbOK Then End
```

```
        End If
      End If
    End If
End Sub

Private Sub Command2_Click()
    End
End Sub

Private Sub Form_Activate()
    Text1.SetFocus                                    '一出现“登录”窗体，Text1获得焦点
End Sub

Private Sub Form_Load()
    Data1.DatabaseName=App.Path & "\DB1.mdb"
End Sub

Private Sub Text1_KeyDown(KeyCode As Integer,Shift As Integer)
    If KeyCode=vbKeyReturn Then Text2.SetFocus '按回车键，Text2获得焦点
End Sub
```

⑭ 为此数据库系统添加一个关于窗体，界面如实验图 7-8 所示。

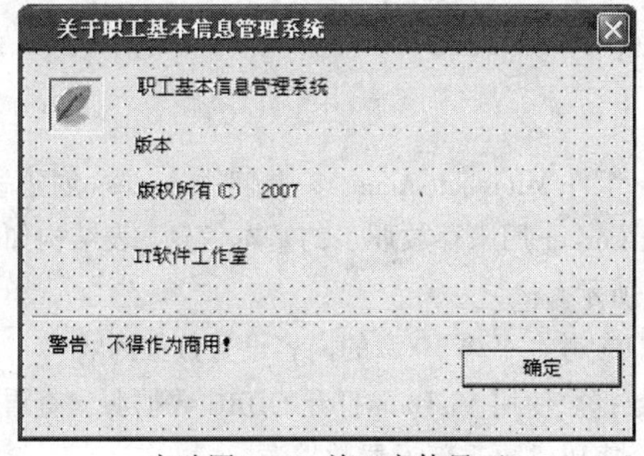

实验图 7-8　关于窗体界面

⑮ 保存并调试运行程序。

实验 8　使用 ODBC 技术连接 Access 数据库

一、实验目的

掌握使用 ODBC 连接 Access 数据库的方法，主要是设置数据源的方法。学会在 Visual Basic 中使用 ODBC 数据源来源的数据。

二、实验内容

添加 ODBC 数据源，实现 Access 数据库与 Visual Basic 的连接。

三、实验步骤

① 打开 Microsoft Office 组件 Microsoft Access，并使用 Access 创建一个数据库 workerinf.mdb。在数据库中建立一张数据表 worker 用来存放职工的基本信息。表结构如实验 2 中的职工基本信息表的表结构，如实验表 2-1 所示。

② 添加 ODBC 数据源。参考本书第 10 章的内容设置数据源。

③ 使用 ODBC 来源的数据。使用 VisData 打开 ODBC 数据源，查看数据源中的数据。

④ 试为数据库加上一个密码，再重新设置数据源。

⑤ 使用 VisData 打开新的 ODBC 数据源，查看数据源中的数据。

实验 9　使用 ODBC 技术连接 SQL Server 数据库

一、实验目的

掌握使用 ODBC 连接 SQL Server 数据库的方法，主要是设置数据源的方法。学会在 Visual Basic 中使用 ODBC 数据源来源的数据。

二、实验内容

添加 ODBC 数据源，使用 Visual Basic 打开 SQL Server 数据库。

三、实验步骤

① 在计算机上安装 SQL Server 个人版，打开 SQL Server，创建一个数据库 workerinf.mdf。在数据库中建立一张数据表 worker 用来存放职工的基本信息。表结构如实验 2 中的职工基本信息表的表结构，如实验表 2-1 所示。

② 添加 ODBC 数据源。参考本书第 10 章的内容设置数据源。

③ 使用 ODBC 来源的数据。使用 VisData 打开 ODBC 数据源，查看数据源中的数据。

④ 试为数据库加上一个密码，再重新设置数据源。

⑤ 使用 VisData 打开新的 ODBC 数据源，查看数据源中的数据。

实验 10 使用 ADO 控件访问数据库

一、实验目的

掌握使用 ADO Data 控件访问数据库的方法，并能够对数据进行添加、删除及使用 DataGrid 控件进行数据浏览。

了解使用 ADO Data 控件访问数据库与使用 Data 控件访问数据库方法的不同之处。

二、实验内容

编写一个“职工基本信息管理”程序，使用 ADO 控件访问 Access 数据库，完成对数据的添加、删除、修改等操作。

三、实验步骤

① 打开 Visual Basic 6.0，创建一个新的工程。在工程中添加一个窗体 Form1。

② 在工程中引入 ADO Data 控件。选择【工程】→【部件】命令，在弹出的对话框中选择 Microsoft ADO Data Control 6.0（OLEDB）选项，即可将控件引入工程。

③ 在窗体上添加 1 个 Adodc1 控件、6 个 Command 控件、8 个 Label 控件、7 个 TextBox 控件。并对其属性进行设置，调整其排列方式，如实验图 10-1 所示。

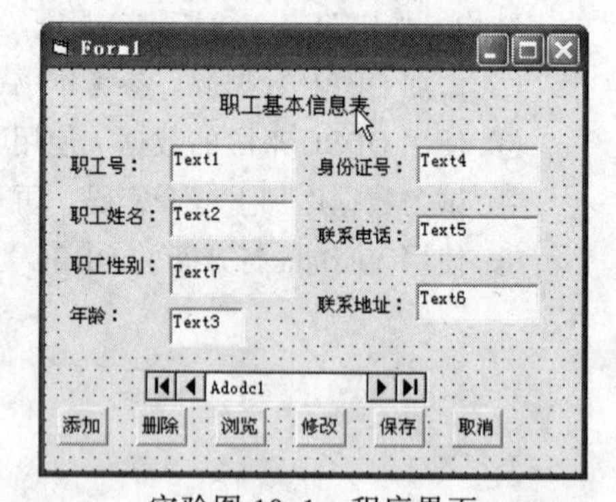

实验图 10-1 程序界面

注意：这一窗体与实验 3 中的窗体基本类似，只是将 Data1 控件换成了 Adodc1 控件。读者在进行实验时也可以将实验 3 中的窗体进行修改用于本实验。

④ 右击 Adodc1 控件，设置 Adodc1 控件的属性，将其与实验 8 中建立的数据库相连。当然如果实验 8 中的数据库没有保存可以新建一个数据库，建立时要使用 Access 创建。设置内容如实验表 10-1 所示。

实验表 10-1　Adodc1 的属性设置

控件名称	属　　性	值
Adodc1	连接字符串	Provider=Microsoft.Jet.OLEDB.4.0;Data Source=F:\zhigong.mdb; _ Persist Security Info=False
	选择或输入数据库名称	F:\zhigong.mdb
	命令类型	2—adCmdTable
	表或存储过程名称	worker

⑤ 设置数据感知控件的属性，使其显示数据库中的数据。如果这里也采用单选按钮来显示“性别”字段，则应在 Adodc1_MoveComplete 事件中编写如下代码：

```
Private Sub Adodc1_MoveComplete(ByVal adReason As ADODB.EventReasonEnum, _
ByVal pError As ADODB.Error,adStatus As ADODB.EventStatusEnum,ByVal _
pRecordset As ADODB.Recordset)
   If Adodc1.Recordset.Fields("性别").Value="男" Then
      Option1.Value=True
   ElseIf Adodc1.Recordset.Fields("性别").Value="女" Then
      Option2.Value=True
   End If
End Sub
```

⑥ 在“代码”窗口中输入代码，实现【添加】、【删除】、【修改】、【保存】、【取消】5 个按钮的功能。具体可参考本书第 11 章“习题与参考解答”中的第 1 题答案的相关内容。

⑦ 设计浏览窗体。在“工程 1”中再插入一个窗体 Form2，在窗体上加入 1 个 Label 控件、1 个 Adodc1 控件、1 个 DataGrid 控件，添加后的界面如实验图 10-2 所示。

实验图 10-2　浏览窗体

⑧ 设置浏览窗体上控件的属性，Adodc1 控件的属性设置方法与 Form1 中的 Adodc1 控件的设置方法一样。DataGrid 控件的 DataSource 属性设为“Adodc1”，即可使 DataGrid 控件显示数据库中的信息。

⑨ 将“工程 1”的启动窗体设置为 Form2，保存并运行 Form2。

⑩ 窗体 Form2 运行通过后，切换到窗体 Form1，在【浏览】按钮中编写如下代码：

```
Form2.show
```

将窗体 Form1 和窗体 Form2 相连。

⑪ 将程序保存运行。

⑫ 在程序中添加适当的错误处理程序，使用 On Error 语句，当程序出现错误时，可以保证用户不会退出应用程序。

实验 11 使用 ADO 对象访问数据库

一、实验目的

掌握使用 ADO Data 控件访问数据库的方法，并能够对数据进行添加、删除及使用 DataGrid 控件进行数据浏览。

了解使用 ADO Data 控件访问数据库与使用 ADO 对象访问数据库方法的不同之处。

二、实验内容

编写一个“职工基本信息管理”程序，使用 ADO 对象访问 Access 数据库，完成对数据的添加、删除、修改等操作。

三、实验步骤

① 打开 Visual Basic 6.0，创建一个新的工程。在工程中添加一个窗体 Form1。

② 在工程中引入 ADO 对象。若是已引入 ADO 控件，则系统自动引入 ADO 对象，这时就不需要再引入 ADO 对象了。若没有引入 ADO 控件，则可以选择【工程】→【引用】命令，在弹出的“引用”对话框中选择“Microsoft ActiveX Data Objects 2.7 Library”即可在工程中引入 ADO 对象。

③ 在窗体上添加 10 个 Command 控件、8 个 Label 控件、7 个 TextBox 控件，并对其属性进行设置，调整其排列方式，如实验图 11-1 所示。

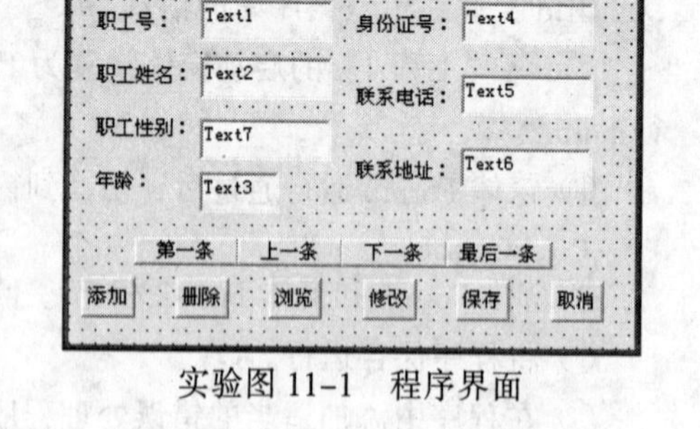

实验图 11-1　程序界面

④ 该实验中还是使用实验 8 所建的数据库。

⑤ ADO 对象初始化。设置连接字符串，打开连接；设置打开记录集的 SQL 语句，打开记录集。

新建一个模块，在其中作如下定义：

```
Option Explicit
Public mycnn As New ADODB.Connection
Public workercord As New ADODB.Recordset
```

将这两个变量定义为 Public 类型的好处在于，一旦打开数据库链接，程序中就不需再打开了，只要在需要的时候使用就可以了。

在 Form_Load 事件中添加如下代码：

```
Dim strcon As String
strcon="provider=Microsoft.jet.OLEDB.4.0;Data source=" & App.Path & "\zhigong. mdb"
mycnn.Open strcon
workercord.Open "worker",mycnn,adOpenDynamic,adLockOptimistic
```

其中的"worker"也可换为 SQL 语句 Select * From worker，写到这里虽然打开了记录集，但是数据不能在窗体上的感知控件中显示出来，这一点是 ADO 对象与 ADO 控件访问数据库时的主要差别。只有在调用 showdata 过程之后，数据才能显示出来。而 showdata 是用户自已编写的过程。在上面的代码后面再添加如下语句：

```
showdata
```

在“代码”窗口的左侧下拉组合列表框中选择（通用），输入如下代码：

```
Private Sub showdata()
  On Error Resume Next
  If workercord.EOF And workercord.BOF Then
    MsgBox "库中无记录"
    Text1.Text=""
    Text2.Text=""
    Text3.Text=""
    Text4.Text=""
    Text5.Text=""
    Text6.Text=""
    Text7.Text=""
  Else
    Text1.Text=workercord.Fields("workerno").Value
    Text2.Text=workercord.Fields("workername").Value
    Text3.Text=workercord.Fields("workerage").Value
    Text4.Text=workercord.Fields("workerID").Value
    Text5.Text=workercord.Fields("workerphone").Value
    Text6.Text=workercord.Fields("workeraddr").Value
    Text7.Text=workercord.Fields("workersex").Value
  End If
End Sub
```

这样，数据库中的数据就可以显示出来了。

⑥ 在“代码”窗口中输入代码，实现【添加】、【删除】、【修改】、【保存】、【取消】5 个按钮的功能。

程序代码参考第 11 章“习题与参考解答”第 1 题答案。将 sturecord 替换为 workercord。

【修改】按钮只要将焦点置于第一个文本框中，使【保存】、【取消】两个按钮有效就可以了。

⑦ 设计浏览窗体。在“工程 1”中再添加一个窗体 Form2，在窗体上加入 1 个 Label 控件、1 个 MSFlexGrid 控件，添加后的界面如实验图 11-2 所示。

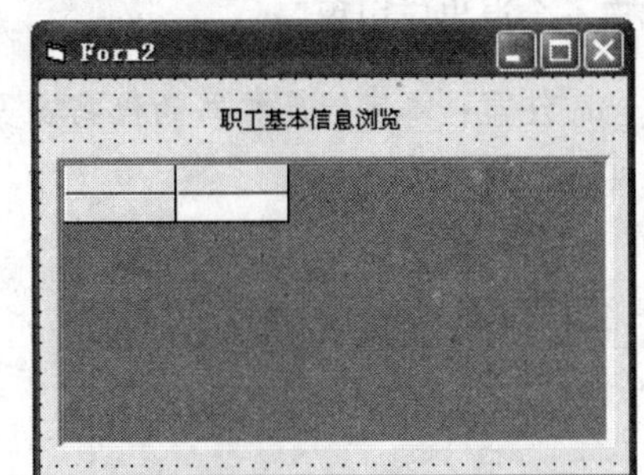

实验图 11-2 浏览窗体

⑧ 编写浏览窗体代码，使用 MSFlexGrid 控件显示数据库中的信息。在“代码”窗口中加入如下代码：

```
Private Sub Form_Load()
On Error Resume Next
Dim i,j As Integer
Label1.Left=(bjbrowse.Width-Label1.Width)/2
lurst.Open "select * from worker",mycnn,adOpenDynamic,adLockOptimistic _
  MSF1.Visible=True
  MSF1.Cols=7
  MSF1.Rows=25
  If Not workercord.EOF Then
    workercord.MoveFirst
    i=0
    MSF1.TextMatrix(i,0)="序号"
    MSF1.TextMatrix(i,1)="姓名"
    MSF1.TextMatrix(i,2)="年龄"
    MSF1.TextMatrix(i,3)="性别"
    MSF1.TextMatrix(i,4)="电话"
    MSF1.TextMatrix(i,5)="地址"
    MSF1.TextMatrix(i,6)="身份证号"
    While Not workercord.EOF
      i=i+1
      for j=0 to 6
        MSF1.TextMatrix(i, j)=workercord.Fields(j).Value
      Next j
        workercord.MoveNext
    Wend
  Else
      MsgBox "无记录。",vbCritical + vbOKOnly,"浏览对话框"
  End If
End Sub
```

⑨ 将“工程 1”的启动窗体设置为 Form2，保存并运行 Form2。

⑩ 窗体 Form2 运行通过后，切换到窗体 Form1，在【浏览】按钮中编写如下代码：

```
Form2.show
```

将窗体 Form1 和窗体 Form2 相连。

⑪ 将程序保存运行。

⑫ 在程序中添加适当的错误处理程序，使用 On Error 语句，当程序出现错误时，可以保证用户不会退出应用程序。

注意：本实验所编写的代码较多，可能在两学时内学生无法完成，可以适当减少实验内容或增加学时。

实验 12 使用 ADO 对象+SQL 语句实现查询

一、实验目的

掌握使用 ADO 对象与 SQL 语句相结合进行查询窗体设计的方法。

二、实验内容

为实验 8 设计的“职工信息管理系统”加入查询功能，使其可以根据“年龄”、“姓名”进行查找。

三、实验步骤

（1）继续使用实验 8 中所创建的数据库

以“年龄”、“姓名”字段作为查询字段。

（2）插入窗体

打开实验 8 创建的工程，在其中插入一个窗体 From3，将工程属性中的“启动对象”设为 Form3。

（3）创建按“年龄”范围进行查找的窗体

① 在窗体上添加 1 个框架、2 个单选按钮、2 个按钮、4 个组合框和 1 个 DataGrid 控件。并且设置各控件的属性，调整控件的位置。窗体界面如实验图 12-1 所示。

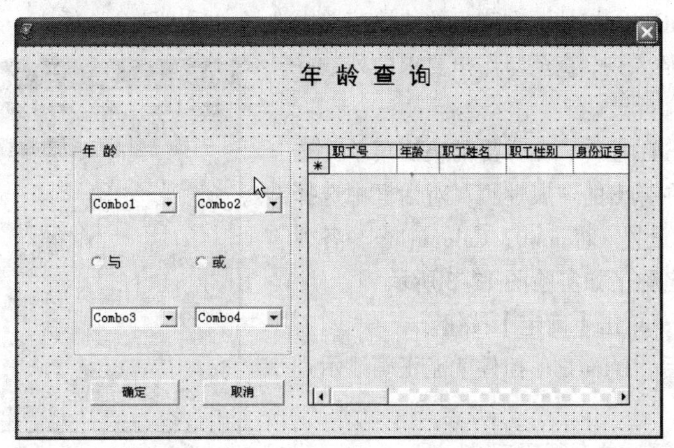

实验图 12-1 按“年龄”查询窗体界面

② 在 Combo1 和 Combo3 中添加“大于”、“大于等于”、“等于”、“小于”、“小于等于”项，在 Combo2 和 Combo4 中添加年龄的值。DataGrid 控件用来显示查询结果。

③ 编写代码，实现查询。参考本书中 13 章“习题与参考解答”的第 3 题答案。

④ 保存程序。

⑤ 运行并调试程序。

（4）创建按“姓名”进行模糊查找的窗体

① 在工程中插入一个窗体，窗体上加入 1 个 DataGrid 控件、1 个 Text1 控件、2 个 Label 控件和 1 个 Command 控件。插入控件后的窗体如实验图 12-2 所示。

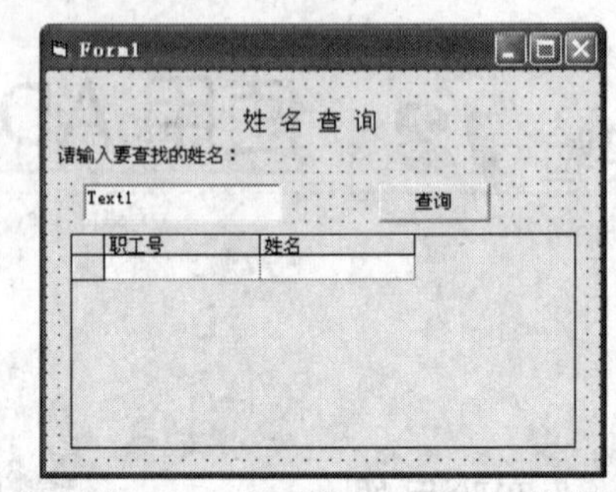

实验图 12-2 按“姓名”查找窗体界面

② 编写代码实现查询，将查询结果显示在 DataGrid1 中。使用 SQL 语句的 Like 操作符。在【查询】按钮的 Click 事件中编写如下代码：

```
Private Sub Command1_Click()
  Dim ad As New ADODB.Recordset
  Dim sqlstring As String
  sqlstring="select * from worker where workername like '"&Trim(Text1.Text)&"%'"
  ad.CursorLocation=adUseClient
  ad.Open Trim(sqlstring),mycnn,adOpenKeyset,adLockOptimistic
  If ad.EOF Then
    MsgBox "库中没有满足条件的记录！",vbCritical,"查找结果"
    ad.Close
  Else
    Set DataGrid1.DataSource=ad
    DataGrid1.Refresh
  End If
End Sub
```

如果 DataGrid1 不能显示记录，可按以下步骤操作：

a. 右击 DataGrid1 控件，选择“编辑”命令。

b. 再右击 DataGrid1 控件，在弹出的快捷菜单中选择“插入”命令插入一列。

c. 反复步骤 b 插入列，直至与用户要求的列数一至。

d. 右击 DataGrid1 控件，在弹出的快捷菜单中选择“属性”命令，在弹出的“属性页”对话框中选择“列”选项卡，分别设置 Column0、Column1……各列对应的标题和字段名称，如实验图 12-3 所示。

e. 设置完成后，单击【确定】按钮。

完成以上设置后，DataGrid 控件就能正确显示查询结果了。

③ 保存程序。调试并运行程序。

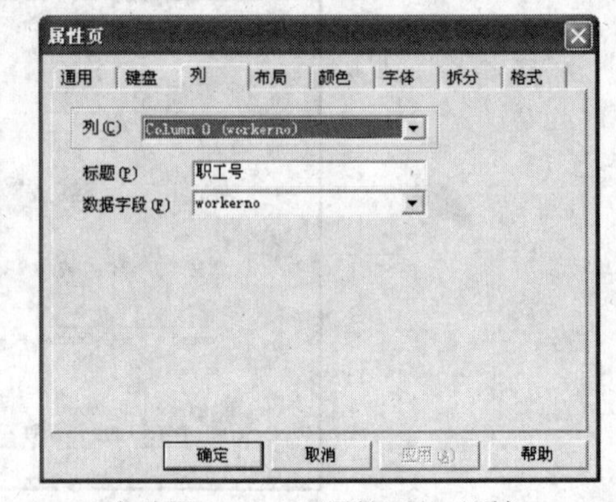

实验图 12-3 “属性页”对话框

实验 13 多媒体设计

一、实验目的

掌握将多媒体数据直接存储在数据库中的方法和将数据库中的多媒体数据进行读取的方法。

二、实验内容

设计一个数据库系统，显示、存储图片信息。

三、实验步骤

① 创建 Access 数据库，设计一个 Imagetable 表，其字段有图像编号 Ino 和存取图像 Image 两个字段，并将字段类型设置为 OLE 对象。

② 打开 Visual Basic，创建一个工程，在工程中添加两个窗体 Form1 和 Form2，在 Form1 中添加 1 个 ADO 控件、2 个 Lable 控件、4 个 Command 控件、1 个 TextBox 控件、1 个公用对话框控件和 1 个 Image 控件。添加完成后的界面如实验图 13-1 所示。

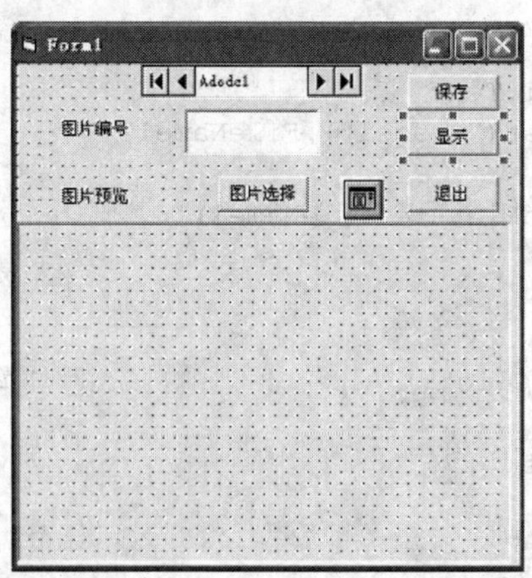

实验图 13-1 窗体 Form1 的界面

③ Form1 窗体中部分控件的属性如实验表 13-1 所示。

实验表 13-1　Form1 窗体部分控件的属性

对　　象	属　　性	值
Label1	Caption	图片编号
Label2	Caption	图片预览
Command1	Caption	保存
Command2	Caption	显示
Command3	Caption	退出
Image1	Stretch	True
Adodc1	ConnectionString	Provider=Microsoft.Jet.OLEDB.4.0;Data Source=F:\vb 习题\实验\显示图片\db1.mdb
	RecordSource	imagetable
	Visible	False

④ 添加如下代码。

Form1 代码:

```
Option Explicit
Dim adocon As New ADODB.Connection
Dim adorst As New ADODB.Recordset
Dim FileName1 As String                                 '图片文件名

Private Sub Command1_Click()                            '保存图片
  adorst.AddNew
  If Text1.Text="" Then
    MsgBox "编号不能为空"
    Text1.SetFocus
    Exit Sub
  End If
  adorst("ino")=Text1.Text
  Call SaveToDB(adorst("image1"),FileName1)
  adorst.Update
  Image1.Picture=LoadPicture(FileName1)
  Exit Sub
End Sub

Private Sub Command2_Click()                            '显示图片
  adorst.Close
  Form1.Visible=False
  Form2.Show
End Sub
Private Sub Command3_Click()                            '退出
  End
End Sub

Private Sub Command4_Click()
  '显示打开文件的公用对话框，选择需要加入数据库的图片
  CommonDialog1.DialogTitle="选择图片文件"
```

```
    CommonDialog1.Filter="图片文件(*.bmp;*.ico;*.jpg;*.gif)|*.bmp;*.ico;*.jpg;*.gif"
    CommonDialog1.ShowOpen
    FileName1=CommonDialog1.FileName
    Image1.Picture=LoadPicture(FileName1)      '显示所选定的图片
End Sub

Private Sub Form_Load()
    adocon.Open "Provider=Microsoft.Jet.OLEDB.4.0;Data Source="&App.Path & "" _
      & "\db1.mdb;Persist Security Info=False"
      adorst.Open "select * from imagetable",adocon,adOpenDynamic,adLockOptimistic
End Sub
```

公用模块代码:

```
Option Explicit
Const BLOCKSIZE=4096                                  '每次读写块的大小
Public Sub SaveToDB(ByRef Fld As ADODB.Field,DiskFile As String)
   Dim byteData() As Byte                             '定义数据块数组
   Dim NumBlocks As Long                              '定义数据块个数
   Dim FileLength As Long                             '标识文件长度
   Dim LeftOver As Long                               '定义剩余字节长度
   Dim SourceFile As Long                             '定义自由文件号
   Dim i As Long                                      '定义循环变量
   SourceFile=FreeFile                                '提供一个尚未使用的文件号
   Open DiskFile For Binary Access Read As SourceFile   '打开文件
   FileLength=LOF(SourceFile)                         '得到文件长度
   If FileLength=0 Then                               '判断文件是否存在
     Close SourceFile
     MsgBox DiskFile & "无内容或不存在!"
   Else
     NumBlocks=FileLength\BLOCKSIZE                   '得到数据块的个数
     LeftOver=FileLength Mod BLOCKSIZE                '得到剩余字节数
     Fld.Value=Null
     ReDim byteData(BLOCKSIZE)                        '重新定义数据块的大小
     For i=1 To NumBlocks
       Get SourceFile, ,byteData()                    '读到内存块中
       Fld.AppendChunk byteData()                     '写入 FLD
     Next i
       ReDim byteData(LeftOver)                       '重新定义数据块的大小
       Get SourceFile, ,byteData()                    '读到内存块中
       Fld.AppendChunk byteData()                     '写入 FLD
       Close SourceFile                               '关闭源文件
   End If
End Sub
Public Sub SaveToFile(ByRef Fld As ADODB.Field,DiskFile As String)
   Dim byteData() As Byte                             '定义数据块数组
   Dim NumBlocks As Long                              '定义数据块个数
   Dim FieldLength As Long                            '标识文件长度
   Dim LeftOver As Long                               '定义剩余字节长度
   Dim DesFile As Long                                '定义自由文件号
   Dim i As Long                                      '定义循环变量
```

```
    FieldLength=Fld.ActualSize
    DesFile=FreeFile                                  '提供一个尚未使用的文件号
    Open DiskFile For Binary Access Write As DesFile
    NumBlocks=FieldLength\BLOCKSIZE                   '得到数据块的个数
    LeftOver=FieldLength Mod BLOCKSIZE
    ReDim byteData(BLOCKSIZE)                         '重新定义数据块的大小
    For i=1 To NumBlocks
      byteData()=Fld.GetChunk(BLOCKSIZE)
      Put DesFile, ,byteData()
      DoEvents
    Next i
    ReDim byteData(LeftOver)
    byteData()=Fld.GetChunk(LeftOver)
    Put DesFile, ,byteData()
    Close DesFile
  End Sub
```

⑤ Form1 窗体运行后效果如实验图 13-2 所示，在“图片编号”文本框中输入图片编号，单击【图片选择】按钮，能够选择所要保存的图片，并且所选择的图片显示在 Image 控件中，单击【保存】按钮，可以将图片保存在数据库中。单击【显示】按钮，打开 Form2 窗体。

⑥ 在 Form2 窗体中，添加 1 个 Lable 控件、1 个 TextBox 控件、2 个 Command 控件和 1 个 Image 控件，Form2 窗体中部分控件的属性如实验表 13-2 所示，添加完控件后的界面如实验图 13-3 所示。

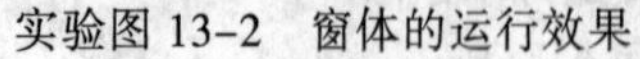
实验图 13-2　窗体的运行效果

实验图 13-3　窗体 Form2 界面

实验表 13-2　Form2 窗体中部分控件的属性

对　象	属　性	值
Label1	Caption	图片编号
Command1	Caption	显示图片
Command2	Caption	退出
Image1	Stretch	True

⑦ 添加如下代码：

```
Dim adocon As New ADODB.Connection
Dim adorst As New ADODB.Recordset
Dim FileName1 As String                                    '图片文件名
Private Sub Command1_Click()                               '显示图片
  Set adorst=Nothing
  adorst.Open "select * from imagetable where ino='" & Text1.Text & "'",adocon, _
    adOpenDynamic,adLockOptimistic
  Call SaveToFile(adorst.Fields("image1"), App.Path & "\tmp")
  Form2.Image1.Picture=LoadPicture(App.Path & "\tmp")
End Sub

Private Sub Command2_Click()                               '退出
  End
End Sub

Private Sub Form_Load()
  adocon.Open "Provider=Microsoft.Jet.OLEDB.4.0;Data Source="& App.Path & "" _
    & "\db1.mdb;Persist Security Info=False"
End Sub
```

⑧ Form2 运行的效果如实验图 13-4 所示，当在“图片编号”文本框中输入“002”，单击【图片显示】按钮，即可在 Image 控件中显示编号为 002 所对应的图片。

实验图 13-4　显示图片的效果

实验 14 使用ADO对象实现多种窗体的功能

一、实验目的

（1）掌握登录窗体的制作方法。

（2）掌握备份、恢复、压缩窗体的制作方法。

二、实验内容

为“职工基本信息管理”系统添加一个登录窗体和一个备份、恢复、压缩窗体。

三、实验步骤

1. 登录窗体的实现

① 在数据库中新建一个表，命名为 userinf 表。表中设有两个字段分别为 username 和 userpass，用来存放用户名称和密码。

② 打开实验 12 完成的“职工基本信息管理”工程，或新建一个工程，在工程中添加一个“登录”窗体，即在如实验图 14-1 所示的“添加窗体”对话框中选择“登录对话框”选项，添加后的窗体如实验图 14-2 所示。

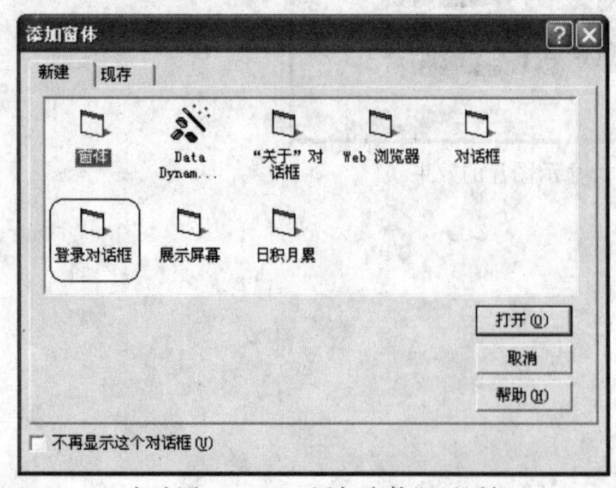

实验图 14-1 “添加窗体”对话框

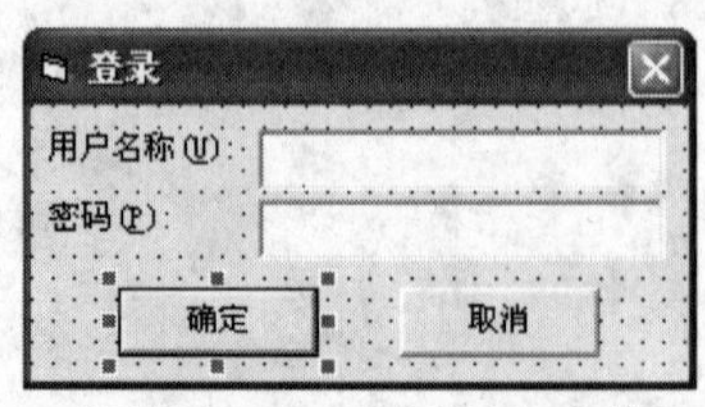

实验图 14-2 “登录”窗体

③ 编写代码。打开代码窗体后可以看到，Visual Basic 已经有一些代码，如实验图 14-3 所示。窗口中的注释说明代码编写的方法，但这种方法是最简单的一种方法，登录密码不能改变。

④ 修改代码，实现用户名和密码的检测。将 txtPassword="password"一句中的"password"改为从数据库中取出的对应用户名的密码。取出的方法就是查询，当输入用户名后查找数据库，取出相应的密码。程序代码参考主教材 163 页登录模块的核心代码。

⑤ 保存程序。

⑥ 运行并调试程序。

2．数据备份、恢复、压缩窗体的实现

① 在工程中再添加一个窗体，窗体上添加 4 个按钮控件、1 个公用对话框控件 CommonDialog1，并修改各控件的属性，调整控件的排列，调整后的窗体如实验图 14-4 所示。

② 编写代码实现各功能。参考本书第 13 章内容提要中的“数据库维护模块”与主教材 174 页“系统备份/恢复模块”的相关内容。

实验图 14-3　“登录”窗体的代码窗口

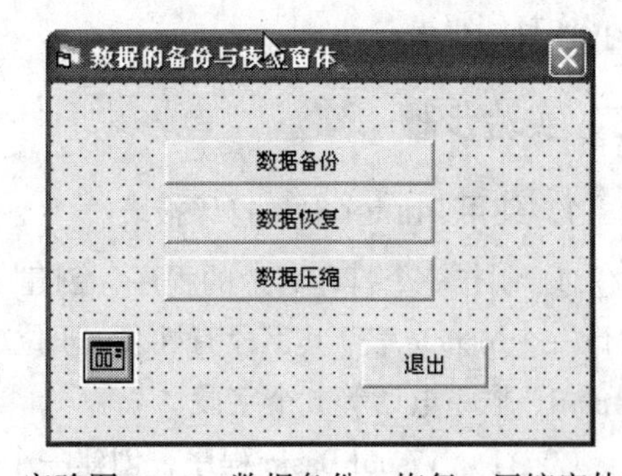

实验图 14-4　数据备份、恢复、压缩窗体

③ 保存程序。

④ 运行并调试程序。

实验 15 报表设计

一、实验目的

（1）掌握使用 Printer 对象打印报表的方法

（2）掌握使用 Data Report 打印报表的方法

二、实验内容

编写一个简单的应用程序，实现使用 Printer 对象打印报表；再编写一个程序实现使用 Data Report 打印报表。

三、实验步骤

1. 使用 Printer 对象打印报表

① 制作一个打印名片的程序，创建 Access 数据库，设计一个 pepole 表，其字段有姓名、职位、工作单位、QQ、E-mail、联系电话等 6 个字段。

② 打开 Visual Basic 程序，创建一个工程，并在其中添加 1 个 Form1 窗体，在窗体中添加 6 个 TextBox 控件、3 个 Lable 控件、1 个 Adodc 控件和 2 个 Command 控件，添加后的窗体界面如实验图 15-1 所示。

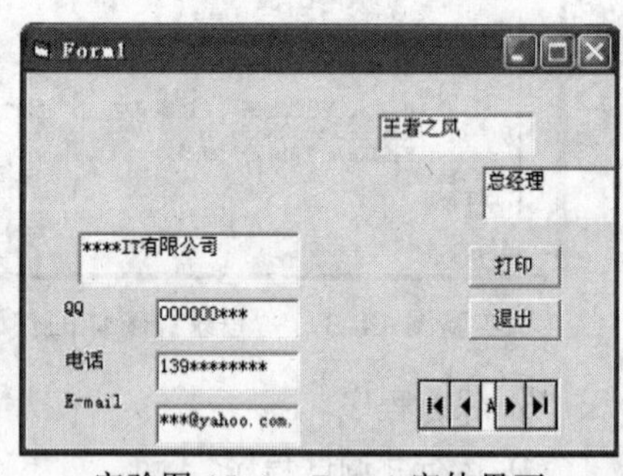

实验图 15-1　Form1 窗体界面

③ 添加如下代码：

```
Private Sub Command1_Click()                    '【打印】按钮
   Printer.Height=3600
   Printer.Width=6000
   Printer.CurrentX=1000
   Printer.CurrentY=100
   Printer.FontSize=18
   Dim A,B,C,D,E As Integer
   A=100
   B=400
```

```
    C=2100
    D=600
    Printer.FontSize=16
    Printer.CurrentX=C+1500
    Printer.CurrentY=B
    Printer.Print " " & Adodc1.Recordset.Fields("姓名");""
    Printer.CurrentX=C+2400
    Printer.CurrentY=B+400
    Printer.FontSize=12
    Printer.Print " " & Adodc1.Recordset.Fields("职位");""
    B=B+D
    Printer.CurrentX=800
    Printer.CurrentY=B+300
    Printer.FontSize=13
    Printer.Print " " & Adodc1.Recordset.Fields("工作单位")
    Printer.CurrentX=600
    Printer.CurrentY=B+800
    Printer.FontSize=14
    Printer.Print "QQ: " & Adodc1.Recordset.Fields("QQ")
    Printer.CurrentX=600
    Printer.CurrentY=B+1200
    Printer.FontSize=12
    Printer.Print "电话:" & Adodc1.Recordset.Fields("联系电话")
    Printer.CurrentX=600
    Printer.CurrentY=B+1600
    Printer.FontSize=14
    Printer.Print "E-mail:" & Adodc1.Recordset.Fields("E-mail")
    Printer.FontSize=50
    For E=B+1880 To B+2060 Step 10
      Printer.Line (0,E)-(6000,E)
    Next
    Printer.EndDoc
End Sub

Private Sub Command2_Click()                '【退出】按钮
End
End Sub
```

④ 程序运行打印的效果如实验图 15-2 所示。用户也可以自己设计名片格式。

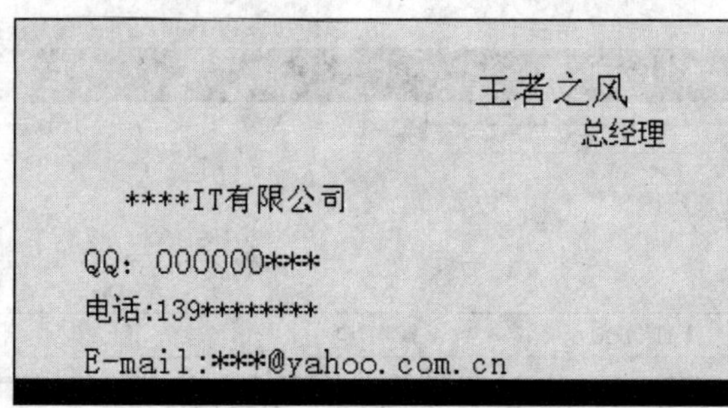

实验图 15-2　名片打印效果

2. 使用 Data Report 打印报表

设计一个程序，利用 Data Report 打印一个班级学生的成绩。

① 首先创建一个 Access 数据库，再创建一个 Student 表，此表包含有学号、姓名、英语、高数、计算机文化基本、体育等 6 个字段。

② 打开 Visual Basic 程序，创建一个新的工程，并在此工程中添加一个数据环境设计器，在数据环境设计器中连接数据库并且加入一个新的命令 Command1，设置好后如实验图 15-3 所示。

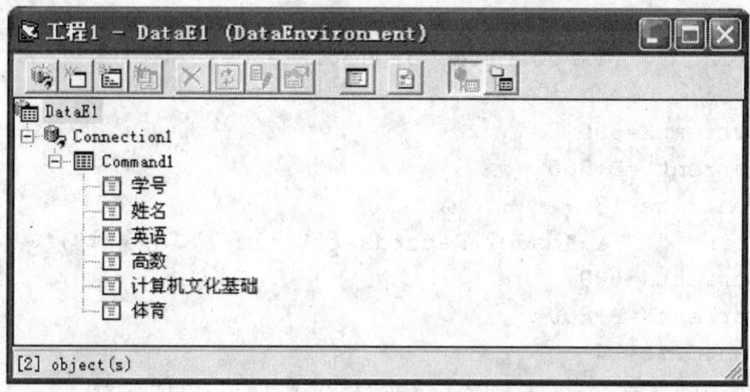

实验图 15-3　DataEnvironment 设置结果

③ 添加一个报表编辑器 DataReport1，把数据环境设计器中的所有字段全部拖放到 DataReport1 的细节部分中，并按如实验图 15-4 所示进行设置。

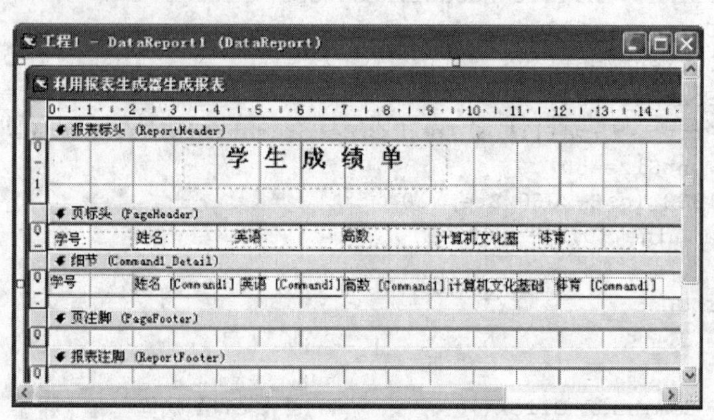

实验图 15-4　DataReport1 设置

④ 添加一个窗体 Form1，在其中添加 3 个 Command 控件和 1 个 DataGrid 控件，如实验图 15-5 所示。

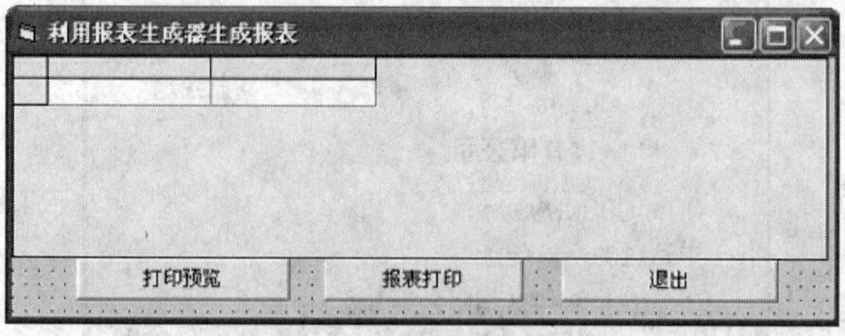

实验图 15-5　Form1 窗体界面

⑤ 设置 DataGrid 控件的 DataSource 属性值为 Data1，DataMember 属性值为 Command1，在 3 个 Command 控件中添加相应的事件代码，可参考主教材“14.2 DataReport 的报表打印”一节中的内容，Form1 窗体的运行效果如实验图 15-6 所示。

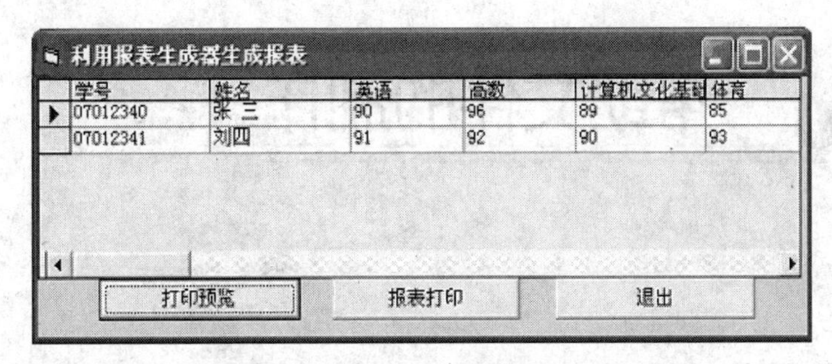

实验图 15-6　Form1 窗体的运行效果

⑥ 单击【打印预览】按钮，显示效果如实验图 15-7 所示。

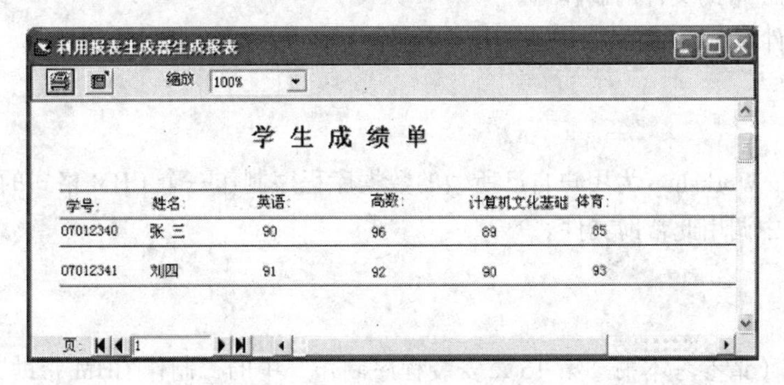

实验图 15-7　打印预览效果

实验 16 帮助文件的制作

一、实验目的

（1）掌握 CHM 帮助文件的制作

（2）CHM 文件在 Visual Basic 中的调用方法

二、实验内容

用 HTML Help Workshop 为用户自己所做的数据库程序制作一个 CHM 格式的帮助文件，并实现在 Visual Basic 中调用此帮助文件。

三、实验步骤

实验步骤略。（请参考本书“第 15 章安装程序制作”中的“制作 CHM 帮助文件及调用 CHM 帮助文件”相关内容。）

实验 17 安装程序制作

一、实验目的

掌握使用 Visual Basic 自带的 Pakage & Deployment 向导制作安装程序。

二、实验内容

使用Pakage & Deployment向导为用户自己所作的数据库系统制作一个包含有卸载项的安装程序。

三、实验步骤

实验步骤略。（请参考本书“第 15 章安装程序制作”，注意制作时一定要包含数据库文件和图片文件。）

参 考 文 献

[1] 求是科技．Visual Basic 6.0 程序设计与开发技术大全[M]．北京：人民邮电出版社，2004.

[2] 陈俊源，王一华．活用 Visual Basic 5.0（中文版）数据库编程[M]．北京：清华大学出版社，1998.

[3] 四维科技，赵斯思．Visual Basic 数据库编程技术与实例[M]．北京：人民邮电出版社，2004.

[4] 求是科技，刘韬，骆娟，等．Visual Basic 实效编程百例[M]．2 版．北京：人民邮电出版社，2004.

[5] 苏颖，张跃华．Visual Basic 数据库开发应用技术[M]．北京：中国铁道出版社，2006.